군림천하 1

개정판 1쇄 발행 2012년 5월 14일
개정판 5쇄 발행 2022년 9월 26일

지은이 | 용대운
발행인 | 신현호
편집장 | 이호준
편집 | 송영규 최종건 정재웅 양동훈 곽원호 조정범 강준석 최성화
편집디자인 | 한방울
영업 | 김민원

펴낸곳 | ㈜ 디앤씨미디어
등록 | 2002년 4월 25일 제20-260호
주소 | 서울시 구로구 디지털로 26길 111 JnK디지털타워 503호
전화 | 02-333-2513(대표)
팩시밀리 | 02-333-2514
E-mail | papy_dnc@dncmedia.co.kr
블로그 | blog.naver.com/gnpdl7

ISBN 978-89-267-1536-9 04810
ISBN 978-89-267-1535-2 (SET)

※ 저자와 협의하여 인지는 붙이지 않습니다.
※ 이 책은 ㈜ 디앤씨미디어(파피루스)가 저작권자와의 계약에 따라 발행한 것으로 본사와 저자의 허락 없이는 어떠한 형태나 수단으로도 내용을 이용할 수 없습니다.

용대운 대하소설

군림천하

1부 중원의 검 [中原之劍]

君臨天下

1

강호출행(江湖出行) 편

目次

서장 1	장례식(葬禮式)	11
서장 2	무림첩(武林帖)	17
제 1 장	내자불선(來者不善)	21
제 2 장	사형사제(師兄師弟)	45
제 3 장	실인실물(失人失物)	67
제 4 장	만추지야(晩秋之夜)	93
제 5 장	강호초행(江湖初行)	129
제 6 장	흑포괴인(黑袍怪人)	157
제 7 장	혈라장인(血羅掌印)	185
제 8 장	천봉팔선(天鳳八仙)	211
제 9 장	신목오호(神木五號)	245
제10장	후계조건(後繼條件)	271
제11장	석가공자(石家公子)	299

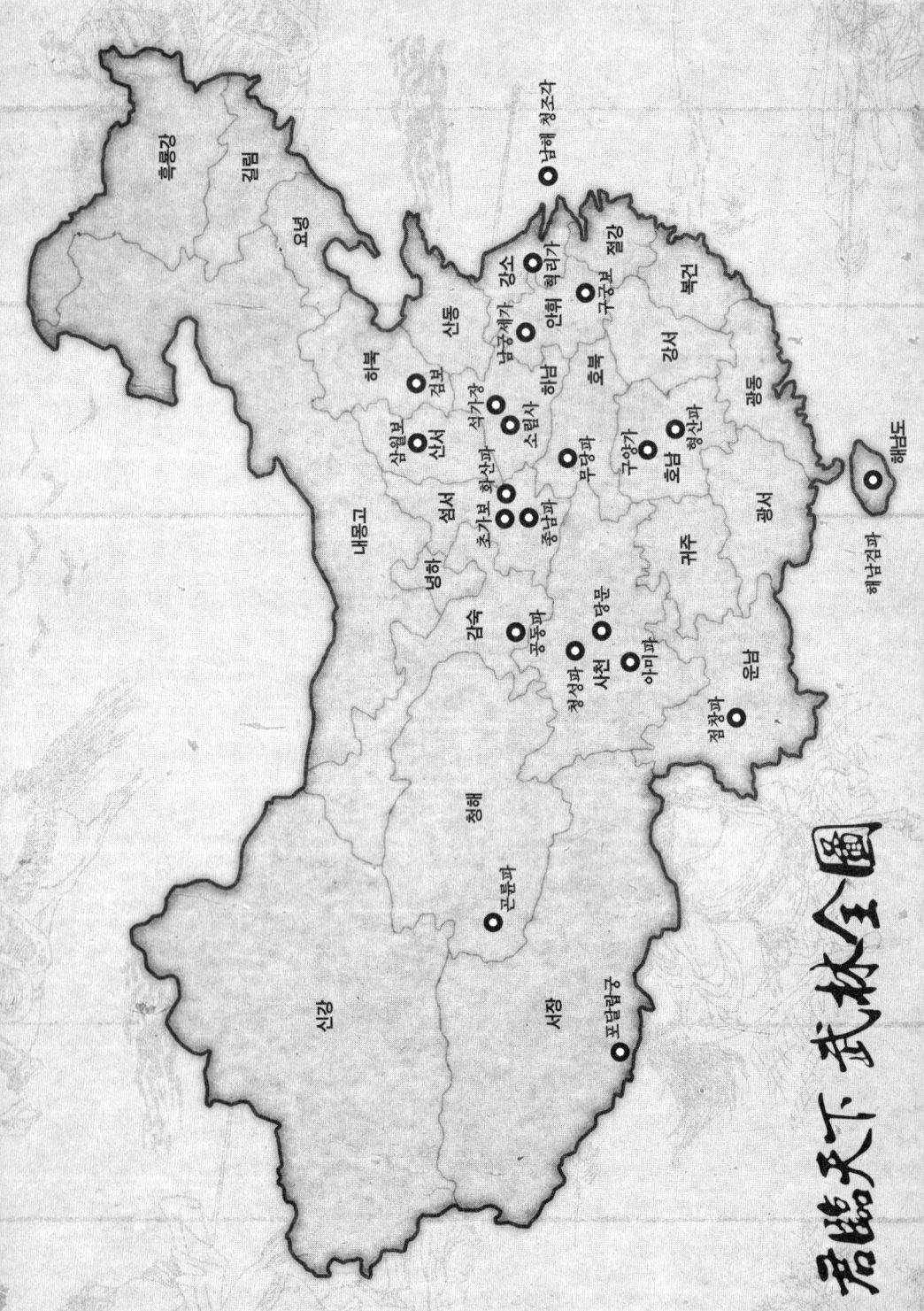

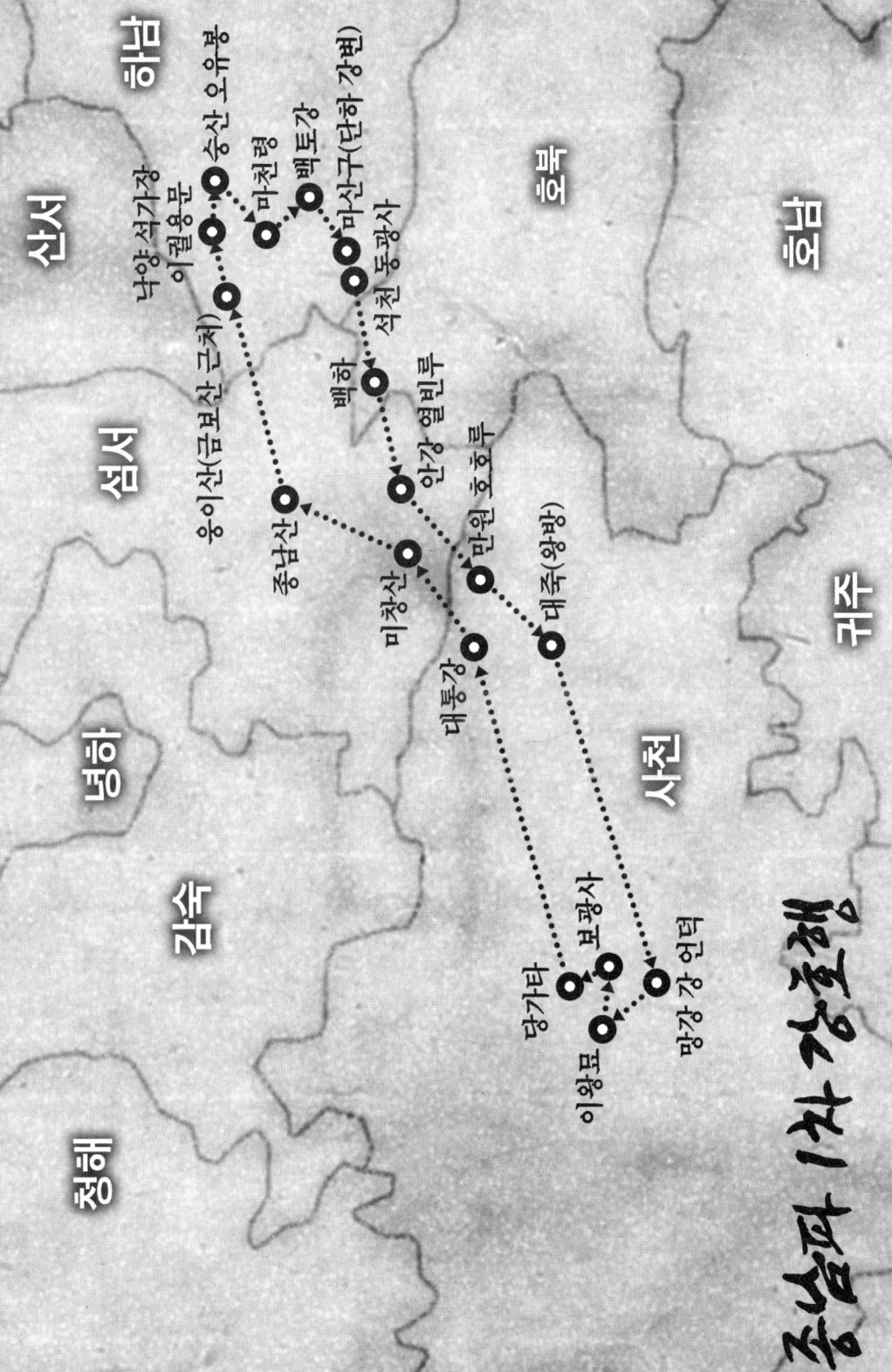

서문

『군림천하(君臨天下)』를 처음 구상한 것은 십육칠 년 전의 어느 날이었다.

그때 나는 『독보건곤(獨步乾坤)』이란 작품을 쓰고 잠시 소모되었던 기력을 보충하고 있었다. 『독보건곤』이 상당히 거칠고 과격한 작품이었기 때문에 후속작은 좀 더 부드럽고 차분한 작품을 쓰고 싶었다. 그러다 문득 예전부터 마음먹었던 '구대문파를 집중 조명하는 소설을 써 보면 어떨까.' 하는 생각이 들었다.

그전에는 쓰고 싶어도 자료가 부족하거나 무협 시장의 상황이 여의치 못해서, 그리고 무엇보다도 제대로 써 나갈 자신이 없어서 실행하지 못했지만 지금쯤이면 가능하지 않을까 싶은 마음에 결심을 굳히고 집필을 시작했다.

그로부터 참으로 긴 세월이 흘렀다.

중간의 여러 가지 과정이야 일일이 늘어놓기도 구차스러운 것이었지만, 그중에서도 십여 년간 거래해 왔던 출판사가 무협 시장의 불황으로 결국 부도가 난 것은 나에게는 커다란 충격이었다.

출판사의 부도 이후 『군림천하』는 공중에 붕 뜬 상태가 되어 버렸고, 나도 또한 의기소침할 수밖에 없었다. 그러다 결국 새로운 출판사와 계약을 하고 뒤를 이을 수 있게 되었으니 커다란 짐을 덜어 낸 것 같아 참으로 홀가분한 마음이다.

새로운 출판사에서 새롭게 편집하여 출간하는 만큼, 나름대로 의욕을 가지고 부분 부분 수정을 하였다. 당초의 예상보다 훨씬 장편이 된 만큼 크고 작은 오류들이 적지 않았는데, 이번 기회에 적어도 눈에 보이는 오류들은 대부분 수정을 했고 미흡했던 문장들도 조금씩 손을 보았다.

특히 많은 독자들이 울분을 토했던 '이빨 빠진 낙일방'을 고칠 수 있게 되어서 무엇보다 가슴이 후련해진다.

『군림천하』의 수많은 오류를 지적해 주고 올바른 해답까지 제시해 준 다음의 '군림천하 카페(http://cafe.daum.net/dominateworld)' 회원님들과 오류 수정에 큰 도움을 준 절친한 벗, 오 변호사에게 이 자리를 빌려 감사의 말씀을 전한다.

당초 3부로 기획했던 『군림천하』는 총 4부로 완성할 예정이며, 각 부의 권수도 조금씩 조정을 했다.

원래는 각 부에 7권씩이면 충분할 줄 알았는데, 1부인 '중원의 검[中原之劍]'은 목표한 대로 7권에 마무리가 되었으나 2부인 '종남의 혼[終南之魂]'을 쓰면서 취미사 혈겁의 장면이 길어지는 바람에 14권에 끝나야 할 내용을 16권까지 끌고 말았다. 자연히 3부인 '군림의 꿈[君臨之夢]'의 내용도 늘어나서 결국 21권이 아닌 24권에 이르러서야 마칠 수 있게 되었으니, 명색이 수십 년간 글을 써 온 작가로서 민망하기 이를 데 없는 일이다.

어쨌든 『군림천하』는 4부인 '천하의 문[天下之門]'으로 분명하게 끝이 날 것이다. 4부의 권수는 가급적 8권 안에 마무리 지을 예정이지만, 당초 예상보다 훨씬 늘어난 지금까지의 과정을 생각해 볼 때 다소 걱정스러운 부분이 없는 것은 아니다.

다만 나로서는 『군림천하』를 위해 땀 흘린 그 많은 시간과, 지금까지 변함없는 성원을 보내 준 독자들을 위해서라도 최선을 다해 좋은 끝맺음을 하고 싶다는 말씀을 드릴 뿐이다.

이미 출간한 지 오래된 작품을 새롭게 출판하기로 결심해 준 파피루스의 신현호 대표님과 출판 담당자들에게 고마움을 표하며, 무엇보다도 그 긴 세월 동안 이 작품 하나만을 꾸준히 기다려 준 많은 독자들에게 진심으로 머리 숙여 감사의 말씀을 드리는 바이다.

오랜 기다림만큼이나 그 결실은 한없이 달콤할 것임을 믿어 의심치 않는다.

봄의 정점이 지나가는 광경을 바라보며 용화소축(龍華小築)에서
용대운(龍大雲) 배상(拜上)

서장 1
장례식(葬禮式)

서장1 장례식(葬禮式)

바람이 차고 공기가 신선한 날이었다.

겨울이 오려면 아직도 몇 달은 더 있어야 하는데 오늘따라 산정(山頂)에 부는 바람이 유달리 차가워서 진산월(陳山月)은 자신도 모르게 한 차례 몸을 부르르 떨었다.

언제나 그렇지만 장례식 장면은 보는 사람의 마음을 묘하게 뒤흔드는 분위기가 있었다. 단순히 무겁다거나 슬프다는 말로는 표현할 수 없는 야릇한 비애(悲哀) 같은 것이 느껴지는 것이다.

진산월은 지금까지 다섯 번인가 장례식에 참석했었지만 그때마다 그런 느낌을 받곤 했다.

어쩌면 그런 분위기는 진산월만 느끼는 것일지도 몰랐다. 다른 사람들은 별로 슬픈 표정도 없이 큰 소리로 떠들거나 심지어는 이빨을 드러내며 낄낄거리고 있는 모습도 곧잘 보이곤 했던 것이다.

진산월은 그런 작자들을 보면 공연히 화가 치밀어 올랐다.

다행히 오늘은 아무도 웃거나 떠드는 사람이 없었다. 모두들 묵묵히 술을 따르고, 향(香)을 올리고, 지전(紙錢)을 불살랐다. 장례식다운 장중하고 무거운 분위기였다.

그래서 진산월은 일단 마음이 놓였다.

더욱 다행인 것은 사매(師妹) 역시 무덤에 술을 부으면서 울거나 처량한 빛을 보이지 않았다는 것이다. 사매의 눈에서 눈물이라도 흘러내렸다면 진산월도 견디기 힘들었을 것이다. 하나 사매는 울지 않았다.

사람이 너무 갑작스런 충격을 받게 되면 슬픔도 느끼지 못하는 법이다.

사매가 재배(再拜)를 하고 나자 모두의 시선이 진산월에게로 향했다.

이제는 진산월의 차례였다. 진산월은 천천히 앞으로 걸어 나왔다. 남들처럼 똑같이 술을 따르고, 향을 피우고, 지전을 태웠다. 두 번 절을 하고 바닥에서 일어섰을 때 누군가의 푸념 소리가 들려왔다.

"쳇!"

진산월은 보지 않아도 그것이 응계성(應戒星)의 음성임을 알 수 있었다.

아마 그 녀석은 진산월이 바닥에 엎드려 통곡이라도 할 줄 알았던 모양이다. 그렇게 해서 무덤 속에 들어간 사람이 되살아날 수만 있다면 진산월도 그렇게 했을 것이다. 하나 그렇지 않은 이상 공연히 남들 앞에서 청승맞은 모습을 보일 필요는 없지 않은가?

진산월마저 마치고 나자 장내에는 더 이상 아무도 나서는 사람이 없었다.

장례식도 허무했지만 장례가 끝난 후는 더욱 허무했다. 누군가가 구슬픈 만가(輓歌)라도 부를 법한데 모두들 말없이 무덤만을 응시하고 있었다.

무덤의 봉분은 작고 초라했다. 한때 구대문파(九大門派)에서도 혁혁한 명성을 자랑하던 대종남파(大終南派)의 이십 대 장문인(掌門人)의 무덤이라고는 믿기지 않을 정도였다.

다시 한 차례 차가운 바람이 장내를 휩쓸고 지나가자 검게 탄 지전의 재가 바람에 날려 이리저리 허공을 휘돌다가 어딘가로 사라져 버렸다.

진산월은 멍하니 그 광경을 지켜보고 있다가 문득 정신이 든 듯 주위를 두리번거렸다.

"이제 그만 내려가지."

정해(程解)와 낙일방(駱一方)이 주섬주섬 제기(祭器)들을 치우고, 방취아(龐醉兒)와 두기춘(杜期春)이 술잔과 향로를 들었다. 나머지 사람들은 묵묵히 진산월을 따라 산을 내려왔.

막 산정을 내려오기 직전에 진산월은 다시 걸음을 멈추고 뒤를 돌아보았다.

향 냄새가 채 가시지 않은 무덤가의 풍경이 그렇게 황량할 수가 없었다.

사매가 다가와 그의 손을 잡았다.

"사형."

진산월은 담담한 음성으로 말했다.

"사당(祠堂)이라도 세울 걸 그랬어. 주위가 너무 쓸쓸하군."

사매는 씁쓸하게 웃었다.

"아버지가 그런 걸 좋아하지 않는 건 사형도 알잖아요. 이걸로 됐어요."

진산월은 말없이 고개를 끄덕이고는 몸을 돌렸다.

두 사람은 어깨를 나란히 하고 일행 중 제일 마지막으로 산을 내려왔다.

산정 아래에 있는 커다란 바위를 돌았을 때, 유난히 파란 가을 하늘 아래로 끝없이 펼쳐진 울창한 수림이 시야에 들어왔다. 그 수림 사이에 파묻힌 듯 자리 잡고 있는 몇 채의 전각을 보는 순간, 진산월은 문득 한 가지 사실을 새삼스럽게 깨닫게 되었다.

'이제는 내가 장문인이로군.'

그렇다.

이제 그는 비록 몰락할 대로 몰락해 버려 지금은 구대문파에서도 쫓겨나긴 했으나, 한때는 중원(中原)의 유수한 명문 정파(名門正派)로 명성을 떨치던 종남파의 이십일 대(二十一代) 장문인이 된 것이다.

구월 십칠 일(九月十七日).

날씨는 맑았으나, 바람이 유난히 심한 날이었다.

서장2 무림첩(武林帖)

천하 무림인(武林人)에 고(告)함.

금번 서장(西藏) 천룡사(天龍寺)와의 결전에 즈음하여 다음 달 보름에 숭산(嵩山)의 오유봉(五乳峯)에서 중원 무림인들의 뜻과 힘을 뭉치기로 하였으니 많은 강호 동도(江湖同道)들의 참여를 바랍니다.

소림사(少林寺) 삼십육 대 방장(方丈) 대방(大方).
무당파(武當派) 삼십이 대 장교(掌敎) 현령(玄靈).

제 1 장
내자불선(來者不善)

제1장 내자불선(來者不善)

"아함!"

낙일방은 입이 찢어지게 하품을 했다.

차가운 날씨인데도 한낮의 햇살은 제법 따사로워서 햇볕을 쬐고 앉아 있자니 전신이 나른해지며 졸음이 쏟아져 왔다.

평소의 낙일방이라면 주저 없이 그 자리에 코를 처박고 잠에 취해 버렸을 것이다. 하나 오늘만은 아무리 제멋대로인 낙일방이라도 그렇게 할 수가 없었다.

그도 그럴 것이 오늘이야말로 대사형(大師兄)이 종남파의 이십일 대 장문인으로 취임하는 날이었다. 사부의 장례식을 치룬 지도 벌써 보름 가까이 흐른 데다, 나름대로 길일(吉日)을 택해 시월의 첫째 날을 취임일로 정했던 것이다. 아무리 종남파가 쇠락했다고는 하나 그래도 한때는 관중(關中)에서 제일가는 문파(門派)였다.

그러니 언제 하객(賀客)들이 찾아올지 모르는 일이었다.

낙일방은 하품을 하다 말고 자신의 앞에 펼쳐져 있는 방명록(芳名錄)을 들여다보았다. 그러고는 이내 얼굴을 찡그리며 투덜거렸다.

"제길…… 이거 해도 너무하는군. 정말 너무해."

벌써 해가 거의 정오에 다다라 곧 취임식이 거행될 시간이었다. 그런데도 찾아온 손님의 수는 채 열 명도 되지 않았다. 게다가 그들 중 다섯 사람은 종남산 일대의 주루를 경영하는 주인들이었고, 무림인은 겨우 넷뿐이었다. 그들 중 가장 명성이 있는 인물이라고 해야 서안 남쪽에서나 겨우 이름이 알려진 철조수(鐵爪手) 위일상(魏逸商) 정도이고, 나머지는 듣도 보도 못한 떠돌이 낭인(浪人)들뿐이었다.

아침 일찍부터 책상을 들고 정문에 나가 반나절이 가까워 오도록 방명록을 펼쳐 들고 있었건만 성과가 이 모양이었다. 그러니 성질 급한 낙일방이 분통을 터뜨리는 것도 무리는 아니었다.

그때 마침 그의 투덜거림을 듣기라도 했는지 저 멀리서 한 떼의 인마(人馬)가 나타났다.

낙일방은 눈이 번쩍 뜨여 자신도 모르게 자세를 똑바로 하고 짐짓 진지한 모습으로 앉아 있었다.

인마는 흙먼지를 날리며 다가오더니 순식간에 정문 앞에 모습을 드러냈다. 나타난 인물들은 모두 다섯 명인데, 하나같이 눈빛이 날카롭고 병장기를 휴대한 무림인들이었다.

'옳지. 이제들 오는군.'

낙일방은 내심 쾌재를 부르며 콧노래라도 부를 것 같은 표정으로 그들이 자신에게 다가오는 모습을 지켜보고 있었다.

그들은 말에서 내리지도 않고 낙일방의 앞으로 다가왔다.

그들 중 가장 앞에 있는 인물은 얼굴에 구레나룻이 가득하고 체격이 우람한 사십 대 초반의 중년인이었다. 옆구리에 청강장검(靑剛長劍)을 매고 있었는데, 태도가 어딘지 모르게 거만스럽고 무례해 보여서 첫 인상이 영 마음에 들지 않았다.

하지만 그래도 손님은 손님인지라 낙일방은 자리에서 일어나 정중하게 포권을 했다.

"어서 오십시오. 어디서 온 분들이신지요?"

구레나룻의 중년인은 말 위에 올라탄 채 그를 힐끗 내려다보더니 차가운 음성으로 입을 열었다.

"알 거 없다. 그놈은 안에 있겠지?"

낙일방은 중년인의 건방진 태도에 움켹 화가 치밀어 올랐으나 간신히 억눌러 참았다.

"예? 그놈이라니요?"

"진산월인가 뭔가 하는 놈 말이다."

낙일방의 얼굴이 시뻘게졌다.

'아니, 이 자식이?'

아무리 종남파가 몰락했다고 하나 당당한 한 문파의 장문인을 이놈 저놈 하다니, 낙일방처럼 성질 급한 인물이 아니더라도 도저히 참을 수 없는 일 아닌가?

더구나 진산월은 낙일방이 천하에서 가장 좋아하고 따르는 사람이었다.

구레나룻 중년인의 뒤에 선 비쩍 마르고 왼쪽 뺨에 칼자국이 나 있는 장한이 붉으락푸르락하게 변하는 낙일방의 얼굴을 보며 킬킬거렸다.

"흐흐…… 이놈아! 뜨거운 맛을 보여 주기 전에 어서 빨리 네놈의 엉터리 장문인 녀석을 불러와라!"

낙일방에게 더 이상의 인내를 바란다는 건 무리였다. 마침내 낙일방은 버럭 소리를 내지르며 탁자를 뒤엎고는 앞으로 달려 나왔다.

"이런 제기랄. 나중에 사형에게 혼나는 한이 있어도 도저히 못 참겠다!"

낙일방은 땅을 박차고 뛰어 올라 가장 앞에 있는 구레나룻의 중년인을 향해 탈성퇴(奪星腿)의 수법으로 발길질을 했다. 낙일방의 공력은 사실 그렇게 뛰어난 것이 아니었으나, 분노에 가득 찬 그의 발길질은 나름대로 상당한 위력이 있었다.

하나 구레나룻 중년인은 입가에 비릿한 미소를 지으며 슬쩍 허리를 비틀어 너무도 수월하게 낙일방의 탈성퇴를 피했다. 동시에 허공에서 중심을 잃고 휘청거리는 낙일방의 오른쪽 다리를 덥석 움켜잡더니 그대로 이 장 밖으로 집어 던져 버리는 것이었다. 그 손길이 어찌나 빠르고 민첩한지 낙일방으로서는 도저히 피할 수가 없었다.

쿵!

"크윽!"

볼품사나운 모습으로 바닥에 나가떨어진 낙일방은 짤막한 신음과 함께 몸을 꿈틀거리더니 다시 벌떡 일어났다. 흙먼지를 뒤집어쓴 낙일방의 눈알이 새빨개졌다.

"이 빌어먹을 놈! 절대로 가만두지 않겠다!"

낙일방은 거친 숨소리를 내뿜으며 다시 벼락같이 구레나룻 중년인을 향해 덮쳐 갔다.

낙일방은 중년인의 어깨높이로 뛰어오르며 두 주먹을 번갈아 가며 다섯 번이나 휘둘렀다. 이번의 공격은 상당히 날카로워서 언뜻 보기에도 위력이 대단해 보였다.

하나 구레나룻 중년인은 오히려 피식 웃으며 중얼거렸다.

"이렇게 엉성한 오강감계(五剛坎桂)는 처음 보는군."

그는 말 위에 앉은 채로 오른손을 앞으로 불쑥 내밀어 낙일방의 주먹과 주먹이 움직이는 공간 속으로 집어넣었다. 그의 손은 너무도 수월하게 낙일방의 공세를 뚫고 들어와 낙일방의 멱살을 그대로 움켜잡았다.

이어 조금 전과 똑같은 동작으로 그대로 그의 몸을 집어 던지는 것이 아닌가?

콰당!

낙일방은 거의 삼 장이나 밖으로 나가떨어졌다. 이번에는 어찌나 충격이 컸던지 낙일방은 철퇴에 맞은 개구리처럼 두 팔과 두 다리를 쫘악 벌린 채 한동안 바닥에 누워 일어나지 못했다.

"끄응……."

한참 후에야 낙일방은 머리를 흔들며 간신히 정신을 차렸다.

그가 바닥에서 엉거주춤하게 일어났을 때는 이미 구레나룻 중년인과 그의 일행들은 안으로 사라져 보이지 않은 후였다.

낙일방의 얼굴이 흉하게 일그러졌다.

"이 씹어 먹어도 시원치 않을 놈! 덩치만 큰 미련한 곰 같은 놈! 다음에 만나기만 하면 반드시 다리몽둥이를 분질러 버리고 말 테다!"

그는 한동안 자신이 알고 있는 모든 욕설을 내뱉으며 씨근거렸다. 그러다가 문득 무슨 생각이 들었는지 안색이 조금 변했다.

"그런데 그놈이 내 초식을 어떻게 알았지? 더구나 파해법(破解法)을 알지 못했다면 그토록 수월하게 뚫을 수가 없었을 텐데……."

조금 전에 그가 사용했던 초식은 종남파의 절기인 장괘장권구식(長掛掌拳九式) 중에서도 제법 위력이 강맹한 오강감계라는 무공이었다. 낙일방이 비록 장괘장권구식의 오묘한 조화를 모두 터득하고 있지는 못했지만, 그래도 그중 오강감계의 초식에는 나름대로 많은 노력을 기울여서 상당한 경지에 올라 있던 터였다. 그런데도 구레나룻 중년인의 손에 너무도 맥없이 쓰러지고 말았던 것이다.

낙일방의 얼굴이 점차로 딱딱하게 굳어져 갔다.

"그래, 그거야. 그놈이 사용한 그 수법은 바로 유운비수(流雲飛手)였어."

낙일방은 가슴이 덜컥 내려앉는 표정이었다.

"그놈이 어떻게 본 파(本派)의 절기를 알고 있을까?"

유운비수는 종남파에서도 익힌 사람이 몇 명 되지 않는 상승(上

乘)의 절정 수법(絶頂手法)이었다. 낙일방조차도 사부가 생전(生前)에 펼친 모습을 몇 번 보았을 뿐, 아직 익히지도 못한 상태였다.

그런데 그것이 생면부지의 중년인의 손에 의해 펼쳐지다니. 낙일방으로서는 도무지 어찌 된 영문인지 짐작조차 할 수 없었다.

낙일방은 한동안 그 자리에 선 채로 골똘히 생각에 잠겨 있다가 퍼뜩 정신이 든 듯 정신없이 안으로 달려갔다.

진산월이 연락을 받고 연무장에 들어섰을 때 제일 먼저 시야에 들어온 것은 두기춘과 응계성이 사이좋게 나란히 바닥에 누워 있는 광경이었다.

두기춘은 그렇다 치고 응계성마저 바닥에 쓰러져 있는 것을 보고 진산월은 사태가 심상치 않음을 직감적으로 알아차렸다. 응계성은 여섯 명의 사제들 중에서 매상(梅霜) 다음으로 무공이 고강한 인물이었다.

장내에는 바닥에 쓰러져 있는 두 사람 말고도 몇 명의 인물이 더 있었다.

그들 중 한 사람이 진산월을 발견하고 급히 그에게로 다가왔다.

"대사형…… 아니, 장문인. 어서 오세요."

정해였다. 정해는 아직 장문인이란 호칭이 낯선지 음성이 조금 어색했다. 그런 호칭이 어색한 것은 진산월도 마찬가지였다. 하나 진산월은 내색하지 않고 묵직한 음성으로 물었다.

"어찌 된 일이냐?"

정해는 커다란 눈을 깜박거리며 빠르게 말했다.

"누가 찾아와서 장문 사형을 만나게 해 달라고 행패를 부립니다."

진산월의 시선이 연무장의 한쪽에 우뚝 서 있는 다섯 명의 장한들에게로 향했다.

그는 한 사람씩 얼굴을 훑어보다가 구레나룻 중년인에게로 시선을 고정시켰다. 맨 앞에서 팔짱을 끼고 입가에 야릇한 미소를 지은 채 거만한 표정으로 서 있는 그의 모습이 제일 두드러져 보였던 것이다.

정해가 옆에서 나직하게 소곤거렸다.

"바로 저잡니다. 저자가 응 사형(鷹師兄)과 두 사제(杜師弟)를 때려눕혔습니다. 그런데……"

진산월은 힐끗 그를 돌아보았다.

정해의 음성이 한층 나직해졌다.

"저자가 사용한 수법이 아무래도 이상합니다."

"무엇이 이상하더냐?"

정해는 잠깐 머뭇거리다가 입을 열었다.

"꼭 본 파의 무공 같습니다. 확실친 않지만……"

말을 하면서 나중에 빠져나갈 구멍을 미리 만들어 놓는 것은 정해의 오래된 습관이었다. 지금도 그는 '꼭'이라고 말하면서도, 뒤에 가서는 '확실치 않다'는 말을 덧붙인 것이다.

하나 진산월은 이런 경우에도 정해의 말은 거의 어긋난 적이 없다는 것을 잘 알고 있었다.

진산월은 짤막하게 물었다.

"무슨 무공인지 알겠느냐?"

"두 사제를 쓰러뜨린 수법은 잘 모르겠지만 응 사형이 당한 것은 본 파의 천하삼십육검(天河三十六劍) 중 천하수조(天河垂釣)를 장(掌)으로 변환시킨 것 같았습니다. 하지만 너무 빨라서 정확히는……."

진산월은 고개를 끄덕였다.

그 정도면 충분하다. 정해가 초식 이름까지 말할 정도면 틀림없을 것이다.

진산월은 새삼스런 눈으로 구레나룻 중년인을 바라보았다.

생면부지의 인물이었다.

이목구비는 대체로 준수한 편이었으나, 얼굴이 유난히 붉고 미간(眉間)이 좁아서 성격이 화급해 보였다. 코도 크고 입술도 두꺼웠는데, 귀는 반대로 얇아서 흔히 말하는 박복(薄福)한 인상이었다.

한데 반대쪽 귀를 보니 그쪽 귀는 의외로 귓불이 아주 두툼하고 길었다. 이제 보니 구레나룻 중년인은 전형적인 짝귀였던 것이다.

그것을 확인한 순간 진산월은 자신도 모르게 무거운 한숨이 흘러나왔다. 종남파의 무공에 능통하고 짝귀인 인물은, 그가 알기로 이 넓은 천하에서도 오직 한 사람뿐이었다.

진산월은 아무렇지도 않은 표정으로 그를 향해 정중하게 포권을 했다.

"안녕하셨습니까?"

구레나룻 중년인은 날카로운 눈으로 진산월을 응시했다.

"내가 누구인지 아느냐?"

진산월은 담담한 음성으로 말했다.

"일전에 선사(先師)께 들은 적이 있습니다. 노해광(盧解廣) 사숙(師叔)이 아니십니까?"

구레나룻 중년인의 눈가가 한 차례 거세게 꿈틀거렸다.

"네 사부가 내 이야기를 했다고?"

"그렇습니다."

"흐흐…… 가소로운 일이군."

구레나룻 중년인은 냉랭하게 코웃음을 쳤다.

"이미 오래전에 자기 손으로 내쫓은 사람을 기억하고 있었다니…… 무능하고 아무 짝에도 쓸모없는 네 사부가 죽기 전에 그래도 용한 일을 했군그래."

정해를 비롯해 주위에 늘어서 있던 종남파의 문하(門下)들이 일제히 성난 눈으로 그를 노려보았다. 선사를 모욕하는 상대의 무례한 언동(言動)에 분노가 치밀었던 것이다.

하나 진산월은 조금도 표정이 바뀌지 않은 채 처음과 다름없는 음성으로 말했다.

"선사께선 십오 년 전에 사숙을 내보내신 것을 오랫동안 후회하고 계셨습니다."

구레나룻 중년인은 입가를 실룩거리다가 버럭 고함을 질렀다.

"웃기는 소리 마라! 네 사부가 어떤 작자인데 후회 같은 걸 하겠느냐? 그는 아마 내가 진즉에 죽은 줄로 알고 있었겠지만 보다시피 나는 이렇게 건재하다! 오히려 나를 내쫓은 그가 먼저 죽어 버렸으니 이게 바로 인과응보(因果應報)가 아니고 무엇이냐, 크하하하!"

구레나룻 중년인은 한동안 미친 듯한 웃음소리를 토해 냈다.

구레나룻 중년인, 노해광은 진산월의 사부인 태평검객(太平劍客) 임장홍(林長弘)의 유일한 사제였다.

하나 십오 년 전, 임장홍은 그를 종남파에서 내쫓았다. 그 이유에 대해서 임장홍은 누구에게도 말하지 않았으나, 진산월은 그것이 치정(癡情)에 얽힌 일 때문이라는 것을 어렴풋이 들은 적이 있었다.

노해광은 갑자기 웃음을 뚝 그치고 입가에 한 줄기 음산한 미소를 머금었다.

"흐흐…… 네놈은 내가 왜 갑자기 이곳에 왔는지 궁금하겠지?"

진산월은 솔직하게 고개를 끄덕였다.

"그렇습니다."

그는 십오 년 만에 불쑥 나타난 노해광이 결코 좋은 뜻을 품고 찾아온 것은 아니라는 사실을 알고 있었다. 단지 그는 이번 일이 자신의 힘으로 감당할 수 있는 수준이기만을 바랄 뿐이었다.

오늘은 진산월이 장문인이 된 길(吉)한 날이다. 이런 날 사람이 다치거나 죽는 일이 벌어지는 것은 누구라도 원치 않을 것이다.

더구나 상대는 엄연한 자신의 사숙이 아닌가?

하나 상황은 진산월의 희망대로 진행되지 않았다.

노해광은 입가에 한 줄기 음산한 미소를 떠올리며 진산월을 노려보았다.

"흐흐…… 나는 잃어버린 내 장문인 자리를 되찾으러 왔다."

그 말을 듣자 모든 사람의 안색이 대변했다.

안색이 변하지 않은 사람은 오직 진산월뿐이었다. 진산월의 배짱이 남들보다 월등히 좋아서는 아니었다. 단지 그는 원래 쉽사리 놀라는 성격이 아니었을 뿐이다.

"장문인 자리를 되찾으시겠다니요?"

그가 담담한 음성으로 되묻자 노해광은 음흉하게 웃었다.

"흐흐…… 귀가 먹었느냐? 그렇다면 다시 한 번 말해 줄 테니 귓구멍을 잘 뚫고 똑똑히 들어라! 나는 네놈의 사부에게 빼앗긴 장문인 자리를 오늘 다시 되찾으려고 왔단 말이다."

모두들 어처구니가 없어 멍하니 노해광을 쳐다보고만 있었다.

그때 누군가의 폭갈 소리가 터져 나왔다.

"웃기는 소리 하지 마라! 네놈 따위가 어찌 본 파의 장문인이 될 수 있단 말이냐?"

언제 나타났는지 낙일방이 이마에서 발끝까지 먼지를 뒤집어쓴 채로 달려와 얼굴을 시뻘겋게 물들이며 노해광을 향해 삿대질을 하고 있었다.

노해광의 눈꼬리가 쭈욱 치켜 올라갔다.

'저놈이 보자 보자 하니까?'

아무리 그래도 명색이 사숙인데 자신의 아들뻘밖에 되지 않는 사질(師姪)에게 이놈저놈 소리를 들으니 기분이 좋을 리가 없었다. 그렇지 않아도 입구에서 처음 볼 때부터 영 마음에 들지 않던 놈이라서 한 번 더 자기 손에 걸리게 되면 단단히 쓴맛을 보여 주리라고 결심하고 있던 터였다.

노해광은 눈가에 살기등등한 기세를 내뿜으며 낙일방에게로 다가가려 했다.

그때 그의 뒤에 서 있던 비쩍 마르고 왼쪽 뺨에 칼자국이 나 있는 장한이 그의 어깨를 잡았다.

"노 형. 노 형은 이제 곧 장문인이 될 신분인데 아랫것들과 드잡이질을 하면 체면이 뭐가 되겠소? 저 못된 송아지의 버릇은 내가 고쳐 주리다."

노해광은 그의 말이 그럴듯하다고 느꼈는지 고개를 끄덕이며 물러났다.

"장 노제(張老弟)의 말이 옳네."

칼자국 장한은 입가에 징그러운 미소를 지으며 느릿느릿 낙일방을 향해 다가왔다.

"이봐, 애송이. 이분은 네놈의 하나뿐인 사숙이시고 이제 곧 장문인 자리에 오르실 텐데 말이 너무 심했다고 생각하지 않느냐?"

낙일방이 분기탱천하여 막 발작하려는 순간 진산월의 음성이 들려왔다.

"일방, 물러나라."

낙일방은 씨근덕거리며 칼자국 장한을 노려보았으나 진산월의 명을 거역하지 못하고 뒤로 물러나고 말았다.

진산월은 칼자국 장한은 쳐다보지도 않고 노해광을 똑바로 바라보며 입을 열었다.

"장문인의 지위는 선사의 유명(遺命)이신지라 바꿀 수가 없습니다. 그보다 사숙께서 따로 원하시는 게 있으면 말씀해 보십시오."

노해광은 눈을 부릅뜨며 버럭 소리를 질렀다.

"따로 원하는 거라니? 난 그런 거 없다. 내가 바라는 건 오직 장문인 자리뿐이다."

진산월은 우두커니 그를 바라보고 있다가 뒤통수를 긁적거렸다.

"그것 참 곤란한 일이군요."

노해광은 막 화를 내려다가 이 모습을 보자 내심 어처구니가 없어서 웃음이 나올 지경이었다.

'뭐 이런 녀석이 다 있지?'

한 문파의 장문인이 어떤 자리인가? 그야말로 무림인이라면 누구나가 탐을 내는 지고(至高)의 위치가 아닌가?

다른 사람이라면 사생결단을 내서라도 그 자리를 지키기 위해서 애를 쓸 텐데 눈앞의 이 키가 크고 몸집이 좋은 녀석은 단지 뒤통수만 긁적거리고 있을 뿐이니, 어이가 없다 못해 실소가 나올 정도였다.

노해광은 화를 내야 할지 웃어야 할지 결정을 내리지 못하고 잠시 머뭇거렸다. 하나 이내 그는 두 눈에 힘을 주며 종(鐘)이 울리는 듯한 커다란 소리로 외쳤다.

"네가 정녕 이 사숙을 무시하고 장문인 자리에 눌러 앉으려느냐?"

이번에 그는 은근히 목소리에 공력(功力)을 실었기 때문에 그야말로 장내가 온통 그의 목소리로 뒤흔들리는 것 같았다. 내공이 약한 정해와 두기춘 등 몇몇 종남의 문하들은 인상을 찡그리며 귀를 틀어막아야만 했다.

그 소리에 놀랐는지 내당(內堂) 쪽에서 몇 개의 인영들이 뛰쳐나왔다. 그들은 종남파의 장문인이 취임하는 자리를 축하해 주기 위해 찾아온 하객들이었다.

하객들은 놀란 토끼눈을 하고 달려 나오다가 종남파의 문하들이 몇 사람의 낯선 인물들과 대치해 있는 광경을 보고 어리둥절한 얼굴이 되었다.

그들 중 진령(秦嶺) 일대에서 제법 명성을 떨치고 있는 철조수 위일상은 노해광의 뒤에 서 있는 네 명의 장한들을 보고 안색이 새파랗게 질려 버렸다.

"저, 저자들은 천남사살(天南四煞)인데…… 저들이 어찌 여길……."

그의 음성을 듣자 모두의 시선이 노해광의 뒤에 우뚝 서 있는 차가운 인상의 네 명의 장한들에게로 쏠렸다.

천남사살은 멀리 강남(江南) 일대에서 악명(惡名)이 자자한 인물들로, 무공이 고강하고 수법이 잔혹하여 두려워하지 않는 사람이 없는 일대 흉인(一大兇人)들이었다.

그중 얼굴에 칼자국이 있는 인물이 대살(大煞) 장욱(張旭)이었고, 그 옆의 눈이 날카로운 자가 이살(二煞) 전평(展平), 덩치가 커다란 인물이 삼살(三煞) 도송(都松), 그리고 체구가 가장 작은 인물이 천남사살 중에서도 가장 악랄하다는 사살(四煞) 팽일기(彭一忌)

였다. 그들은 강남에서만 횡행(橫行)할 뿐, 강북에서는 좀처럼 모습을 드러낸 적이 없었는데 오늘 노해광과 함께 불쑥 이곳에 나타난 것이다.

대살 장욱이 위일상을 돌아보며 징그럽게 웃었다.

"흐흐…… 용케도 우리를 알아보는 자가 있군. 우리가 누군지 안다면 우리의 성격이 어떤지도 잘 알 텐데……."

위일상은 안색이 창백하게 변하더니 갑자기 진산월을 향해 급히 포권을 했다.

"지, 진 장문인. 나는 아무래도 바빠서 이만 먼저 가 봐야 할 것 같소. 그럼……."

이어 그는 진산월의 답례도 받지 않고 허겁지겁 밖으로 달려 나갔다. 다른 하객들도 진산월의 눈치를 살피더니 앞을 다투어 인사를 하고는 떠나 버렸다.

순식간에 장내에는 종남파의 문하 제자들과 노해광 일행만이 동그마니 남게 되었다.

낙일방은 이 광경을 보고 분노를 참지 못하고 버럭 노호성을 터뜨렸다.

"이런 제기랄. 이게 무슨 짓들이야? 무림의 고수라는 놈들이 천남사살이란 이름에 꽁무니를 빼다니……."

장욱이 낄낄거리며 그를 향해 몸을 날렸다.

"헤헤…… 그런 네놈은 얼마나 대단한가 한번 보자!"

그는 단번에 삼 장을 날아 낙일방의 코앞으로 육박해 들어왔다.

낙일방은 상대의 놀라운 신법(身法)을 보고도 조금도 기가 죽지 않고 오히려 이를 갈아붙이며 덤벼들었다.

"좋다, 이놈! 종남파가 그렇게 호락호락한 곳이 아니라는 걸 보여 주겠다!"

그는 장괘장권구식 중의 천전만권(千纏萬捲) 수법으로 자신을 향해 달려드는 장욱의 가슴팍을 후려쳐 갔다.

장욱은 괴소를 터뜨리며 오른손을 슬쩍 들어 낙일방의 공세를 허물어뜨리고는 왼쪽으로 빙글 돌며 그의 허리춤을 세차게 걷어찼다.

"헤헤…… 이것도 무공이라고 펼치느냐?"

낙일방은 상대의 발길질에 허리를 강타당하는 순간 하늘이 노래지는 듯한 통증을 느끼고 허리를 반으로 꺾었다.

"큭!"

하나 그가 채 바닥에 쓰러지기도 전에 어느새 장욱의 다른 쪽 발이 날아와 그의 아래턱을 사정없이 가격해 버렸다.

쾅!

"커억!"

커다란 비명과 함께 낙일방의 몸이 허공에서 완전히 한 바퀴를 돌아 바닥에 곤두박질쳤다. 장욱은 잔인하게도 바닥에 쓰러져 아직 채 정신을 차리지도 못하고 있는 낙일방의 얼굴을 다시 발로 강하게 걷어찼다.

"이 버릇없는 자식! 이제 이 어르신네의 무서움을 똑똑히 알았느냐?"

낙일방의 얼굴은 금세 피투성이가 되어 퉁퉁 부어올랐다.

낙일방은 일그러진 얼굴로 바닥에 누워 그를 올려다보며 소리쳤다.

"이 마른 장작 같은 놈아. 겨우 이 정도로 나를 굴복시킬 수 있을 줄 알았느냐?"

장욱의 눈꼬리가 사납게 치켜 올라갔다.

"이놈이 아직도 정신을 못 차리고?"

그는 다시 몇 차례 더 낙일방의 몸을 세차게 걷어찼다. 낙일방은 얼굴을 양팔로 에워싼 채 꼼짝없이 장욱이 걷어차는 대로 맞고 있었다.

장욱은 대여섯 번이나 더 발길질을 한 다음에야 겨우 발을 멈추었다.

"이래도 할 말이 있느냐?"

낙일방의 온몸은 그야말로 만신창이였다. 낙일방은 시퍼렇게 부어오르고 피로 범벅이 된 얼굴로 장욱을 올려보았다.

"우, 웃기는 소리 하지 마라…… 네놈 같은 건 한주먹 거리도 안 된다…….”

"이놈이 정말?"

장욱은 분노가 치밀어 오르는지 오른발을 들어 낙일방의 얼굴을 밟았다.

"어억…….”

낙일방의 입이 벌어지며 시뻘건 피가 흘러나왔다. 장욱은 낙일방의 얼굴을 짓이겨 버리려는 듯 계속 발로 밟다가 그대로 발꿈치로 그의 명치를 찍어 버렸다.

"쾅!"

낙일방은 신음 소리도 내지 못하고 입을 딱 벌리고 있다가 그대로 정신을 잃고 말았다.

"퉤! 별 정신 나간 놈 다 보겠군."

장욱은 혼절한 낙일방의 얼굴에 침을 뱉고는 그제야 발을 들어 올렸다.

"사제!"

정해가 재빨리 다가와 낙일방의 몸을 끌어안았다.

장욱은 다시 히죽거리며 진산월을 돌아보았다.

"이해하라구. 나는 저런 버르장머리 없는 애송이를 보면 참지 못하는 성미라서 말이야."

이살 전평이 옆에서 킬킬거렸다.

"크크…… 대형(大兄) 잘못이 아닙니다. 이게 모두 지 애송이 놈의 버릇을 잘못 가르친 저놈 사문(師門)의 탓 아닙니까?"

"맞아. 제자를 보면 그 스승을 안다고…… 태평검객인가 하는 작자가 얼마나 한심한 인물이었는지 짐작이 가는군그래."

이어 두 사람은 서로 마주 보며 통쾌한 듯 대소를 터뜨렸다.

"크하하하……!"

"케헤헤헤……!"

진산월은 묵묵히 웃고 있는 두 사람을 쳐다보다가 천천히 시선을 노해광에게로 돌렸다.

"사숙께서 원하시는 게 이런 겁니까?"

노해광은 인상을 찌푸린 채 고개를 저었다.

"쓸데없는 소리 말고, 장문인 자리를 순순히 내놓을 건지 그것만 말해라."

"아까도 말씀드렸다시피 그건 사부님의 유명인지라 내놓고 말고 할 사안이 아닙니다. 정말 달리 원하시는 게 없습니까?"

노해광은 눈을 부라렸다.

"내가 원하는 것이 있으면……? 네놈이 순순히 내놓겠느냐?"

"제가 생각하기에 합당한 것이라면 드리겠습니다."

진산월이 의외로 흔쾌히 말하자 노해광은 잠깐 머뭇거렸다.

장문인 자리가 자기한테 돌아오리라고는 노해광도 애초부터 생각하지 않고 있었다.

아무리 종남파가 몰락의 길을 걷고 있다고는 하나, 한때는 구대문파에서도 혁혁한 명성을 떨쳤던 전통 있는 명문 정파가 아닌가? 그런 문파의 장문인 자리가 생짜로 될 일이 아니라는 건 누구보다도 노해광 자신이 잘 알고 있었다.

그런데도 그가 이렇듯 불쑥 찾아와서 시비(是非)를 거는 것은 다른 목적이 있기 때문이었다. 진산월도 그것을 짐작하고 있기에 두 번이나 원하는 게 무어냐고 물어본 것이다.

노해광은 마침내 자신의 진짜 목적을 밝히기로 했다.

그는 한 차례 헛기침을 하고는 돌연 정색을 하며 말했다.

"조암령(祖庵嶺) 일대에 있는 네 곳의 주루(酒樓)를 내게 넘겨라."

그 말에 종남파 문하들의 얼굴이 모두 흙빛으로 변했다.

정해가 재빠르게 다가와 진산월에게 속삭였다.

"거절해야 합니다, 장문 사형. 그곳들은 우리들에게 남아 있는 유일한 소득원입니다."

진산월도 그것은 알고 있었다.

종남파가 구대문파에 속해 있을 때는 진령 일대의 대다수 상권(商圈)이 종남파에 귀속되어 있었다. 오십 년 전만 해도 섬서성(陝西省) 제일의 거부(巨富)는 바로 종남파의 장문인이라고 해도 틀린 말이 아니었다.

하나 종남파가 몰락의 길을 걷기 시작하면서부터 종남파의 세력은 급속도로 약해져서 상권을 하나둘씩 빼앗겨, 지금은 조암령과 대왕령(大王嶺) 일대의 일곱 개 주루만이 남아 있을 뿐이었다. 그중에서도 조암령에 있는 네 곳의 주루는 모두 크고 번창해서 현재 종남파의 가장 큰 수입원이 되고 있었다.

그런데 노해광이 어떻게 알았는지 그 네 곳의 주루를 달라고 하는 것이다.

정해가 다시 속삭였다.

"대왕령에서 나오는 수입만으로는 절대로 본 파의 살림을 꾸려 나갈 수가 없습니다. 더구나 그곳은 언제 초가보(焦家堡)에 빼앗길지도 모릅니다."

초가보는 진령 이북(秦嶺以北)에 새로 생겨난 문파로, 요즘 급속도로 세력을 키워 종남파를 위협하고 있었다.

정해의 말을 들었는지 노해광이 재빨리 말했다.

"초가보쯤은 내가 물리쳐 줄 수 있다. 조암령의 상권을 내게 주

제1장 내자불선(來者不善) 43

면 이대로 순순히 물러남은 물론, 앞으로도 장문인 자리는 다시 넘보지 않으마.”

‘이런 뻔뻔한…….’

정해가 막 무어라고 말하려 할 때였다.

진산월이 손을 들어 그를 제지했다. 그러고는 조용한 음성으로 입을 열었다.

“그렇게 하지요.”

노해광은 반색을 하며 되물었다.

“정말이냐?”

진산월은 고개를 끄덕였다.

“저는 거짓말은 하지 않습니다. 대신…….”

노해광은 급히 물었다.

“대신 무엇이냐?”

진산월은 노해광을 물끄러미 바라보았다. 그의 시선은 아무런 빛도 담겨 있지 않아서 그가 지금 무슨 생각을 하고 있는지는 강호 경험이 많은 노해광도 도무지 짐작할 수가 없었다.

진산월은 한동안 그런 눈으로 노해광을 응시하고 있다가 담담한 음성으로 말했다.

“앞으로 두 번 다시 이곳을 찾아오지 마십시오.”

제 2 장
사형사제(師兄師弟)

제2장 사형사제(師兄師弟)

낙일방의 올해 나이는 열일곱.

호남성(湖南省) 형양(衡陽) 태생이었다.

호남(湖南) 사람들은 성격이 급하다고 하는데, 그런 면에서 낙일방은 전형적인 호남 사람이었다. 그는 성격이 불같고 화가 나면 자신을 잘 억제하지 못했다.

일곱 살 때 어머니가 죽고, 아홉 살 때 아버지가 계모(繼母)와 재혼(再婚)을 해서 함께 살았다. 하나 삼 년도 되지 않아 그는 집을 뛰쳐나오고 말았다. 그 후 이 년 동안 하남성(河南省) 일대를 떠돌아다니다가 섬서성까지 흘러들어 왔고, 인연이 닿아 종남파에 들어오게 되었다.

그는 고집이 세고 화를 잘 내서 사형제들 중 어느 누구와도 그다지 친하게 지내지 않았다. 그나마 정해가 가끔 그의 말벗이 되어 줄 뿐이었다.

그런 낙일방이 이상하게도 진산월의 말이라면 팥으로 메주를 쑨다고 해도 믿고 따랐다.

일전에 정해는 그것이 하도 궁금해서 물어본 적이 있었다.

"여덟째. 너는 다른 사람의 말은 들은 척도 안 하면서 대사형 말이라면 어떻게 그렇게 잘 따르는 거냐?"

낙일방은 그답지 않게 이빨을 드러내며 활짝 웃었다.

"난 세상에서 대사형이 제일 좋거든요."

"왜?"

"내가 아무리 화를 내거나 잘못을 해서 일을 저질러도 꾸짖거나 야단치지 않는 사람은 대사형밖에 없어요. 사형 같으면 그런 사람을 좋아하지 않을 수 있나요?"

그때 정해는 한참 동안 생각에 잠겨 있다가 한숨을 푹 쉬며 고개를 끄덕이고 말았다.

"그래. 나도 그래서 대사형을 좋아하지."

낙일방의 말마따나 진산월은 좀처럼 화를 낸 적이 없었다.

낙일방이 청소를 하다가 실수로 자신이 가장 아끼는 화병(花瓶)을 깨뜨렸을 때도, 두기춘이 몰래 사부의 서재에 침입해서 사부가 따로 남겨 놓은 비급(秘笈)이 없나 뒤적거리다가 등잔을 엎질러 불이 나서 서재를 홀랑 태웠을 때도 그는 화를 내지 않았다.

단지 그런 일이 일어났을 때마다 그는 뒤통수를 긁적거리며 '이것 참 안된 일이로군.' 하고 중얼거리고 마는 것이었다. 그래서 사형제들 중에는 뒤에서 그를 '나보살(懦菩薩)'이라고 부르며 비웃는 사람도 있었다.

낙일방이 정신을 차렸을 때, 제일 먼저 눈에 들어온 것은 자신을 내려다보고 있는 진산월의 걱정 어린 얼굴이었다. 그래서 낙일방은 기분이 좋아졌다.

진산월은 낙일방이 눈을 뜬 것을 보고 물었다.

"몸은 어떠냐?"

낙일방은 히죽 웃었다.

"이쯤은 아무렇지도 않아요. 정말이에요, 대사형."

그는 억지로 자리에서 일어나려 했다. 하나 진산월이 채 제지하기도 전에 그는 오만가지 인상을 찡그리며 다시 침상 위에 벌렁 드러눕고 말았다.

"으윽!"

몸을 움직이는 순간, 전신의 구석구석이 망치로 다져지는 듯한 통증을 느꼈던 것이다. 특히 옆구리와 명치끝이 형용할 수 없을 정도로 아팠다.

진산월은 가만히 그의 어깨를 두드렸다.

"억지로 일어날 건 없다. 그냥 누워 있어라."

낙일방은 몇 번 더 일어서려고 애를 쓰다가 마침내 포기하고는 힘없이 누워 버렸다.

"제길…… 그런 놈한테 이런 꼴을 당하다니…… 다음에 만나기만 하면 그냥……."

진산월은 희미하게 웃으며 그를 내려다보았다.

"다음에 그자를 만나면 이길 자신이 있느냐?"

낙일방은 생각할 것도 없다는 듯 급히 말했다.

"그럼요. 다음에는 기필코 그놈의 다리를 분질러 버리고 말겠어요."

진산월은 담담하게 물었다.

"네 무공은 그자의 적수가 되지 않는데 무슨 수로 그를 이기려느냐?"

"그건……."

낙일방은 무어라고 말하려다 입을 다물었다. 자기의 실력으로는 죽었다 깨어나도 장욱을 당해 낼 수 없다는 것을 깨달은 것이다. 자신의 사력(死力)을 다한 일격을 너무도 간단하게 피해 내고 자신을 장난감처럼 마음대로 다루던 장욱의 실력은 확실히 자신의 그것과는 차원이 달랐다.

진산월은 낙일방의 풀이 죽은 얼굴을 내려다보고 있다가 천천히 입을 열었다.

"조금 전에 네가 그자에게 펼친 것은 장쾌장권구식 중의 천전만권이었지?"

낙일방은 기어 들어가는 듯한 목소리로 대답했다.

"예."

"천전만권은 빠른 속도보다는 다양한 변화를 위주로 한 초식이다. 그건 알고 있겠지?"

낙일방은 진산월이 묻는 의중을 몰라 묵묵히 고개를 끄덕였다.

"너는 천성적으로 성격이 급하고 호승심(好勝心)이 강해서 변화무쌍한 초식을 잘 익힐 수가 없다."

자신의 성격이 급하다는 것은 낙일방도 알고 있었다.

비단 성격이 급할 뿐만 아니라 참을성도 별로 없어서 사형제들 중에서 무공의 진척 속도도 가장 느린 축에 속했다. 특히 종남파의 성명절기(盛名絕技)인 천하삼십육검은 장중(壯重)하면서도 변화무쌍한 검법이었기 때문에, 불같은 성격의 낙일방에게는 더욱 어울리지 않았다.

사실대로 말하자면, 낙일방은 천하삼십육검보다는 오히려 그보다 위력이 훨씬 떨어졌다고 알려진 장쾌장권구식이 더욱 마음에 들었다. 그래서 다급한 상황이 되면 자신도 모르게 위력이 강한 천하삼십육검보다는 손에 익숙한 장쾌장권구식을 펼치게 되는 것이다.

진산월은 차분한 음성으로 말을 이었다.

"성격이 급하다는 것은 물론 커다란 단점이기도 하지만, 잘만 이용하면 좋은 장점이 될 수도 있다."

낙일방은 귀가 번쩍 뜨여 급히 물었다.

"그게 정말입니까?"

"너는 빠르고 강력한 무공을 펼치기에는 오히려 남들보다 적합한 체질이다. 너도 검(劍)보다는 권법(拳法)이나 장법(掌法)을 익히는 것이 더 편하지 않느냐?"

낙일방은 열심히 고개를 끄덕였다.

"정말 그래요, 대사형. 저는 주먹으로 싸우는 게 더 좋습니다."

"조금 전에 보니 너의 장쾌장권구식은 그런대로 쓸 만하더구

나. 하지만 아직도 모자란 점이 많이 눈에 띈다."

낙일방은 진지한 자세로 듣고 있다가 급히 물었다.

"그럼 저는 어떻게 해야 할까요?"

"천전만권이나 조운육환(彫雲六環) 같은 초식은 비록 절묘한 묘용(妙用)이 있지만 변화가 너무 복잡해서 너에게는 별로 어울리지 않는다. 조금 전에도 천전만권보다는 홍안척령(鴻雁剔翎)이나 천성탈두(天星奪斗) 같은 빠른 초식을 구사했으면 그렇게 일방적으로 당하지만은 않았을 것이다."

"그런 초식들로 장욱 같은 고수를 쓰러뜨릴 수 있을까요?"

진산월은 뒤통수를 긁적거렸다.

"그건 나도 모르겠다. 하지만 나는 승부(勝負)란 단순히 무공의 고하(高下)만으로 판가름 나는 것은 아니라고 생각한다. 순간적인 임기응변이나 반드시 이기겠다는 승부욕 같은 것도 승부의 중요한 요소라고 할 수 있지. 같은 초식이라도 어떤 배합을 하느냐에 따라 그 위력이 판이하게 달라질 수 있다."

낙일방은 새삼스런 눈으로 진산월을 바라보았다.

평상시에 진산월은 말이 그렇게 많은 사람이 아니었다. 그리고 무공에 대한 진척도 다른 사형제들보다 월등히 빠르지도 않았다. 또 남들과 싸우는 것을 별로 좋아하지 않아서 검을 들고 다른 사람과 비무(比武)를 한 것은 손가락으로 셀 수 있을 정도에 불과했다. 그런 진산월의 입에서 승부에 대한 제법 확고한 철학 같은 말이 흘러나오자 이상한 생각이 들었던 것이다.

낙일방은 고개를 갸웃거리고 있다가 다시 물었다.

"대사형 같으면 아까 장욱과 싸웠을 때 어떻게 했을까요?"
진산월은 빙그레 웃었다.
"나라면 무조건 피했을 것이다."
낙일방은 뜻밖의 대답에 눈을 크게 떴다.
"피해요?"
"오늘 같은 날에 남과 실랑이를 벌인다는 것은 승패(勝敗)의 여부를 떠나서 별로 바람직한 일이 아니다."
낙일방은 정말 대사형다운 말이라고 생각했다.
하지만 그런 것에 조금도 신경 쓰지 않고 하고 싶은 대로 하는 것은 또 낙일방다운 일이었다. 누가 시비를 걸어 오면 죽든 살든 피하지 않고 맞받아 주는 것이 낙일방의 성격이었다.
"꼭 그놈과 싸워야 한다면요?"
"그래도 피해야지. 아직은 그보다 실력이 뒤쳐지니까."
낙일방은 고집스럽게 물었다.
"그래도 반드시 싸워야 한다면요?"
"그래도 피해야지. 그때 너는 전혀 싸울 준비가 되어 있지 않았으니까."
낙일방은 끈질겼다.
"그래도 그놈과 싸우겠다면요?"
"그래도 피해야겠지. 그때 그자는 너에게 달려오면서 유리한 위치를 선점(先占)하고 있었으니까."
낙일방은 침을 한번 삼킨 후 다시 물었다.
"만약 오늘 같은 날이 아니고, 그놈보다 실력도 뒤떨어지지 않고, 미리 싸울 마음의 준비를 하고 있고, 서로 동등한 위치에 있었다면요? 그렇다면 대사형은 어떻게 싸웠겠어요?"

마침내 진산월은 피식 웃으며 그의 이마를 툭 쳤다.

"그렇게 그자를 꺾고 싶으냐?"

낙일방은 두 눈을 매섭게 빛내며 힘주어 말했다.

"그놈의 이빨을 모조리 부러뜨리고 갈비뼈를 모두 꺾어 버리고 다리를 분질러 땅바닥에 패대기칠 때까지는 나는 잠도 제대로 자지 못할 거예요."

"그렇게 알고 싶다면 말해 주지. 나라면…… 우선 그의 왼쪽으로 돌며 천성탈두의 식으로 옆구리를 공격하겠다."

낙일방은 고개를 갸웃거렸다.

"왜 왼쪽으로 돌아야 하지요?"

"그자는 오른손잡이라서 왼쪽이 아무래도 수비가 허술하거든. 그러면 그자는 왼쪽 팔을 구부려 내 손을 막은 후 몸을 돌리며 오른손으로 내 관자놀이를 치려고 하겠지. 그때 철판교(鐵板橋)의 신법으로 뒤로 누우며 원앙각(鴛鴦脚)으로 그자의 턱을 가격하겠다. 그자는 다음의 두 가지 중 한 가지 방법으로 피할 것이다."

"어떤 방법으로요?"

"뒤로 훌쩍 물러나거나, 아니면 반대로 나의 우측으로 쓰러지며 팔꿈치 공격을 해 올 것이다."

"그걸 어떻게 막지요?"

"그자가 뒤로 물러나면 재빠르게 물구나무를 하여 일어서며 그자의 가슴팍으로 뛰어들어 홍안척령의 일식을 공격하면 된다. 또 우측으로 쓰러지며 팔꿈치 공격을 해 올 때도 역시 물구나무를 하여 일어서며 위에서 아래로 단봉조양(丹鳳朝陽)을 전개하면 그자는 피할 수 없게 된다.”

낙일방은 손뼉을 탁 쳤다.

“그렇군요. 다음에 그놈을 만나면 꼭 그런 식으로 싸우겠어요.”

진산월은 그를 빤히 바라보며 물었다.

“너는 철판교를 펼칠 수 있느냐?”

낙일방은 고개를 끄덕였다.

“어느 정도는요.”

“그럼 철판교로 뒷머리가 땅에 닿을 때까지 누우며 원앙각을 펼칠 수 있느냐?”

낙일방의 얼굴에 조금 자신 없는 표정이 떠올랐다.

“그건…… 해 보지 않아서 잘 모르겠어요.”

진산월은 다시 물었다.

“그럼 철판교로 원앙각을 펼치다가 다시 물구나무로 일어설 수 있느냐?”

낙일방의 얼굴이 다시 변했다.

“그…… 그건…….”

“그럼 철판교로 원앙각을 펼치다가 물구나무로 일어서며 바로 상대를 향해 홍안척령이나 단봉조양의 공격을 할 수 있느냐?”

낙일방은 안색이 창백해진 채 입을 다물었다.

진산월은 한동안 그를 응시하다가 담담한 음성으로 입을 열었다.

"아는 것과 실제로 행하는 것은 커다란 차이가 있다. 상대를 이길 방법을 알고 있어도 그걸 실행시킬 실력이 없으면 무용지물(無用之物)이 되고 만다. 너는 우선 철판교를 완벽하게 익혀서 어떤 자세에서도 물구나무로 일어날 수 있는 경지에까지 도달해야 한다. 그런 다음에야 그자와 싸워 볼 수 있지."

낙일방은 한참 동안이나 입술을 꼬옥 깨문 채 아무런 말이 없었다. 그러다가 진산월을 쳐다보며 다부진 표정으로 고개를 끄덕였다.

"알았어요. 오늘부터 죽도록 철판교를 연습하겠어요."

진산월은 그의 어깨를 다독거려 주었다.

"홍안척령과 단봉조양도 잊지 마라."

"알겠어요."

"그럼 쉬어라."

진산월은 천천히 자리에서 일어나 방문을 향해 걸어갔다.

막 진산월이 방을 나가려는 순간 낙일방이 그를 불렀다.

"대사형."

진산월이 그를 돌아보자 낙일방은 조금 머뭇거리다가 입을 열었다.

"고마워요."

진산월은 빙긋 웃다가 머리를 긁적거렸다.

"그런 거지 뭐."

그러고는 몸을 돌려 방을 빠져나갔다.

* * *

타타탁!

칼이 빠른 속도로 움직였다.

은어(銀魚)의 몸이 순식간에 갈라지며 껍질이 벗겨지고 뼈가 발린 다음 토막이 났다.

스슥!

능숙한 손길이 토막 난 은어의 흰 살 위에 소금과 후춧가루를 뿌려 댔다.

그런 다음, 칼은 더욱 빠른 속도로 움직였다.

타타타탁!

거의 보이지도 않는 속도로 상하(上下)로 움직이는 칼날의 아래에는 돼지고기 살덩이가 놓여 있었다. 돼지고기는 눈 깜빡할 새 잘 다져져서 은어 살과 마찬가지로 소금과 후춧가루 세례를 받은 다음 한쪽으로 치워졌다.

그다음은 야채였다.

삭! 삭!

죽순(竹筍)은 직사각형으로 잘리고, 파는 어슷하게 썰렸다. 당근도 익숙한 손길에 의해 꽃 모양으로 썰려서 죽순과 파와 함께 뜨거운 물속으로 던져졌다.

한쪽 불에는 기름이 끓고 있었다.

능숙한 손길은 도마 위에 은어의 살을 곱게 펴고 그 위에 다진 돼지고기를 엄지손가락만큼씩 떼어 놓은 다음 돌돌 말았다. 그것에 갈분(葛粉)을 묻히고 다시 계란을 씌워 끓고 있는 기름에 튀기기 시작했다.

치치칙!

기름의 온도는 그리 뜨겁지 않아 다진 돼지고기에 싸인 은어 살은 곧 노란 빛깔로 튀겨진 후 건져졌다. 잘 삶아진 야채를 건져 차가운 물로 씻은 후 갈분을 물에 풀어 걸쭉한 국물을 만들고 몇 가지 양념을 한 다음 튀긴 은어 살과 야채를 접시에 담고 국물을 그 위에 끼얹었다.

탁!

능숙한 손길은 완성된 요리를 탁자 위에 내려놓았다.

"자, 먹어 봐."

탁자 앞에는 흰옷을 입은 아리따운 미소녀가 앉아 있었다.

미소녀는 자신의 앞에 놓인 음식을 황홀한 눈으로 쳐다보았다. 냄새는 말할 것도 없고, 그 빛깔과 모양이 보기만 해도 군침을 돌게 할 만큼 먹음직스러웠다.

미소녀는 젓가락을 들고 튀김을 한 조각 꺼내 입안으로 가져갔다. 눈을 감은 채 몇 번인가 씹은 다음 그것을 꿀꺽 삼켰다. 그리고 흘러나오는 탄성 한마디.

"정말 맛있어요!"

진산월은 빙그레 웃었다.

"그렇다면 다행이군."

미소녀는 다시 튀김 몇 점을 정신없이 집어먹었다.

"음…… 이렇게 연하고 쫄깃한 맛은 처음이군요. 이 요리의 이름은 뭐예요?"

"계화어권(桂華魚卷)."

미소녀는 다시 탁자 위에 놓인 술병을 잡고 술병째 입속에 틀어넣었다.

"꿀꺽…… 꿀꺽……."

여자답지 않은 모습으로 술병을 병째 들이키고는 다시 정신없이 요리를 먹기 시작했다. 그러다가 진산월을 올려다보며 손짓했다.

"사형도…… 드세요."

진산월은 흐뭇한 표정으로 그 모습을 바라보고 있다가 앞치마를 푸르고 그녀의 앞에 마주 앉았다.

"그럼 나도 조금 먹어 볼까?"

이어 진산월은 눈부신 속도로 젓가락을 놀려 요리를 입속으로 가져갔다.

두 남녀는 아무 말도 하지 않고 정신없이 먹고 마셨다. 얼마 되지 않아 그토록 수북했던 요리는 빈 접시만을 남긴 채 흔적도 없이 사라져 버렸다.

그제야 미소녀는 배가 찼는지 젓가락을 멈추고 만족한 얼굴로 배를 두드렸다.

"아! 정말 잘 먹었어요."

술 한 병을 혼자 다 마셨는데도 그녀는 별로 취한 빛을 보이지 않았다.

진산월은 진지한 표정으로 빈 접시에 남은 국물 한 점까지 깨끗이 닦아 먹고 있었다.

미소녀는 탁자에 턱을 괸 채 그 광경을 지켜보고 있다가 입을 삐죽거렸다.

"대사형은 다 좋은데 너무 먹을 걸 밝혀서 탈이에요. 장문인 체면에 접시 바닥까지 닦아 먹다니, 남들이 이걸 보면 뭐라고 할지 궁금하군요."

진산월은 접시가 반질반질해질 때까지 싹싹 훑어 먹고는 입맛을 다셨다.

"원래 음식을 앞에 두고는 신분이나 체면을 따지는 게 아니다. 군자(君子)의 사락(四樂) 중에도 식도락(食道樂)이 으뜸인 걸 모르느냐?"

미소녀는 눈을 동그랗게 떴다.

"사락이요? 군자삼락(君子三樂)이란 말은 들어 봤어도 그런 말은 처음 들어요."

"남들은 삼락일지 몰라도 나는 한 가지 낙(樂)이 더 있다."

미소녀는 낄낄거렸다.

"정말 대사형다운 말이군요. 군자사락? 그중에서도 식도락이 으뜸이라니…… 깔깔……."

그녀의 얼굴이 조금씩 붉어지기 시작했다. 아마 이제야 취기(醉氣)가 올라오는 모양이다. 달덩이 같은 얼굴을 빨갛게 물들이며 웃고 있는 그녀의 모습은 깜찍스럽고 귀여운 데가 있었다.

진산월은 깨끗해진 접시를 아쉬운 듯 내려놓으며 점잖은 음성으로 말했다.

"아무래도 네가 먹는 양이 점점 더 늘어나는 것 같다. 예전에는 이 정도 양으로도 제법 흡족하게 먹을 수 있었는데 요즘 들어서는 아무리 많이 만들어도 음식이 모자라니 말이다."

"그게 모두 대사형의 음식 솜씨가 너무 좋아서 그래요. 내가 만일 대사형처럼 뚱뚱해진다면 그건 모두 대사형 잘못이니 대사형이 책임져야 해요."

"책임지라니? 어떻게 책임지란 말이냐?"

진산월이 되묻자 미소녀의 얼굴이 더욱 붉어졌다.

아마 취기가 더욱 오른 탓이리라.

"그건 대사형이 알아서 생각하세요. 그나저나 사저(師姐)는 지금도 상복(喪服)을 벗지 않고 있나요?"

진산월은 고개를 끄덕였다.

"아직은. 하지만 이제 조만간 벗게 될 것이다."

미소녀는 눈을 반짝거렸다.

"왜 그렇죠?"

"이달 보름에 숭산 오유봉에서 무림 대집회(武林大集會)가 열린다는 건 너도 알고 있겠지?"

"그래요."

"사매는 나와 함께 그 대회에 가기로 했다. 그러니 늦어도 그전에는 탈상(脫喪)을 하게 될 것이다."

"언제 출발하는데요?"

"삼사 일 후쯤."

미소녀는 다시 급하게 물었다.

"누구누구를 데려갈 생각이죠?"

"사매와 정해, 일방, 그리고 계성이다."

미소녀는 발작적으로 소리쳤다.

"저는요?"

"취아(醉兒), 너는 안 된다."

미소녀는 쌍심지를 돋우며 말했다.

"사저는 되는데 왜 나는 안 된다는 거예요?"

진산월은 정색을 했다.

"사매는 예전에 소림사에 가 본 적이 있고 몇몇 무림 명숙(武林名宿)들과도 어느 정도 안면이 있다. 그래서 함께 가는 것이다."

"다른 사형들은요?"

"정해는 꾀가 많아서 이번 여정(旅程)에 제법 도움이 될 것이다. 일방은 한때 하남성에 살아서 그곳의 지리에 능통하니 길 안내를 시키기에 제격이고, 계성은 매 이제(梅二弟)를 제외하고는 무공이 가장 강하기 때문에 데려가려는 것이다."

미소녀는 그의 말에 반박할 곳을 찾지 못하자 입술을 삐쭉거리며 연신 못마땅한 표정을 지었다.

"정 사형은 모르겠지만 낙 사형은 또 보나마나 가다가 사고나 칠 텐데 꼭 데려가야겠어요? 그리고 응 사형은 성격이 못되고 불평불만이 많아서 데려가 봐야 별 재미도 없을 텐데……."

진산월은 이번에는 아무 대꾸도 없이 웃기만 했다.

미소녀는 다시 조잘거렸다.

"내가 따라가야 가는 도중에도 심심하지 않을 텐데…… 밥도 짓고, 빨래도 잘하는 내가 따라가야 하는데……."

미소녀가 연신 진산월의 눈치를 살피며 뭐라고 계속 중얼거리자 진산월은 희미하게 웃었다.

"내가 너를 데려가야 할 이유를 다섯 가지만 말해 보아라."

미소녀는 손가락을 흔들며 잽싸게 대답했다.

"그야 쉽지요. 우선 나는 여자니까 밥도 잘하고……."

"또?"

"가는 도중에 사형들의 옷이 더러워지면 빨래도 해 주고……."

미소녀는 손가락을 열심히 세며 말을 이었다.

"게다가 나는 바느질도 할 줄 알고…… 술도 잘 마셔서 사형들이 심심하지 않게 대작(對酌)해 줄 수도 있고……."

진산월은 빙그레 웃기만 했다.

"또…… 또……."

미소녀는 코를 쫑긋거리며 끙끙거리다가 배시시 웃었다.

"무엇보다도 예쁘잖아요. 이제 됐죠? 이렇게 모두 다섯 가지예요."

진산월은 웃으며 고개를 저었다.

"네가 말한 건 한 가지도 너를 데려갈 이유가 되지 않는다."

미소녀는 발끈하여 그를 꼬나보았다.

"왜요?"

"첫째로 식사는 주루에서 해결할 테니 밥을 지을 필요가 없다."

"빨래는요?"

제2장 사형사제(師兄師弟) 63

"옷은 몇 벌씩 가지고 갈 테니 빨 필요가 없을 게다. 그리고 그런 일은 너보다는 일방이 더 잘하지."

미소녀는 조바심 나는 표정으로 다시 입을 나불거렸다.

"하지만…… 하지만……."

"게다가 네 바느질 솜씨가 어떻다는 것은 나도 잘 알고 있지. 너에게 옷을 맡기느니 아예 새로 한 벌 사는 게 더 나을 게다. 술은 우리끼리 마셔도 충분하고…… 우리는 미인계(美人計)를 쓰러 그곳에 가는 게 아니니 네가 아무리 예쁘다고 해도 너를 데려갈 이유가 되지 않는다."

미소녀는 잔뜩 심통 난 표정이 되었다.

"쳇, 정말 대사형은……."

미소녀는 귀여운 코를 이리저리 실룩거리며 뺨이 통통 부어 있다가 도저히 참지 못하겠는지 진산월을 노려보며 뾰쪽한 음성으로 소리쳤다.

"대사형은 왜 사저는 사매라고 부르면서 나한테는 사매라고 하지 않고 이름을 부르는 거예요?"

진산월은 어처구니가 없는지 피식 웃으면서 뒤통수를 긁었다.

"그것 참 곤란한 질문이군."

"웃지만 말고 빨리 말해요. 그건 바로 나를 우습게보기 때문이 아니에요?"

"그럴 리가 있나? 단지 사매가 두 사람인데, 그중 네가 더 어리기 때문에 그냥 이름을 부르는 거란다."

미소녀는 여전히 뾰로통한 음성으로 쏘아붙였다.

"내가 더 어리다니요? 대사형이 그걸 어떻게 알아요?"

진산월은 다시 뒤통수를 긁적거리며 '그것 참.' 하고 중얼거리고 있었다.

종남파의 아홉 제자 중 제일 막내인 방취아의 나이가 몇 살인지는 아무도 아는 사람이 없었다.

누가 그녀에게 나이를 물어보면 그녀는 항상 '여자의 나이를 알아서 뭐하느냐.' 하고 쏘아붙이고는 했던 것이다. 그리고 자기 자신도 결코 나이를 밝히려 하지 않으니 아무도 그녀의 정확한 나이를 알 리가 없지 않은가?

일전에 낙일방이 계속 끈질기게 그녀의 나이를 물어보자, '그렇게 알고 싶으면 말해 주죠. 내 나이는 열 살은 넘고 아직 육십은 되지 않았어요. 이제 됐죠?' 라고 말하는 바람에 일장 웃음이 터진 적이 있었다.

그 뒤로 그녀의 나이는 종남파의 가장 큰 비밀 중 하나가 되었으며, 모두들 그녀를 '미수낭자(未壽娘子)', 즉 나이를 먹지 않는 낭자라고 불렀다.

미수낭자 방취아는 한참 동안이나 진산월을 득달하다가 진산월이 오늘 저녁에 최고의 닭고기 요리를 해 주겠다고 약속하고 나서야 겨우 그를 놓아주었다.

제3장 실인실물(失人失物)

그날 밤.

진산월은 후원의 깊숙한 곳에 위치한 한 채의 아담한 전각 안으로 들어갔다.

한 달 전만 해도 그 전각의 주인은 태평검객 임장홍이었다. 하나 이제 임장홍은 한 줌의 흙으로 돌아갔고 진산월이 새로운 주인으로 들어오게 되었다.

진산월은 전에도 몇 번 이 전각 안에 들어온 적이 있었다. 하나 주인의 신분으로 이곳에 온 것은 오늘이 처음이었다. 분명 같은 장소, 같은 방이건만 어딘지 모르게 달라 보였다.

예전 임장홍이 살아 있을 때는 다들 이 전각을 태평각(太平閣)이라고 불렀다.

'태평'이라는 단어만큼 임장홍에게 어울리는 말이 없었다. 임장홍은 그야말로 태평무사(太平無邪)한 사람이었다. 성격이 그러했고, 무공도 그러했다. 무엇보다도 사람 자체에서 풍겨 나오는 분위기가 더욱 그러했다.

그는 결코 유능한 인물이 아니었으나, 누구도 그를 싫어하지 않았다. 한마디로 그는 싫어할 수 없는 인간이었다.

온화한 태도, 느릿한 어조(語調), 그리고 어떠한 일이 있어도 화를 내지 않는 느긋한 성격…….

그의 검법도 성격만큼이나 느리고 완만했다. 그래서 모두들 그를 태평검객이라고 부르게 된 것이다. 아무도 그를 천하무쌍(天下無雙)의 검객(劍客)이라고 하지 않았으나, 종남파의 천하삼십육검을 그만큼 완벽하게 익힌 사람이 없다는 것은 누구나가 알고 있었다.

문제는 그의 내공(內功)이 그것을 뒷받침해 주지 못한다는 것이었다.

때문에 그는 자신보다 훨씬 모자라는 실력의 고수와 싸워도 곧잘 패하고는 했다. 종남파가 몰락의 길을 더욱 재촉하게 된 것도 장문인인 그가 다른 문파의 이류 급(二流級) 고수들에게 몇 번씩이나 무참하게 패한 것이 커다란 원인 중 하나였다.

임장홍이 제자들에게 먹일 영약을 찾아 심산유곡(深山幽谷)을 헤매게 된 이유도 바로 그 때문이었다. 그는 자신의 제자들만큼은 내공이 모자라서 제대로 싸우지도 못하고 패하는 일이 없도록 하기 위해 여러 해 동안이나 이름난 명산(名山)의 후미진 계곡을 뒤지고 다녔던 것이다.

종남파 문하들의 내공이 빈약하게 된 것은 종남파에 전래되는 내공심법(內功心法)이 대부분 유실되었기 때문이었다.

이백 년 전만 해도 종남파에는 육합귀진신공(六合歸眞神功)이라는 절세무쌍의 내공심법이 있었다.

하나 이백 년 전에 종남파 사상 제일 고수(史上第一高手)였던 태을검선(太乙劍仙)이 신비스럽게 실종된 후, 종남파에는 더 이상 육합귀진신공이 전해지지 않았다.

태을검선은 종남파에서 배출된 최초이자 최후의 천하제일 고수(天下第一高手)였다. 그가 건재했을 당시 종남파는 비단 구대문파 중에서도 제일의 자리에 있었을 뿐 아니라 자타가 공인하는 천하제일의 문파였다.

하나 태을검선은 미처 자신의 절학(絕學)을 남기지 못하고 사라졌고, 그 후로 종남파는 차츰 몰락의 길을 걷게 되었다. 그 중에서도 특히 절세(絕世)의 신공인 육합귀진신공의 비결이 없어진 것이 결정적인 요인이었다.

임장홍은 제자들의 빈약한 내공을 끌어올리기 위해서 영약(靈藥)의 도움이라도 받으려 했으나, 그런 영약들이 쉽사리 구해질 리 없었다.

진산월이 임장홍을 만난 것은 그의 나이 열세 살 때였다. 그때 그는 아무것도 없는 떠돌이 거렁뱅이였으며, 거의 굶어죽기 직전에 처해 있었다.

유난히도 추운 겨울 날, 진산월은 곱은 손을 호호 불며 구걸을 하다가 차디찬 눈 바닥에 쓰러져 있었다. 그에게는 더 이상 삶을 살아갈 희망도, 기력도 없었다.

그때 그의 눈앞에 하나의 만두가 내밀어졌다. 차디차게 식은 그 만두를 씹을 때, 진산월의 눈가에는 자신도 모르게 뜨거운 눈물이 흘러나왔다. 그는 만두와 함께 들려왔던 음성을 지금도 또렷하게 기억하고 있었다.

"네놈은 마치 삼십 년 전의 나 같구나. 나와 같이 가지 않겠느냐?"

진산월은 눈물에 젖어 찝찌름한 만두를 씹어 삼키며 그를 올려다보았다.

그는 비쩍 마르고 보잘 것 없는 용모의 중년인이었다. 등 뒤에는 기다란 장검을 매고 있었고, 한 손으로는 댕기머리를 한 예쁘장한 계집아이를 잡고 있었다.

진산월은 하염없이 중년인을 올려다보았다. 꾀죄죄한 몰골의 중년인은 부드러운 얼굴로 그를 내려다보며 웃고 있었다.

진산월은 한참 동안 그를 올려다보다가 천천히 고개를 끄덕였다.

그리고 그것으로 그의 인생(人生)은 결정되었다.

머지않아 그는 자신이 몰락해 가는 문파의 마지막 줄에 서 있는 신세라는 것을 알게 되었지만 조금도 실망하지 않았다. 무엇보다도 그는 더 이상 굶주리지 않아서 좋았고, 추위를 막아 줄 거처가 있어서 좋았다. 그리고 예쁜 사매와 함께 있을 수 있어서 더할 나위 없이 좋았다.

진산월은 자신이 그 이상 바란다면 그건 사치라고 생각했다.

임장홍도 진산월만큼 욕심 없는 사람이었지만, 그에게는 한 가지 간절한 소망이 있었다.

그것은 종남파의 부활(復活)이었다.

임장홍은 언제나 입버릇처럼 말하곤 했었다.

"본 파의 무공이 약한 것은 결코 아니다. 잃어버린 신공비결(神功秘訣)만 찾게 되면 우리는 충분히 이백 년 전의 영광을 되찾을 수 있다. 군림천하(君臨天下)할 수 있다는 말이다."

남들은 아무도 이 말을 믿는 사람이 없었지만 진산월만은 달랐다. 그는 단 한 번도 사부의 말을 의심해 본 적이 없었다.

"너희들을 반드시 군림천하하도록 해 주겠다."

임장홍은 제자들을 향해 언제나 똑같은 말을 되뇌며 영약을 찾아 심산유곡을 뒤지고 다녔다.

그런 임장홍이 오랫동안의 수소문 끝에, 마침내 절세의 영물(靈物)로 알려진 만년삼정(萬年蔘精)이 용문산(龍門山) 깊숙한 곳에 있다는 것을 알았을 때 기뻐했던 모습이란 세인들의 상상을 초월하는 것이었다.

임장홍은 한달음에 그곳으로 달려갔다. 그곳에서 그는 천신만고 끝에 만년삼정을 구할 수 있었으나, 실족(失足)하여 절벽에서 떨어져 치명적인 부상을 입고 말았던 것이다.

그는 만년삼정과 장문인의 지위를 진산월에게 맡기고 숨을 거두었다.

"산월아, 너만은 꼭 군림천하해야 한다……!"

진산월은 자신의 손을 꼬옥 움켜쥔 채, '군림천하'의 네 글자를 입가에 남기고 죽은 임장홍의 마지막 모습을 잊을 수가 없었다.

군림천하!

이 단순한 네 글자의 단어 속에 함축된 뜻은 실로 너무도 거대무비(巨大無比)한 것이었다.
무릇 무공을 익힌 무림인이라면 누구나가 군림천하를 꿈꾸지만, 진실로 그것을 이룬 사람은 아직 없었다. 그것은 단순히 자기 혼자 천하제일 고수가 되는 것만이 아니었다. 그것은 자신과 자신이 속한 집단 모두가 천하를 석권(席卷)함을 의미했다.
그리고 그것의 상징은 '군림천하기(君臨天下旗)'였다.
군림천하기는 그 이름만 전해질 뿐, 단 한 번도 실제로 존재한 적이 없었다.
그것을 주창한 사람은 백 년 전의 천하제일 고수였던 신검(神劍) 조일화(趙日華)였다. 조일화는 화산파(華山派)가 배출한 사상 최고의 검객으로, 별호 그대로 검에 관한 한 신(神)과도 같은 존재였다.

그는 화산파를 명실상부한 구대문파의 제일봉(第一峯)에 올려놓고 싶었다.

그래서 그는 하나의 깃발을 만들어 구대문파를 하나씩 찾아다니며 화산파에 굴종한다는 서약을 받으려고 했다. 그것이 군림천하기의 시초였다.

하나 그의 야망은 결국 화산파를 제외한 구대문파 전체의 반발을 불러일으켰고, 그는 소림(少林)과 무당(武當), 아미(峨嵋)의 최고 고수들의 합공(合攻)을 받고 쓰러지고 말았다. 그가 만든 깃발도 갈가리 찢겨졌다.

그때 이후 강호 무림에는 하나의 전설(傳說)이 탄생하게 되었다.

누구든 하나의 깃발에 구대문파의 서약(誓約)을 받을 수 있다면, 그자야말로 진정한 군림천하를 이루었다고 할 수 있을 것이다!

군림천하기의 전설은 이렇게 시작되었다.

그 뒤로 백 년이 가까운 세월이 흘렀지만 아직 어느 누구도 군림천하기를 만든 사람은 없었다. 아니, 그것을 만들려는 시도조차 보이지 않았다.

구대문파는 서로가 혹시라도 상대방이 군림천하기를 만들 것을 두려워 감시의 눈길을 늦추지 않았고, 군림천하의 야망을 품고 있어도 그것을 차마 펼칠 엄두를 내지 못했다. 다른 팔대문파를 완벽하게 누를 자신이 없고서야 군림천하기를 만든다는 것은 스스로의 멸망을 재촉하는 길임을 알았던 것이다.

임장홍이 군림천하를 입버릇처럼 외우고 다녔던 것도 어쩌면 구대문파에서 쫓겨난 것에 대한 반발심리(反撥心理) 때문이었는지 모른다. 임장홍 자신도 군림천하란 불가능한 것이라고 생각하고 있었을 것이다.

하나 그는 결국 군림천하의 무거운 임무를 진산월의 어깨에 올려 주고 죽었고, 진산월은 사부의 유명을 받들어야만 했다.

지금의 진산월에게 군림천하란 영원히 잡을 수 없는 머나먼 별이나 마찬가지였다. 하지만 진산월은 그 별을 쫓지 않으면 안 되었다.

그리고 그 첫걸음은 사부가 남긴 만년삼정을 복용함으로써 시작될 것이다.

그러나…….

진산월은 만년삼정과는 인연이 닿지 않는 운명(運命)이었다.

그날 밤, 사부가 남긴 만년삼정을 복용하기 위해 만년삼정을 담은 옥함을 열었을 때, 진산월은 옥함이 텅 비어 있는 것을 발견했다.

무림인이 복용하면 능히 임독양맥(任督兩脈)을 타통하게 해 준다는 희대의 보물, 만년삼정이 감쪽같이 사라진 것이다!

         *   *   *

"이건 두기춘의 짓이다!"

응계성이 큰 소리로 고함을 질렀다.

모두들 묵묵히 고개를 끄덕였다. 만년삼정이 없어졌다는 말을 들었을 때부터 모든 사람들의 머릿속에는 똑같은 생각이 떠오르고 있었다. 두기춘 외에는 그런 짓을 할 사람이 없었던 것이다.

그들의 짐작을 확신시켜 주듯이 두기춘의 방으로 달려갔던 낙일방이 허겁지겁 돌아왔다.

"두 사형이 사라지고 없습니다."

응계성이 다시 소리쳤다.

"그 나쁜 놈이 결국은 일을 저질렀구나!"

정해가 낙일방에게 급히 물었다.

"다른 곳은 찾아보았느냐?"

낙일방은 인상을 있는 대로 찡그렸다.

"찾아보고 자시고 할 것도 없어요. 두 사형의 옷가지와 자질구레한 짐까지도 모조리 없어졌으니까요. 틀림없이 어딘가로 내뺀 게 분명해요."

처음 진산월로부터 연락을 받고 사람들을 소집했을 때 두기춘만 모습을 나타내지 않았었다. 즉각 의심이 든 정해가 낙일방을 급히 두기춘의 방으로 보냈으나 이미 두기춘의 행적은 깨끗이 사라져 버린 것이다.

두기춘이 만년삼정을 가지고 사라졌다면 그의 종적을 찾는 것은 거의 불가능한 일일 것이다. 두기춘은 용의주도한 성격이어서 결코 꼬리를 잡힐 짓을 하지 않았다.

모든 사람들의 안색이 어두워졌다.

만년삼정은 비단 희대(稀代)의 영약일 뿐 아니라, 그들의 사부인 임장홍이 자신의 목숨과 바꾼 것이었다. 임장홍이 그것을 진산월에게 주었을 때 그 속에는 종남파의 부활과 군림천하를 염원하는 너무도 간절한 소망이 담겨 있었던 것이다. 그 소망이 채 피워 보기도 전에 사라지고 말 참이었다.

정해가 진산월을 돌아보며 물었다.

"어떡하시겠습니까? 추적대를 보낼까요?"

진산월은 머리를 긁적이다가 고개를 저었다.

"그냥 둬."

정해를 비롯한 모든 사람들의 눈이 크게 뜨여졌다.

"그냥 두라고요?"

"그 녀석이 어지간히 먹고 싶었던 게지. 누구라도 그랬을 거야."

정해는 한숨부터 새어 나왔고, 다른 사람들은 모두 어처구니가 없어서 입을 딱 벌리고 있었다.

마침내 응계성이 참지 못하고 성난 외침을 토해 냈다.

"장문 사형, 사형의 마음이 보살처럼 좋은 건 알겠지만 이건 그냥 내버려 둘 일이 아니오. 본 파의 사활(死活)이 걸린 일이란 말이외다!"

진산월은 담담한 음성으로 말했다.

"그런 물건 하나에 사활을 걸 정도라면 군림천하의 꿈 같은 건 아예 생각하지도 않는 게 좋을 거야."

응계성은 막 다시 무어라고 소리치려다 입을 다물었다. 정해가 그의 옆구리를 살짝 꼬집었던 것이다.

가만히 생각해보면 응계성 자신이 흥분해서 날뛸 일도 아니었다.

이번 일의 가장 큰 피해자는 누가 뭐래도 진산월이다. 만년삼정은 원래 진산월이 복용하기로 되어 있던 것이었으니, 의당 화를 내려면 진산월이 내어야 했다. 그런데 당사자는 가만히 있는데 옆에 있는 제삼자가 먼저 나서서 흥분한다면 꼴이 우습지 않겠는가?

응계성은 억지로 솟구치는 화를 삭이며 씩씩거리고 있다가 아무래도 못 참겠는지 다시 한마디를 했다.

"그놈이 그런 짓을 했는데도 아무 일도 없던 것처럼 그냥 지나칠 수는 없소. 이건 지하에 계신 사부님을 모독하는 일이란 말이오."

그가 임장홍마저 들먹거리며 떠들어 대자 진산월의 얼굴에 한 줄기 씁쓸한 미소가 떠올랐다.

응계성은 무공에 대한 집착력도 뛰어나고 재질도 좋은 편이었지만, 다른 사람의 조그만 잘못도 그냥 넘어가지 않는 편협함이 있었다.

응계성의 본명은 응천리(鷹千里)였다. 하나 언제부터인가 사람들은 그를 응계성이라고 부르기 시작했다. '별[星]을 보고도 꾸짖는다[戒].'고 하여 붙여진 이름이었다. 처음에는 별명처럼 불렸었는데, 얼마의 시간이 흐르자 모두들 그를 본명보다는 응계성이라는 이름으로 불렀다.

그런 응계성이었으니 이번 일에 대해서 자기가 당한 것처럼 길길이 날뛰는 것도 당연한 일이었다. 아니, 진산월의 일인 만큼 그래도 이런 정도에서 참고 있는지도 몰랐다.

그때 이제껏 말이 없이 한쪽에 서 있던 매상이 불쑥 입을 열었다.

"그놈은 죽은 목숨이나 마찬가지야. 언제고 내 손에 걸리면 반드시 숨통을 끊어 줄 테니까."

너무도 차가운 말에 모두들 섬뜩한 표정으로 입을 다물었다.

매상은 입 밖에 내뱉은 말은 반드시 실천하는 사람이었다.

그는 진산월이 입문(入門)한 다음 해에 종남파에 들어왔는데, 이름 그대로 서릿발처럼 날카롭고 매서운 인물이었다. 그래서 모두들 그를 두려워했다.

무공실력은 종남파의 문하 제자들 중 단연 으뜸이며, 싸움 실력은 더욱더 탁월했다. 비무를 할 때도 손에 인정사정을 보지 않기 때문에 나중에는 누구도 그와 싸우려고 하지 않았다.

임장홍은 살아 있을 때 매상의 손쓰는 모습을 보고 한숨을 내쉬며 이렇게 말한 적이 있었다.

"저 녀석은 꼭 투견(鬪犬)처럼 싸우는군. 저건 종남의 방식이 아니야."

그 뒤로 그에게는 투검자(鬪劍子)라는 별명이 붙게 되었다.

투검자 매상이 죽은 목숨이라고 하면 그것은 정말 죽은 목숨이었다.

평상시에도 매상은 두기춘을 별로 좋아하지 않았다.

두기춘은 약삭빠르고 허영심이 많아서 매상과는 성격부터 전혀 어울리지가 않았다. 말을 번지르르하게 잘하고 얼굴이 곱상하다는 것도 매상이 그를 싫어하는 요인 중 하나였다.
　아홉 명의 사형제들 중 낙일방을 제외하고는 두기춘이 가장 잘생긴 편이었다. 얼굴이 유달리 하얗고, 입술이 여자처럼 붉어서 화장을 하면 정말 여자로 오인 받을 정도의 미남자였다.
　그에 비해 매상은 얼굴이 길쭉하고 안면 여기저기에 크고 작은 검상(劍傷)이 나 있어 몹시 차갑고 험악한 인상이었다. 게다가 말재주도 그리 있는 편이 아니었다.
　사형제들 중 매상보다 말이 적은 사람은 오직 소지산(蘇遲山)뿐이었다.
　소지산은 하루에 한두 마디를 할까 말까 할 정도로 말이 없는 사람이기 때문에 그와 비교된다는 것 자체가 매상에게는 모욕적인 일이라고 할 수 있었다.
　매상의 차가운 말 때문에 어색하게 굳어 있던 분위기를 깬 사람은 진산월이었다.
　"내일 소림사로 출발하겠다."
　모두의 시선이 진산월에게로 향했다.
　"삼사 일 후에 간다면서요?"
　방취아가 물었다.
　"원래는 그러려고 했는데 이젠 그럴 필요가 없어졌어. 그러니 굳이 그때까지 기다릴 필요 없이 내일 떠나야겠다."
　소림사로 간다!
　간단한 말이었으나 그 속에 내포된 뜻은 적어도 종남의 문하들에게는 단순한 것이 아니었다.

그것은 단순히 무림 대집회에 참가한다는 것뿐만이 아니라, 구대문파에서 쫓겨나 십여 년간이나 강호 무림상에서 모습을 나타나지 않았던 종남파가 다시 강호에서 본격적으로 활동하게 된다는 것을 의미했다.

모두들 조금 전의 우울함을 잊고 가슴 설렌 표정이 되었다.

진산월을 따라 소림사로 떠나는 사람이든, 종남파에 계속 남아 있는 사람이든 이번 강호행(江湖行)이 얼마나 중요한 것인지 너무도 잘 알고 있었다. 자칫 이번 일이 잘못되면 종남파는 영영 일어설 힘을 잃어버리고 말게 될 것이다.

"일전에 말한 대로 사매와 정해, 일방, 그리고 계성이 나와 동행할거야. 사문의 일은 매 이제가 소 삼제(蘇三弟)와 상의해서 결정하도록 하고."

매상이 한쪽 구석에 말없이 서 있는 소지산을 힐끗 돌아보았다.

"저 돌부처와 상의하라니…… 농담이 심하군."

방취아가 옆에서 조잘거렸다.

"나는 왜 빼는 거예요? 소 사형이 싫으면 나하고 상의하면 되잖아요."

매상의 얄팍한 입술이 조금 일그러지며 차가운 음성이 흘러나왔다.

"넌 술이나 마시고 있어."

방취아의 고운 아미가 잔뜩 치켜 올라가며 볼이 퉁퉁 부어올랐다.

"왜 다들 나만 따돌리려는 거예요? 내가 뭘 어쨌다고? 술 마시는 것도 죄란 말이에요? 그건 다들 마시잖아요. 왜 나만 못살게 굴어요?"

낙일방이 킬킬거렸다.

"크크…… 말은 잘한다. 하지만 자기보다 술 잘 마시는 여자를 좋아할 남자가 누가 있겠니?"

방취아는 날카로운 눈으로 그를 꼬나보았다.

"그럼 술이 센 게 죄란 말이에요?"

"술이 센 게 죄는 아니지. 단지 네가 여자라는 게 죄지."

"사저도 여자잖아요!"

"사저는 너처럼 술을 마시진 않지."

방취아는 약이 잔뜩 올라 씩씩거렸다.

"그럼 남자가 술 마시는 건 괜찮고 여자가 술 마시면 죄란 말이에요?"

낙일방은 그녀의 표정이 심상치 않자 슬슬 꽁무니를 뺐다.

"그건…… 그걸 왜 나한테 물어보냐? 너를 타박한 건 매 사형이니 매 사형한테 물어야지."

낙일방은 성격이 불같고 단순하며 두려움을 모르는 사람이었지만, 단 한 가지 여자에게만은 이상할 만큼 약했다. 특히 화를 내는 여자는 아주 두려워했다.

방취아가 계속 험악한 눈초리로 자신을 노려보자 낙일방은 조금씩 뒤로 물러서다 정해의 뒤로 숨고 말았다.

방취아는 술에 취하면 요조숙녀처럼 얌전해지지만, 술을 마시지 않았을 때는 갓 잡아 올린 생선처럼 팔팔하고 암팡진 데가 있었다. 남들하고는 정반대라서 다들 아주 재미있어 했지만, 대신에 그녀가 술에 취해 있지 않을 때는 조심해야만 했다.

문제는 그녀의 주량(酒量)이 너무 세서 웬만큼 마셔서는 취하지 않는다는 것이었다.

사람들이 그녀의 이름에 들어 있는 '취(翠)'를 '취(醉)'로 바꿔 부른 것도 그런 연유에서였다. 그녀의 '취아'라는 이름 속에는 은근히 그녀가 취해 있기를 바라는 사람들의 염원이 담겨 있는지도 몰랐다.

정해는 조금 걱정스런 표정으로 진산월을 바라보았다.

"가서 괜히 창피만 당하는 게 아닐까요?"

원래의 계획대로라면 진산월은 오늘 만년삼정을 복용한 후 이삼 일간의 운공(運功)으로 임독양맥을 타통한 절세 고수(絕世高手)가 되어야 했다. 그런 연후 이번 무림 대집회에서 새로운 면모를 보여 주어 종남파의 부활을 천하 무림에 알리려고 했던 것이다.

하나 만년삼정은 이미 다른 사람의 수중에 들어가 버렸고, 진산월은 절세 고수가 될 수 있는 기회를 놓쳐 버렸다. 지금의 실력으로 무림 대집회에 갔다가는 정해의 걱정처럼 오히려 남들의 괄시만 받을 가능성이 충분히 있었다.

하나 진산월은 조금도 표정이 변하지 않은 채 담담한 음성으로 입을 열었다.

"경험이라도 쌓는다고 생각하면 돼."

정해는 진산월의 천연덕스러운 말에 웃어야 할지 울어야 할지 망설이는 모습이 되었다.

'정말 배짱이 좋은 건지 성격이 둔한 건지…… 대사형은 알다가도 모를 사람이야.'

진산월은 낙일방을 돌아보았다.

"너는 행장(行裝)을 꾸려라."

낙일방은 열심히 고개를 끄덕였다.

"예, 대사형."

"타고 갈 말들과 장비를 빠짐없이 챙기도록 해라."

"알겠습니다."

낙일방이 방을 나갈 때 정해도 그를 따라 나갔다.

"내가 도와주지."

진산월의 시선은 옆에 있는 방취아에게로 돌려졌다.

방취아는 아직도 화가 채 풀리지 않았는지 얼굴에 심통이 가득 나 있었다.

진산월은 빙그레 웃으며 말했다.

"취아는 나와 같이 음식을 만들자꾸나. 오늘 저녁에는 모처럼 실컷 먹고 마셔야겠다."

방취아의 얼굴이 언제 찌푸렸냐는 듯 활짝 펴지며 자신도 모르게 환한 음성이 흘러나왔다.

"그거 좋아요. 모처럼 대사형다운 생각을 했군요."

응계성이 퉁명스런 음성으로 대꾸했다.

"먹고 마시는 게 대사형다운 생각이라고? 그거야말로 너다운 생각이다."

제3장 실인실물(失人失物) 85

방취아의 눈에 다시 쌍심지가 돋았다.

"왜 또 나한테 시비를 거는 거예요?"

"그럼 지금이 먹고 마실 때냐? 제일 큰 자금줄인 조암령의 주루는 들도 보도 못한 사숙인지 뭔가 하는 작자한테 모두 빼앗기고, 믿었던 만년삼정은 엉뚱한 놈이 가지고 내빼서 완전히 쪽박 차게 생긴 신세인데……."

"내가 먼저 그랬어요? 대사형이 하자고 하잖아요."

"그러면 너라도 말려야지."

방취아의 음성이 절로 뾰족해졌다.

"그렇게 못마땅하면 응 사형이 직접 말하지 그래요? 왜 자꾸 애꿎은 나만 들볶고 난리를 치는 거예요?"

그녀의 말마따나 응계성도 진산월에게 투덜거리고 싶었다. 하나 그래도 명색이 장문인인 진산월에게 대놓고 할 수는 없어서 괜히 엉뚱한 방취아에게 불평을 늘어놓는 것이다.

응계성은 진산월을 흘끔 돌아보다가 중얼거리는 듯한 음성으로 말했다.

"그래도 너는 말하면 알아들을 사람 같아서 그랬다."

그때 진산월의 조용한 음성이 들려왔다.

"내일 길을 떠나면 최소한 한 달 이상은 서로 만나지 못할 거다. 그래서 오늘 저녁에 모두 모여서 함께 식사할 시간을 갖자는 것뿐이다."

"우리가 그러고 있는 동안에 두기춘, 그 녀석은 어디 처박혀서 만년삼정을 처먹고 절세의 내공을 닦고 있을 겁니다."

진산월은 다시 머리를 긁적거렸다.

"그거야 어쩔 수 없는 일이지."

응계성은 또다시 분통이 치밀어 오르는지 관자놀이 부근이 붉게 물들었다.

"장문 사형은 정말…… 아! 관둡시다. 말해 봤자 내 입만 아프니……."

응계성은 손을 휘휘 내저으며 휭하니 몸을 돌려 밖으로 나가 버렸다.

방취아는 그의 멀어져 가는 뒷등을 보고 있다가 혀를 날름거렸다.

"피! 싫으면 이따가 오지 않으면 되잖아요? 대사형이 음식을 만들면 제일 열심히 먹으면서……."

방취아는 종알거리면서 자신도 음식 준비를 하기 위해 뒤쪽으로 사라졌다.

매상이 진산월에게 다가왔다.

"정말 자신 있는 거야? 아니면 무슨 다른 계획이라도 세우고 있든지?"

매상은 진산월이 종남에 온 일 년 후에 입문을 했지만 나이는 서로 동갑이었다. 비록 입문이 늦어서 매상이 사제가 되었지만, 매상은 한 번도 진산월을 사형이라고 부르지 않았고 진산월도 그를 사제로 대하지 않았다.

그렇다고 친구라고 할 수도 없는 묘한 관계였다.

응계성은 가끔 그들의 그런 사이를 견원지간(犬猿之間)이라고 비꼬았지만, 응계성 자신도 그렇게 생각하고 있지는 않았다.

진산월은 피식 웃었다.

"계획은 무슨…… 실컷 먹고 나면 좋은 생각이라도 떠오를지 모르지만 지금은 아무 계획도 없어."

"그곳에 가면 틀림없이 형산파(衡山派) 인물들이 시비를 걸어 올 텐데……."

형산파는 종남파를 밀어내고 구대문파에 속하게 된 문파였다. 그래서인지 그들은 유달리 종남파에 대한 적개심이 대단해서 강호상에서도 종남파의 문하들만 보면 무슨 수를 써서라도 싸움을 걸어 오곤 했던 것이다.

"할 수 없지. 시비를 걸면 받아 주고 싸우자고 덤비면 응해 줄 수밖에."

매상의 눈꼬리가 꿈틀거렸다.

"그래서 자신 있느냐고 물어본 거야. 그놈들의 원공검법(猿公劍法)을 꺾을 자신이 있냐고."

"그건 나도 모르겠어."

"정말 한심하군. 장문인이란 작자가 그렇게 자신감이 없어서야 누가 믿고 따르겠나?"

매상은 씹어 뱉듯이 말했다.

"계성 대신에 나를 데려가."

진산월은 고개를 설레설레 흔들었다.

"너는 여기 있어야 돼."

매상은 날카로운 눈초리로 그를 쏘아보았다.

"왜?"

진산월은 짤막하게 말했다.

"초가보에서 언제 찾아올지 모르니까."

그 말에 매상은 입을 다물었다.

초가보!

그들은 지금 현재 종남파의 가장 커다란 골칫거리였다.

그들은 조암령 일대에서 무섭게 세력을 확장하여 호시탐탐 종남파를 노리고 있었다. 만에 하나 그들이 종남파에 침입하였을 때 그들을 제지하지 못한다면, 종남파는 부활은커녕 존재 자체가 없어질 판이었다.

매상의 관자놀이가 툭툭 불거졌다.

"빌어먹을 일이로군."

"그렇지. 빌어먹을 일이야."

매상은 다시 날카로운 눈으로 진산월을 처다보았다.

"나가서 종남파의 얼굴에 먹칠을 하고 돌아오면 가만두지 않겠어."

그건 결코 문하 제자가 장문인에게 할 소리는 아니었다. 하나 진산월은 빙그레 웃기만 했다.

매상은 한 차례 더 그의 얼굴을 빤히 응시하다가 몸을 돌려 밖으로 걸어 나갔다.

진산월은 매상의 몸이 보이지 않기를 기다리고 있다가 한쪽 구석으로 고개를 돌렸다.

그곳에는 머리를 까치집처럼 헝클어뜨린 사내 하나가 벽에 비스듬히 몸을 기댄 채 서 있었다.
 소지산은 항상 지저분하고 세수도 제대로 하지 않았다. 천성이 게으른 건지 아니면 원래 깨끗함과는 거리가 멀었는지 아무튼 항상 행색이 남루하고 몸에서는 악취가 풍겨 나왔다.
 그래서 방취아는 소지산의 근처에도 가지 않으려고 했다. 식사를 할 때도 소지산에게서 제일 멀리 떨어진 곳에 앉았고, 그와는 몇 달 동안 한마디도 주고받지 않았다.
 방취아뿐만 아니라 소지산과 대화를 한 사람은 그리 많지 않았다.
 소지산은 게으를 뿐만 아니라 엄청나게 말이 없어서 어떤 때는 벙어리인가 의심스러울 정도였다. 간혹 입을 열 때도, "그래.", "아니." 하는 짤막한 한 마디뿐이어서 도대체 입은 왜 뚫어 놓았는지 의아스러운 생각마저 들었다.
 지금도 진산월이 자신을 빤히 쳐다보고 있는 것을 알면서도 소지산은 벽에 몸을 기댄 채 미동도 하지 않고 가만히 있었다.
 진산월은 한동안 그를 응시하고 있다가 천천히 입을 열었다.
 "매상은 실력은 좋은데 남을 너무 무시해서 가끔 낭패를 보는 수가 있다. 너도 알고 있지?"
 소지산의 고개가 거의 알아차릴 수 없을 만큼 희미하게 끄덕여졌다.
 남들이 보면 무례하기 짝이 없는 태도라고 화를 냈겠지만 진산월은 이미 그런 모습에 익숙한지 조금도 변함없는 음성으로 말을 이었다.

"초가보의 총관(總官)인 소면호리(笑面狐狸) 악종기(岳鍾起)는 꾀가 많은 사람이라 틀림없이 매상의 그런 점을 이용해 일을 저지르려 할 것이다."

소지산은 그의 음성을 듣는지 안 듣는지 아무런 반응이 없었다.

하나 진산월은 개의치 않고 다시 말했다.

"내가 없는 동안 매상을 도와 이곳을 잘 지켜다오."

소지산은 한참 동안 아무런 대답이 없었다. 그러다가 마침내 입술이 열리며 짤막한 음성이 흘러나왔다.

"그러지요."

그의 말소리는 매우 느려 답답할 정도였다. 하나 그 음성을 듣자 진산월의 얼굴에는 엷은 미소가 떠올랐다.

그는 소지산의 성격을 잘 알고 있었다.

소지산이 말이 없는 것은 그가 자신의 말을 아끼기 때문이었다. 말을 아끼는 만큼 일단 자신의 입에서 나온 말이라면 그는 틀림없이 전적으로 책임을 졌다. 그가 일단 그러겠다고 한 이상 그는 자신의 모든 것을 다 바쳐 그렇게 할 것이다.

진산월은 고개를 끄덕이며 그의 어깨를 가볍게 두드렸다.

"부탁한다."

제 4 장
만추지야(晚秋之夜)

제4장 만추지야(晚秋之夜)

그녀의 방이 저기 멀리 보였다.

진산월은 숨을 한 번 몰아쉬었다.

항상 그렇지만 그녀를 만나러 갈 때는 이상하게 마음이 두근거렸다. 그 기분은 다른 무슨 말로도 표현할 수 없는 야릇한 것이었다.

하나 결코 기분 나쁜 것은 아니었다. 오히려 그런 두근거림이 한없이 기다려지고 몇 번이고 계속 느껴 보고 싶었다.

그런데 막상 그녀를 만나면 그런 두근거림은 어느새 어딘가로 사라져 버렸다. 대신에 또 다른 포근함이 전신을 감싸 오곤 하는 것이다. 그런 두근거림과 포근함 뒤에 찾아오는 달콤함은 다른 무엇과도 바꿀 수 없는 것이었다.

진산월은 방문 앞에서 가볍게 인기척을 냈다.

"사매."

안에서 나직한 여인의 음성이 들려왔다.

"들어오세요."

진산월은 문을 열고 들어갔다.

언제나처럼 그윽한 그녀의 향기가 코끝에 전해져 왔다.

방 안은 단출했고, 고아(高雅)했다. 이 방에 들어올 때마다 느끼는 것이지만, 진산월은 이 방에서 풍겨 오는 분위기와 정취가 마음에 들었다. 사람의 마음을 편안하고 아늑하게 해 주는 분위기였다.

그녀는 방 안에서 하나밖에 없는 탁자 앞에 단정한 자세로 앉아 있었다.

마의(麻衣)로 짠 헐렁한 상복을 걸쳤어도 그녀는 여전히 눈부시게 아름다웠다. 약간은 초췌하고 창백한 안색이 그녀의 짙은 눈망울과 어울려 얼굴 전체에 묘한 색감(色感)을 넣어 주었다.

진산월은 그녀의 앞에 놓인 의자에 걸터앉았다.

"오늘도 별로 식사를 하지 않았더군."

그녀는 속눈썹을 살짝 내리깔았다.

"별로 식욕이 일지 않아서요."

진산월은 그녀의 얼굴을 물끄러미 바라보다가 조용한 음성으로 말했다.

"내일 길을 떠나려면 억지로라도 먹어 둬야지."

그녀는 천천히 내리깔았던 눈을 들어 그를 쳐다보았다. 더할 나위 없이 영롱한 빛이 그녀의 눈에서 와르르 쏟아져 나왔다.

"두기춘이 만년삼정을 가지고 사라졌다면서요."

진산월은 씁쓸하게 고개를 끄덕였다.

"그래."

"그리고 사형은 두기춘을 찾는 걸 포기하셨고요?"

"음……."

그녀는 한동안 별빛 같은 눈으로 진산월을 응시하다가 나직한 음성으로 입을 열었다.

"조금 전에 응 사제가 와서 말을 해 주더군요. 사형이 만년삼정을 잃어버린 걸 별로 대수롭지 않게 생각하는 것 같다고요."

"계성이 쓸데없는 말을 했군."

"저도 만년삼정만으로 절세 고수가 될 수 있다고는 믿지 않아요. 하지만 사형도 알다시피 그건 아주 특별한 의미가 있는 물건이에요. 아버지의 하나뿐인 유품(遺品)이란 말이에요."

"그렇지."

"그건 아버지의 간절한 소망이었어요. 최소한 사형에게 그 정도는 해 주어야 한다고 입버릇처럼 말씀하셨지요."

진산월은 잠시 우두커니 있다가 뒤통수를 긁적거렸다.

"내가 먹은 것으로 해 두지."

그녀는 고개를 가로저었다.

"그건 그렇지 않아요. 다른 것이라면 모르지만…… 아버지는 그것이 사형의 손에 들어가야만 진정한 가치를 가지게 될 거라고 생각하셨어요. 그래야만 아버지의 필생(必生)의 염원을 이루기 위한 밑거름이 될 거라고 말이에요."

"……."

"그게 다른 사람의 손에 들어가도록 방치한다는 건 아버지에 대한 죄악(罪惡)이나 다름없어요. 아버지가 그것을 아신다면 지하(地下)에서라도 눈을 감지 못하실 거예요."

그녀의 말은 비록 그리 크지 않았으나 진산월은 그녀의 말 한 마디 한 마디를 들을 때마다 마음 한구석이 납덩이를 달아맨 듯 무거워졌다.

진산월은 문득 가느다란 한숨을 내쉬었다.

"다시 되찾을 수 있는 것이라면 나도 손을 썼겠지. 나도 그걸 간절히 원했으니까."

그녀는 묵묵히 그의 얼굴을 응시하고 있었다.

"나는 두기춘을 잘 알아. 그 녀석은 만년삼정을 품에 가지고 다닐 놈이 아니야. 아마 옥함에서 그것을 꺼내자마자 바로 복용해 버렸을걸."

그녀는 고개를 끄덕였다.

"두기춘이라면 틀림없이 그랬을 거예요."

"그러니 내가 사람을 풀어 그를 다시 잡아들였다고 해도 이미 그의 뱃속으로 사라진 만년삼정을 어떻게 회수하겠어? 그의 배를 갈라 만년삼정의 찌꺼기라도 얻을까? 아니면 그의 생혈(生血)이라도 마셔야 하나?"

"하지만 무언가 방법이 있을 거예요."

진산월의 입가에 한 줄기 씁쓸한 미소가 떠올랐다.

"방문좌도(傍門左道)의 사술(邪術)이라면 가능할지도 모르지.

하지만 사매도 알다시피 나는 그런 짓은 못해. 사부님도 그런 건 원하지 않으실 거야."

그녀는 입을 다물었다.

"이건 모두 애초에 물건을 잘 보관하지 못한 내 책임이야. 두기춘이라면 의당 물불을 안 가리고 그걸 노리고 있을 거라는 걸 짐작했어야 하는데 그러지 못했어. 그러니 이번 일은 엄격히 말하면 나의 실책이란 말이야. 그런데 어떻게 다른 사람을 탓할 수 있겠어?"

그녀의 핏기 없는 얼굴에도 약간은 허무하고 약간은 씁쓸한 웃음이 떠올랐다.

"사형은 항상 다른 사람보다는 자신을 탓하는군요."

"그게 사실이니까."

그녀는 고개를 절레절레 흔들었다.

"예전에도 사형은 그랬어요. 아버님께선 사형이 이루어질 일은 악착같이 해서 이루지만, 그렇지 못한 일은 포기도 무척 빠르다고 했어요. 좋게 말하면 결단력이 있는 거고 나쁘게 말하면 끈기가 부족한 거라고요."

"아마 끈기가 부족한 거겠지."

"내가 보기엔 사형이 너무 모든 고민을 혼자서만 짊어지려고 하는 것 같아요."

"내가?"

진산월은 과장된 몸짓으로 어깨를 으쓱거렸다.

"사매도 알다시피 난 부담스러운 건 딱 질색인 사람이야."

"나를 속일 필요는 없어요."

그녀의 입에서 희미한 한숨 소리가 흘러나왔다.

"나는 벌써 구 년 동안이나 사형을 지켜봐 왔어요. 그래서 이제는 사형이 어떤 사람인지 사형 자신보다도 더 잘 알게 되었어요."

진산월은 조금 멍청한 표정을 지었다.

"내가 어떤 사람인데?"

그녀는 똑바로 그를 쳐다보았다.

진산월은 그 눈빛이 너무도 밝고 환하다고 생각했다. 너무 눈부셔서 똑바로 볼 수도 없을 것 같았다. 하나 그는 시선을 돌릴 수가 없었다. 그 눈빛 속의 무언가가 그를 꼼짝 못하게 붙잡고 있었던 것이다.

그녀는 그런 눈으로 한참 동안이나 그를 뚫어지게 바라보았다. 그러다가 조용한 음성으로 입을 열었다.

"사형은 어리석은 사람이에요."

진산월은 눈을 동그랗게 떴다.

"어리석은 사람?"

"그래요. 고민을 남에게 털어놓을 줄도 모르고, 원하는 게 있어도 내색도 하지 못하는 어리석은 사람."

"그런가? 듣고 보니 그런 것도 같군."

"그래서 항상 사람의 마음을 속상하고 답답하고…… 아프게 하지요."

진산월은 아무렇지도 않게 웃어넘기려고 했으나 그녀의 표정이 너무도 진지해서 그럴 수가 없었다.

"사형. 혼자서만 모든 짐을 다 짊어지려고 하지 마세요. 저나 다른 사람들에게도 조금씩은 나누어 주세요. 우리는 한 배를 탄 사형제들이잖아요."

진산월은 한동안 가만히 그녀를 쳐다보고 있다가 고개를 끄덕였다.

"그래. 그렇게 하지."

탁자 너머로 그녀의 손이 다가왔다.

뼈마디가 없는 듯 나긋나긋하고 고운 손이었으나 오늘따라 조금은 창백해 보였다.

진산월은 손을 내뻗어 그녀의 손을 꼬옥 잡았다. 그녀의 손가락이 몇 번이나 그의 손등을 가만히 쓰다듬었다.

그녀가 이렇게 손가락으로 손등을 간지럽혀 주는 것을 진산월은 무척 좋아했다. 그녀가 자신의 손등을 쓰다듬을 때마다 마치 자신의 가슴이 그녀의 고운 손길에 어루만져지는 듯한 기분이 들어 마음이 차분하게 가라앉고 편안한 느낌이 되곤 하는 것이다.

한동안 두 사람은 서로의 손을 맞잡은 채 조용히 앉아 있었다.

평화롭고 따스한 분위기였다.

진산월은 그녀를 바라보며 빙그레 웃었다.

"저녁때 다들 모여서 만찬(晩餐)을 하기로 했어."

그녀는 반짝거리는 눈으로 그를 가만히 응시했다.

"좋은 생각이로군요."

"사매가 좋아하는 녹두활어(綠豆活魚)와 국화과자(菊花鍋子)도 만들 거야."

그녀의 입가에 엷은 미소가 떠올랐다.

"좋아요."

"그거 말고 또 먹고 싶은 게 있으면 말해."

그녀는 턱을 괸 채 잠시 영롱한 눈을 반짝거리다가 붉은 입술을 살짝 열었다.

"남전계퇴(南煎鷄腿)."

진산월은 고개를 갸웃거렸다.

"그건 너무 기름지다고 잘 안 먹었잖아?"

"그래서 오늘은 한번 먹어 보고 싶어요."

"그래, 좋아. 또 다른 건?"

"술은 여아홍(女兒紅)이 좋겠어요."

진산월의 눈이 휘둥그레졌다.

"술도 마시려고?"

그녀는 배시시 웃었다.

"한 잔 정도는 할 수 있어요."

진산월은 놀란 눈으로 그녀를 바라보다가 활짝 웃었다.

"하하…… 오늘은 취아가 강적을 만나겠군."

"음식 이야기를 들었더니 배가 고파 오는군요."

"조금만 기다려. 재료 준비가 다 되면 바로 시작할 테니까."

"모처럼 사형의 음식 솜씨를 맛볼 수 있겠군요."

"나는 나중에 틀림없이 좋은 남편이 될 수 있을 거야."

그녀는 입을 가리고 나직하게 웃었다.

"호홋…… 그건 왜요?"

"아내에게 결코 부엌일은 시키지 않을 테니까."

"그러면 여자가 심심하지 않을까요?"

"여자는 여자대로 할 일이 있지."

"그게 무언데요?"

"나를 위해 옷을 만들어 주고, 빨래를 해 주고, 애를 낳아 길러야 하니까."

그녀는 한동안 두 눈을 반짝이며 진산월을 빤히 바라보고 있다가 그의 손을 꼬옥 움켜잡았다.

"사형은 꼭 그런 여자를 아내로 맞을 수 있을 거예요."

진산월은 빙그레 웃었다.

"나도 알아."

"그리고 저도 언젠가는 나만을 위해 음식을 만들어 주는 남편을 얻을 수 있겠죠."

"그렇겠지."

"언젠가는……."

그녀는 나직하게 뇌까렸다.

그렇다.

언젠가는…….

하나 그날은 어쩌면 영원히 찾아오지 않을지도 모른다. 왜냐하면 그것은 죽은 아버지의 유명이 완수된 다음에나 이루어질 수 있는 일이기 때문이다.

군림천하의 꿈!

그것을 이룰 때까지 두 사람은 서로의 조그만 소망을 접어 둘

수밖에는 없었다.

 진산월과 임영옥(林靈玉)의 작고 소박한 소망!

 그것은 과연 이루어질 수 있을 것인지······.

　　　　　　　＊　　＊　　＊

 만찬은 화려했다.

 제일 먼저 달걀을 조린 과로단(鍋滷蛋)과 삶은 배춧잎에 돼지고기를 넣고 찐 증불수백채(蒸佛手白菜) 같은 전채(前菜) 요리가 나오기 시작하더니 이어 탕채(湯菜) 요리인 내탕환자(奶湯丸子), 생선의 흰 살을 튀긴 건작어괴(乾炸魚塊), 새우에 달걀 흰자위를 입혀 하얗게 튀긴 고려하인(高麗蝦仁), 소라를 볶은 초향라(炒香螺), 녹두와 잉어로 만든 녹두활어 등 본격적인 요리가 쏟아져 나왔다.

 탁자의 한가운데에는 보기만 해도 군침이 자르르 흐르는 닭다리 구이가 수북하게 놓여 있었다. 그것은 닭고기 중에서도 다리 쪽의 살만 요리한 것으로, 그 냄새와 풍취가 아무리 음식에 문외한(門外漢)인 사람도 손가락을 꼽을 만큼 탁월했다.

 이것이 바로 남전계퇴였다.

 "야! 이거 정말 맛있겠다!"

 낙일방이 큰 소리를 지르며 황급히 젓가락을 가져갔다. 하나 그의 젓가락이 채 반도 뻗어지기 전에 누군가가 그의 손을 탁 쳤다.

 낙일방이 돌아보니 방취아가 아미를 치켜뜨며 눈짓을 보내고 있었다.

　낙일방이 무슨 영문인지 몰라 멍하니 그녀를 쳐다보고 있자 그녀가 답답한 듯 그의 귀에 대고 나직하게 소곤거렸다.

　"이런 멍청이. 그건 대사형이 사저를 주려고 특별히 만든 거란 말이에요."

　그제야 낙일방은 사정을 알아채고 멋 적은 웃음을 지었다.

　"어쩐지…… 생전 안 올라오던 닭다리 구이가 다 올라오더라니…… 걱정 마. 난 원래 닭고기 요리는 잘 안 먹어."

　낙일방은 젓가락을 쭉 뻗어 남전계퇴의 옆에 놓인 새우튀김을 하나 집어 들었다.

　"난 새우가 좋아. 닭고기 빼놓곤 다 좋아."

　천연덕스럽게 외치며 정신없이 새우튀김을 먹고 있는 낙일방을 보자 방취아는 어쩔 수 없다는 듯 고개를 설레설레 흔들었다.

　"정말 못 말려."

　그녀는 소매를 걷어붙이더니 낙일방에게 뒤질세라 이것저것 마구 집어먹기 시작했다.

　이미 반대편 식탁에서는 응계성과 정해가 술잔을 주고받으며 식사에 열중해 있었다. 성격이 깐깐한 매상과 말이 별로 없는 소지산도 열심히 먹고 있는데, 유독 임영옥만은 다소곳이 앉은 채 젓가락을 들 생각도 하지 않고 있었다.

　방취아는 막 커다란 생선살을 한 덩어리 입속으로 집어넣다가 이 광경을 보고 급히 말했다.

　"사저, 식기 전에 어서 드세요……."

그녀는 입에 음식을 잔뜩 넣은 채로 용케도 파편을 튀기지 않고 잘도 지껄였다.

임영옥은 조용하게 웃었다.

"난 괜찮으니 먼저 먹어."

"그동안 제대로 드시지도 못했잖아요."

"조금 이따가……."

그때 문이 열리며 진산월이 다시 몇 개의 접시를 잔뜩 들고 들어왔다.

잘 구운 오리구이와 규화동계(叫化童鷄)라는 닭찜, 그리고 여러 가지 재료가 담뿍 담긴 밑이 낮은 솥이었다. 진산월은 오리구이와 닭찜을 양옆에 놓고 중앙 한가운데 팔팔 끓고 있는 솥을 올려놓았다.

솥 위에는 국화(菊花) 모양으로 썰린 생선과 잘게 썰린 닭고기, 해삼, 전복, 새우, 죽순(竹筍), 두부, 은행(銀杏), 송이버섯, 국수 같은 온갖 종류의 다채로운 재료들이 수북하게 쌓여 구수한 냄새를 풍긴 채 보글보글 끓고 있었다. 진산월은 호주머니에서 계란 하나를 꺼내 재료들의 제일 위에 깨뜨렸다.

이것은 국화과자라는 것으로, 진산월이 가장 자신하는 요리 중 하나였다.

국화과자마저 갖추어지자 진산월은 비어 있는 자리로 가서 털썩 앉았다.

"자, 이제 나도 좀 먹어 볼까?"

진산월이 김이 모락모락 나는 닭찜을 한 움큼 뜯어 입으로 가져가자 그제야 임영옥도 젓가락을 집어 들었다.

방취아는 입안 가득 음식을 우물거리면서도 이 광경을 보고 배시시 웃었다.

"그래도 대사형을 제일 생각해 주는 사람은 역시 사저밖에 없군요……."

그때 문득 진산월이 임영옥에게 술잔을 내밀었다.

"한 잔 들지."

임영옥은 고개를 끄덕이며 잔을 받았다. 진산월은 그녀의 잔 가득히 술을 따랐다. 여아홍 특유의 달콤하면서도 쌉싸름한 냄새가 풍겨왔다.

모두들 이것을 보고 의아한 생각이 들었다. 평소에 임영옥은 술을 전혀 입에도 대지 않는 성격이었던 것이다.

진산월은 방취아와 낙일방의 잔에도 술을 부었다.

"오늘은 마음껏 먹고 마시자구. 앞으로 이런 날도 흔치 않을 테니 말이야."

낙일방은 히죽 웃었다.

"흔치 않긴요. 소림사에 갔다 오면 한 번 더 연회를 열자고요."

그때 이미 술이 거나하게 오른 응계성이 퉁명스런 음성으로 말했다.

"그럴 기회가 있을까? 아마 그때쯤에는 모두 쪽박이 깨져 거리로 나앉게 되어 있을걸."

방취아가 입을 삐쭉거렸다.

"응 사형은 매사에 너무 비관적(悲觀的)이에요."

제4장 만추지야(晚秋之夜) 107

"두고 봐. 내 말이 틀림없을 테니."

응계성이 큰 소리로 외쳤으나 아무도 그 말에 별다른 신경을 쓰지 않았다.

응계성도 술김에 한마디 내뱉고는 이내 자신이 한 말을 잊어버렸다.

훗날 일을 생각해 보면 이때 응계성은 선견지명(先見之明)이라도 가지고 있었던 것이 틀림없었다. 하나 당시에는 당사자인 응계성 자신을 포함하여 어느 누구도 그 말을 그렇게 중요하게 여기지 않았다.

한동안 모두들 식사에 열중했다.

진산월을 좋아하는 사람이든 싫어하는 사람이든 그가 만든 음식이 맛있다는 사실만은 누구나가 인정을 했다. 그는 비단 음식을 잘 만들 뿐 아니라, 음식 만드는 일 자체를 좋아했다.

일전에 방취아는 땀을 뻘뻘 흘리며 주방에서 음식을 만들고 있는 진산월을 한참 동안 지켜보다가 이렇게 물은 적이 있었다.

"대사형이 일하는 모습을 보면 정말 타고난 숙수(熟手, 요리사) 같아요. 요리하는 게 그렇게 좋아요?"

진산월은 그녀는 쳐다보지도 않은 채 고개를 끄덕였다.

"요리를 하면 마음이 편안해지거든."

"왜요?"

"배고프지 않아도 되니까."

방취아는 그의 말을 잘 이해하지 못하고 고개를 갸웃거렸다.

진산월은 담담한 음성으로 말했다.

"어렸을 때 나는 항상 배가 고팠거든. 아무거라도 먹고 싶었지만 도무지 먹을 걸 구할 수 있어야지. 추운 겨울에는 더 심했어. 오 일 동안 만두 하나만 먹고 견딘 적도 있었지."

진산월이 종남파에 오기 전에 떠돌이 거지였다는 것은 방취아도 들은 적이 있었다. 하나 그토록 굶주렸다는 것은 그녀도 처음 듣는 이야기였다.

"배고픈 건 정말 무서운 거야. 무엇이라도 먹을 수 있지. 하지만 어떤 때는 그 무엇조차도 구할 수 없을 때가 있거든."

"그 정도일 줄은 몰랐어요."

"그래서 나는 생각했지. 나중에 내가 무엇이든 할 수 있을 때가 되면 반드시 유명한 숙수가 되겠다고. 그러면 원하는 음식을 무엇이든 만들어 먹을 수 있을 테니 얼마나 좋겠나 하고 말이야."

그 말을 할 때의 진산월의 표정은 아주 차분했다.

하나 빙취아는 왠지 코끝이 시큰거려 금방이라도 눈물이 흘러내릴 것만 같았다.

"그랬군요. 전 그런 내력이 있는 줄은 몰랐어요."

진산월은 그녀를 돌아보며 빙긋 웃었다.

"처음에는 내가 좋아하는 음식만 잔뜩 만들어서 혼자 실컷 먹는 게 소원이었는데, 남들도 그 음식을 맛있게 먹는 것을 보고 마음이 조금 변했지."

"어떻게요?"

"내가 만든 음식을 다른 사람들이 맛있게 먹는 모습을 보면 기분이 좋아진단 말이야. 그래서 지금은 나보다도 남을 주려고 음식을 만들 때가 더 많아."

방취아는 배시시 웃었다.

"어쩔 수 없는 숙수 체질이로군요."

"하하…… 그렇지."

"하지만 사형은 이제 더 이상 숙수가 될 수 없어요."

"……!"

"사형은 언젠가는 본 파를 이끌어 갈 장문인이 될 거란 말이에요. 그러니 아무리 숙수가 되고 싶어도 그럴 수가 없어요."

그때 진산월은 아무 말 없이 그녀를 쳐다본 채 웃기만 했다.

그 웃음을 본 순간 방취아는 왠지 그가 그 꿈을 버리지 않고 있는 것 같은 느낌이 들었다. 언제까지고 영원히 그 꿈을 가슴속에 간직하고 있을 것만 같았다.

지금도 방취아는 진산월을 보면서 그 생각을 했다.

'대사형은 혹시 장문인이 된 지금까지도 그 꿈을 버리지 않고 있는 것이 아닐까?'

그것은 그녀로서는 알 수 없는 일이었다.

분위기가 무르익었을 때 응계성이 건배(乾杯)를 하자고 제의했다.

"좋아요. 그런데 무엇을 위해 건배하지요?"

낙일방이 묻자 응계성이 그의 머리를 툭 쳤다.

"뭐긴. 우리의 역사적인 무림 출도(武林出道)를 위해서지."

"에이. 그건 좀 시시한데……."

낙일방이 시큰둥한 표정을 짓자 응계성이 험악한 눈으로 그를 꼬나보았다.

"이 자식은 내가 하는 말은 무조건 반대만 하려고 해."

"그게 아니에요. 생각해 봐요. 무림 출도는 언제라도 할 수 있는 건데 그게 무슨 대단한 일이라고 건배까지 하자니까 조금 우습잖아요."

방취아가 낙일방을 거들었다.

"맞아요. 더구나 이번에 무림에 나가지 않는 사람도 있는데 너무 억울해요. 좀 더 그럴듯한 거로 해요."

"이런 제기랄. 이렇게 마음이 안 맞아서야……."

응계성이 툴툴거리고 있을 때, 정해가 눈을 반짝이며 끼어들었다.

"이건 어떨까? 본 파의 부흥(復興)을 위해서."

낙일방과 방취아는 귀가 솔깃한지 서로 마주 보았다.

"그거 괜찮은데요?"

"나도 찬성이에요. 너무 거창하지도 않고 아주 현실적인 제안 같아요."

응계성은 '너희들끼리 잘해 봐라.' 하는 듯한 표정을 지으며 입을 굳게 다물었다.

낙일방이 진산월을 돌아보며 물었다.

"장문 사형, 어때요?"

"나는 아무래도 좋아."

"무슨 대답이 그래요?"

"본 파의 부흥도 좋고, 무림 출도를 위해서도 좋다는 말이지."

임영옥이 차분한 어조로 입을 열었다.

"이렇게 하면 어때요? 각자 돌아가면서 자기가 원하는 걸 한 가지씩 말하기로. 그 모든 걸 위해서 건배하는 거예요."

낙일방이 활짝 웃으며 손뼉을 딱 쳤다.

"와! 그거 정말 멋진 생각이군요."

방취아와 정해도 반색을 했다.

"정말 좋아요. 사저의 생각은 내 마음에 꼭 드는군요."

"나도 찬성입니다."

낙일방이 잽싸게 주위를 둘러보며 물었다.

"다른 분들은 어때요?"

매상과 소지산은 물론이고 심통이 잔뜩 난 모습으로 앉아 있던 응계성도 만족스런 표정으로 고개를 끄덕였다.

"좋아."

"장문 사형은?"

진산월은 빙그레 웃었다.

"이런 분위기에서 거절하면 장문인 자리에서 쫓겨날지도 모르겠는데?"

모두 '와!' 하고 웃음을 터뜨렸다.

낙일방이 자리에서 벌떡 일어서며 술잔을 높이 쳐들었다.

"그럼 제가 먼저 말하지요. 저는……."

그때 방취아가 잽싸게 그의 말을 가로막았다.

"왜 낙 사형이 먼저 하려는 거예요? 서열로 따지자면 대사형이 첫 번째고, 반대 서열로 하자면 내가 제일 첫 순서인데…….”

낙일방의 얼굴이 구겨졌다.

"취아야, 그거 아무나 먼저 하면 안 되냐?”

"싫어요. 빨리 서열순으로 할 건지, 그 반대로 할 건지 결정해요.”

"알았다, 알았어. 네가 먼저 해라.”

낙일방이 못 말리겠다는 듯 손을 휘휘 내저으며 자리에 앉았다.

그제야 방취아는 취기가 올라 빨갛게 상기된 얼굴에 함박웃음을 머금었다.

"호호…… 그럼 제가 먼저 하지요. 저는…… 본 파의 무궁한 발전을 위해서 건배하고 싶어요.”

낙일방이 헛기침을 하며 일어섰다.

"흠. 그럼 다음에 나군. 저는 본 파가 다시 일어나 과거의 영광을 되찾고 군림천하하는 그날을 꿈꾸며 건배하렵니다.”

"호호…… 너무 거창하군요.”

"이게 뭐가 거창하냐? 사실은 천만년(千萬年) 계속 강호를 제패하고 싶다는 말을 하고 싶었는데…….”

"호호…… 낙사형다운 생각이에요.”

정해가 주위를 두리번거리다가 천천히 일어났다.

"이번에는 나로군.”

낙일방의 바로 위 서열은 원래 두기춘이었다. 하나 두기춘이 종남파를 떠났기 때문에 그다음 서열인 정해가 일어난 것이다.

정해는 목소리를 가다듬은 다음 낭랑한 음성으로 말했다.

"저도 낙 사제처럼 본 파의 부흥과 발전을 바라겠습니다."

다음은 응계성의 차례였다.

"강호에 출도하여 절정 고수로 명성을 떨칠 그날을 위해 건배하겠습니다."

응계성의 위 서열은 그와 나이는 동갑이나 입문이 몇 달 빠른 소지산이었다.

소지산은 짤막하게 말했다.

"잘 다녀오시오."

응계성이 어이가 없다는 듯 피식 웃었다.

"뭐 이래? 그런 걸로도 건배가 되나?"

그의 말을 받은 건 매상이었다.

"누구나 자기가 원하는 걸 위해 건배할 수 있지. 나는 내 검을 위해 건배하겠다."

모두들 지극히 매상다운 말이라고 생각했다.

매상은 자기중심(自己中心)적인 사고방식에 철저한 사람이었다.

방취아의 시선이 임영옥에게로 향했다.

"사저는 무얼 위해 건배하시겠어요?"

임영옥은 조용한 음성으로 말했다.

"산 사람과 죽은 사람을 위해."

낙일방이 고개를 갸웃거렸다.

"산 사람과 죽은 사람? 무슨 뜻이지요?"

정해가 재빠르게 말했다.

"산 사람은 여기 있는 우리들을 말하는 거야."

"그럼 죽은 사람은요?"

"물론 돌아가신 선사님이지."

낙일방은 그제야 알겠다는 듯 고개를 끄덕였다.

"아! 그러니까 사저의 말뜻은 우리들과 선사님, 모두를 위한다는 뜻이로군요."

"그렇지. 다시 말해서 우리가 선사님을 잊지 말고 그분의 유명을 잘 받들어 달라는 의미가 있는 거야."

"굉장히 심오하군요."

모두의 시선이 진산월을 향했다.

"이제 장문 사형이 마지막을 장식해 주시죠."

진산월은 술잔을 든 채로 천천히 자리에서 일어났다.

그는 주위를 한번 둘러보더니 담담한 음성으로 입을 열었다.

"다음에 다시 만났을 때 오늘처럼 웃으면서 볼 수 있게 되기를……."

낙일방이 다시 정해에게 물었다.

"저건 또 무슨 뜻이죠?"

"바보. 저건 그냥 말 그대로 다음에 웃으면서 다시 만나자는 얘기야."

낙일방은 싱겁게 웃었다.

"그렇군요. 난 또 대사형이 무슨 심오한 이야기를 하나 그랬어요."

그때 매상이 불쑥 지나가는 듯한 음성으로 말했다.

"나름대로 심오한 이야기지. 그렇게 될 수만 있다면……."

낙일방과 정해가 움찔하여 그를 쳐다보았으나 매상은 묵묵히 손에 든 술잔만 바라보고 있었다.

진산월이 술잔을 높이 쳐들었다.

"자, 건배하지. 지금까지 말한 모든 것을 위하여."

모두들 술잔을 높이 들었다.

"건배!"

"종남파를 위하여!"

"종남파의 영광과 군림천하를 위하여!"

"건배!"

* * *

밤이 깊어 갔다.

하늘에는 여인의 눈썹 같은 초승달이 그린 듯 고운 자태를 반쯤 구름 사이에 감추고 있었다. 어디선가 한 줄기 바람이 불어와 뜨락을 스치고 지나가자 마치 파도 소리 같은 나뭇잎 부딪치는 소리가 들려왔다.

쏴아아…….

진산월은 숲이 빤히 내려다보이는 야트막한 바위 위에 걸터앉은 채 멍하니 허공을 올려다보고 있었다.

밤공기는 제법 차가웠다. 그 차갑게 식은 밤 기가 얇은 옷자락을 뚫고 피부에 와 닿자 얼큰히 올라왔던 취기가 조금은 가시는 것 같았다.

진산월은 오늘 상당히 많은 양의 술을 마셨다.

진산월뿐만 아니라 다들 많이 취해서 낙일방과 응계성은 만찬이 벌어졌던 대청 한구석에 누운 채 잠에 골아 떨어졌고, 방취아도 얼굴이 새빨개진 채 비틀거리는 걸음으로 자기 방으로 간신히 기어 들어가 버렸다. 정해는 물론이고 좀처럼 술에 취하지 않던 매상과 소지산도 몸을 제대로 가누지 못할 정도로 취해 자기들 방으로 돌아간 지 오래였다.

진산월도 자신의 방으로 가려다가 문득 걸음을 돌려 뒤쪽 언덕 위로 올라온 것이다.

이상하게 가슴이 답답했다. 오늘 술을 평소보다 많이 마신 이유도 그 답답함을 없애기 위해서일지 몰랐다. 하나 술을 마실수록 답답함이 없어지기는커녕 오히려 더욱 커져서 주체할 수 없을 정도가 되었다.

진산월은 몽롱한 눈으로 구름 사이에 걸려 있는 일점편월(一點片月)을 올려다보았다.

그 편월 위로 한 사람의 모습이 떠오르고 있었다.

비쩍 마르고 온화하게 생긴 중년인의 모습이었다. 평범한 모습이었으나 진산월에게는 그 중년인의 머리카락 한 올, 눈, 코, 귀, 입 하나 하나가 너무나도 선명하게 떠올랐다.

'사부님······.'

진산월은 사부의 환영을 올려다본 채 상념(想念)에 잠겨 들었다.

"네놈은 꼭 삼십 년 전의 나 같구나. 나를 따라가지 않겠느냐?"

벌써 구 년이나 흘렀지만, 사부를 처음 만났을 때의 그 음성이 마치 오늘 일처럼 생생하게 기억되었다.

사부를 따라 종남산(終南山)에 왔을 때의 그 생소함, 그리고 이내 자신이 더 이상 굶주리지 않아도 된다는 것을 알았을 때의 그 안도감과 평안함,

몇 년 만에 처음으로 욕실에서 목욕다운 목욕을 하고 밖으로 나왔을 때 자신을 보고 놀란 눈을 크게 치켜뜨던 그 귀여운 댕기머리 소녀의 깜찍한 모습…….

그리고 그 소녀가 점차로 자라서 하나의 아름다운 여인이 되어 가는 것을 옆에서 지켜보면서 느꼈던 따스하고 달콤한 감정…….

처음에 자신과 사매뿐이었던 종남의 문하에 하나둘씩 제자들이 늘어갔을 때의 뿌듯함, 그리고 '너희들을 군림천하하도록 해 주겠다.'며 제자들에게 먹일 영약을 찾아 심산유곡을 헤매고 다니던 사부가 몇 달 만에 지치고 허탈한 모습으로 돌아왔을 때의 그 안쓰러움과 미안함.

다른 문파의 고수들에게 모욕을 당하고도 빙그레 웃으며 뒤돌아섰던 사부가 혼자 피눈물을 뿌리며 뒷동산에서 미친 듯이 검을 휘두르는 광경을 몰래 지켜보았을 때 느꼈던 그 비통함과 억울함, 처절한 분노…….

어디선가 우연히 용문산에 있다는 만년삼정의 행방을 듣고 뛸 듯이 기뻐하는 사부를 보고 함께 기뻐했던 자신의 모습과, 만년삼정을 자신의 손에 쥐어 준 채 피투성이가 되어 숨을 거두었던 사부의 마지막 모습이 교차되어 가슴을 저미게 했다.

"산월아. 너만은 반드시 군림천하를 해야 한다."

자신의 손을 꼬옥 움켜쥔 채 간절한 눈으로 자신을 응시하던 사부의 마지막 눈망울을 잊을 수가 없었다.

그날 이후, 진산월은 단 하루도 깊은 잠을 자 본 적이 없었다.

자신이 과연 사부의 유명을 지킬 수 있을까?

무림 사상 누구도 이루지 못했던 군림천하의 꿈을 이룰 수 있을까?

나를 믿고 따르는 여덟 명의 아우들을 과연 군림천하의 길로 인도할 수 있을까?

그로부터의 하루하루는 그에게는 지옥과도 같은 고통과 번민의 나날들이었다. 아마 다른 사람이었다면 이런 중압감에서 견디지 못하고 도망치고 말았을 것이다.

하나 진산월은 그럴 수 없었다.

사부는 그에게 제이(第二)의 생명(生命)을 준 사람이었다.

사부가 아니었으면 그는 구 년 전의 추운 겨울 어느 날, 이미 싸늘한 시체가 되어 버렸을 것이다. 사부는 그의 목숨을 구해 주고, 그가 새로운 인생을 살 수 있도록 해 주었다.

하나 단순히 사부에게 진 빚을 갚기 위한 것뿐만은 아니었다.

책임과 의무가 두려워 피해 버린다면 그것은 이미 살아 있는 것이라고 할 수 없다는 것이 진산월의 생각이었다. 그것은 목숨의 빚 이전에 인간의 기본적인 도리(道理)였다.

그것이 진산월을 번민케 하는 것이다.

이제 그는 내일이면 사제들과 함께 산을 내려가야 한다.

그가 의도했든 그렇지 않든 그것은 사부의 유명을 지키기 위한 첫 번째 걸음이 될 것이다.

하나 과연 그 길의 끝까지 도달할 수 있을 것인가?

진산내공(鎭山內功)도 절전(絶傳)된 보잘 것 없는 종남파의 무공과, 문하 제자라고 해 봐야 단지 여덟 명뿐인 이 세력을 가지고 어느 누구도 이루지 못했던 군림천하를 달성한다는 것은 불가능한 일이었다.

하나 진산월은 그 길을 가야만 했다.

가다가 중도에 쓰러지는 한이 있더라도 그는 가야만 했다.

지금의 그에게는 오직 그것만이 자신이 갈 수 있는 유일한 길이기 때문이었다.

진산월이 허공을 올려보며 끝없는 상념에 빠져들고 있을 때였다.

"이곳에 있었군요."

조용한 음성과 함께 그윽한 향기가 코끝에 전해졌다.

진산월은 고개를 돌리지 않아도 그 음성의 주인이 누구인지 알고 있었다. 아니, 음성을 듣지 않아도 단지 향기만으로도 그는 그녀를 알 수 있었다.

흐릿한 달빛을 받으며 서 있는 임영옥의 모습은 아름답다는 형용이 무색한 것이었다. 진산월의 눈빛이 어둠 속에서 유달리 번쩍거렸다.

임영옥은 천천히 그의 옆으로 다가와 바위 위에 나란히 걸터앉았다.

그때 마침 구름 사이에 가려 있던 달이 온전한 자태를 드러내며 교교한 달빛을 사방에 뿌리고 있었다.

"달빛이 참 곱군요."

임영옥은 은어 같은 자신의 손을 비추는 달빛을 바라보며 중얼거렸다. 그녀는 달빛에 자신의 손을 이리저리 비춰 보다가 그 손으로 가만히 진산월의 손을 잡았다.

진산월도 마주 손을 잡았다.

두 사람은 손과 손을 마주 잡은 채 어깨를 나란히 하고 밤하늘을 올려다보았다.

바람이 불고, 구름이 흐르고, 달이 반짝이는 밤이었다. 달빛은 차가웠으나 두 사람은 조금도 추위를 느끼지 못했다.

한참 후에 임영옥이 조그맣게 중얼거렸다.

"사형을 처음 봤을 때가 생각나요."

"그래? 그때 어땠는데?"

임영옥의 입가에 희미한 미소가 떠올랐다.

"아주 작고 비쩍 마른 꼬마였어요. 난 그때 불쌍하다는 생각보다는 너무 더럽고 지저분해서 왜 아버지가 이런 애를 데려올 생각을 했을까 하는 마음이 앞섰지요."

진산월도 따라서 웃었다.

"맞아. 그때 난 참 지저분하고 깡마르고 못생긴 꼬마였지."

"하지만 눈빛만은 참 또랑또랑했어요. 알아요? 사형이 목욕을 하고 나왔을 때 내가 깜짝 놀랐던 것을?"

진산월은 아련한 표정을 지으며 고개를 끄덕였다.

"그래. 지금도 생생하게 기억하고 있지. 그때 사매의 커다란 눈과 벌려진 입이 뇌리에 떠오르는군."

"내가 보기 흉했나요?"

"아니, 그때도 예뻤어. 난 저런 표정을 짓고도 예쁜 아이가 다 있구나 하고 생각했었지."

"호호…… 사실 그때는 너무 놀랐어요. 목욕을 하고 나온 사형은 전혀 다른 사람이 된 것 같았거든요."

"어떻게 달랐는데?"

임영옥은 고개를 갸웃거렸다.

"글쎄요. 뭐라고 딱 꼬집어 말할 수는 없었지만 아무튼 사람 자체가 달라 보였어요. 마치 누에가 꼬치를 벗은 것처럼, 누추하고 볼품없는 꼬마에서 갑자기 믿음직하고 호감이 가는 소년으로 바뀐 거예요."

"내가 그랬나?"

"그래요. 난 그때 사형보다 잘생긴 소년들을 많이 보아 왔는데도 이상하게 사형에게 호감이 느껴졌어요. 별로 잘생긴 얼굴은 아니었지만 친밀감이 가고 다정한 얼굴이었죠. 선량한 느낌을 주는 인상이었어요."

진산월은 빙그레 웃으며 자신의 턱을 쓰다듬었다.

"지금도 그래."

"호호…… 하지만 속은 능구렁이가 다 됐죠."

"아니야. 난 시금도 신량해. 그건 보증할 수 있어."

"정말이에요?"

"그게 내 유일한 자랑거리인걸. 난 단점투성이인 인간이지만, 착하다는 것 하나는 가장 큰 장점이지."

"호호호……."

임영옥은 입을 가리고 나직하게 웃었다.

"말해 봐. 그때 내가 그렇게 호감이 갔었어?"

"그래요."

"그래서 그 뒤로 석 달 동안 내게 말도 걸지 않았었나?"

"그건…… 사형이 소녀의 감정을 몰라서 그래요. 그 나이 또래의 소녀들은 속으로 호감이 갈수록 겉으로는 쌀쌀맞게 대하는 법이거든요."

"그렇군. 난 그때 사매가 나를 싫어하는 줄 알고 몹시 당황했지. 쫓겨나면 어쩌나 하는 걱정도 들었고……."

"쫓겨나긴요. 어떻게 그런 생각을 다 했죠?"

"글쎄…… 그때 나는 겁쟁이였나 봐. 마음대로 먹을 수 있고, 잠도 편하게 잘 수 있어서 너무 좋았지. 정말 행복했어. 그래서 그 행복이 날아가면 어쩌나 하고 항상 불안해 하고 있었지."

임영옥은 새삼스런 눈으로 그를 보았다.

"왜 그런 이야기를 한 번도 하지 않았죠?"

"할 수가 없었지. 그런 이야기를 하면 정말로 내쫓길까 봐. 말이 씨가 된다고 하잖아."

"정말 그렇게 생각했어요?"

"그때는 그랬어. 웃지 마. 내 딴에는 그때 무척 심각했었으니까."

"호호…… 사형처럼 낙천적이고 쾌활한 사람이 그런 면이 있다는 게 믿어지지 않아요."

"사람은 원래 남에게는 잘 보여 주지 않는 또 다른 면(面)을 가지고 있나 봐. 지금도 내가 그때 왜 그렇게 불안해했는지 이해가 안 될 때도 있어."

"걱정치곤 정말 쓸데없는 걱정이었군요."

"그래. 하지만 그리 오래가진 않았어. 두 달 정도 지나면서부터는 그런 걱정을 하지 않았으니까."

"왜요?"

진산월의 입가에 엷은 미소가 어렸다.

"사부님이 어떤 분인지 알게 되었으니까."

"그래서 아버님이 결코 사형을 내쫓거나 하지는 않을 거라고 생각한 거로군요."

"그래. 그때부터는 밤에 잠도 잘 잤고, 먹기도 더 많이 먹었지."

"그때 사형은 정말 먹보였어요. 난 그렇게 밥을 많이 먹는 사람은 본 적이 없었어요. 하루에 대여섯 끼나 먹는 사람이 있으리라고는 생각조차 하지 않았으니까요."

"그때는 정말 먹어도 먹어도 배부른 줄 몰랐지. 사매가 눈총만 안 줬어도 두 배는 더 먹었을 거야."

"그건 눈총이 아니라 호기심이었어요. 난 대체 사형의 뱃속에 무엇이 있는지 궁금했었거든요."

"사매가 내게 처음 말을 걸어 왔을 때가 생각나는군."

"저도 기억나요."

"그때 사매가 제일 처음 한 말이 무언지 알아?"

"이런 먹보!"

"그래, 맞아. 밤에 자다가 하도 배가 고파서 몰래 주방에 가서 밥솥째 들고 먹고 있는데 갑자기 사매가 불쑥 나타나서 그렇게 소리쳤지."

"호호…… 그때 밥솥을 들고 정신없이 먹고 있는 사형 모습은 정말 가관이었어요. 제가 갑자기 나타나 그렇게 소리치자 깜짝 놀라서 입안 가득 음식을 넣은 채 멍청하게 저를 쳐다보던 그 모습이 어찌나 우습고 귀엽던지……."

"우스운 건 알겠는데 귀엽다니……?"

"그때 사형은 정말 귀여웠어요."

"끔찍한 일이군. 그런 모습이 귀여웠다니…… 아무튼 난 그 뒤로 한 사나흘 동안은 밥을 입에도 못 대겠더라구. 하지만 사매가 말을 걸어 줘서 정말 기뻤어."

"정말 그랬어요?"

"그래."

임영옥은 진산월을 바라본 채 화사하게 웃었다.

"저도 사형과 사귈 수 있어서 기뻤어요."

"정말 좋은 시절이었지."

"그래요."

"머지않아 다시 그런 시절을 가질 수 있을 거야."

임영옥은 진산월을 빤히 바라보았다.

"사형은 정말 그렇게 생각해요?"

진산월은 진지한 모습으로 고개를 끄덕였다.

"당연히."

임영옥은 한동안 진산월의 두 눈을 뚫어지게 응시하다가 그의 품에 얼굴을 묻었다. 진산월은 자신의 품에 반쯤 안긴 그녀의 머리카락을 가만히 쓰다듬었다. 그녀는 한 마리 작은 새처럼 그의 품에 가만히 안겨 있었다. 그때 그녀의 표정은 너무도 평온하고 행복해 보였다.

진산월은 고개를 숙여 그녀의 귀에 대고 나직하게 소곤거렸다.

"언젠가 우리 아이가 태어났을 때…… 아들이면 이름을 억홍(憶弘)으로 짓자구."

임영옥은 그의 품에 얼굴을 묻은 채 조그만 소리로 뇌까렸다.

"억홍…… 아버지에게서 따온 거로군요."

"그래."

억홍이란 '임장홍을 기억한다.'는 뜻이었다.

임영옥은 얼굴을 반쯤 돌려 그를 올려보더니 물었다.

"딸이면요?"

"모옥(模玉)."

"모옥? 옥을 닮으라는 말인가요?"

"당신을 닮으라는 뜻이지."

임영옥의 눈이 유달리 반짝거렸다.

그녀는 다시 고개를 숙여 진산월의 품속 깊숙이 얼굴을 파묻었다.

"그런 날이 과연 올까요?"

"올 거야."
진산월은 그녀의 어깨를 힘주어 끌어안았다.
"꼭 오게 해야지."
그의 마지막 말은 그녀에게보다는 자기 자신에게 하는 다짐처럼 들렸다.
늦가을의 소슬한 바람이 다시 불어왔다.
어디선가 밤늦도록 자지 않는 풀벌레의 울음소리도 들려왔다.

시월 삼 일(十月三日).
달빛이 유난히도 창백한 가을의 마지막 밤이었다.

제 5 장
강호초행(江湖初行)

제5장 강호초행(江湖初行)

누런 황톳길 저쪽 끝에 붉은 노을이 걸려 있었다.

관도 양편에 늘어선 나무들이 황혼을 받아 긴 그림자를 길 위에 드리우는 모습이 마치 길게 도열해 선 병사(兵士)들을 연상케 했다.

휘잉……!

한 차례 세찬 바람이 불자 나무에서 떨어진 낙엽들이 하늘높이 올라갔다가 내려오며 바닥을 쓸 듯이 어딘가로 계속 굴러가 버렸다.

그때 관도 저편에서 자욱한 흙먼지와 함께 한 떼의 인마(人馬)가 나타났다.

말이 다가오며 드러난 모습은 사남일녀(四男一女)였다.

네 명의 남자는 모두 바람막이 피풍의를 두르고 머리에는 두건을 쓰고 있었다. 여인 또한 백색 피풍의를 두르고 있었는데, 늦가을의 차가운 바람을 피하려고 했는지 머리에 죽립(竹笠)을 쓰고 있어서 얼굴을 알아볼 수는 없었다.

그들은 낙엽과 흙먼지를 밟으며 길을 재촉했다.

문득 일행 중 가장 앞서 달리고 있던 백의인이 뒤를 돌아보며 소리쳤다.

"조금만 더 가면 제법 괜찮은 주루가 나올 겁니다. 그곳에서 잠깐 쉬어 가는 게 어떻습니까?"

네 명의 남자 중 가장 체구가 크고 몸집이 좋은 인물이 고개를 끄덕였다.

"그렇게 하지."

다섯 사람은 더욱 질풍같이 말을 몰아 앞으로 치달려갔다.

얼마쯤 가자 과연 관도에서 멀지 않은 곳에 몇 채의 인가(人家)와 함께 주루의 모습이 나타났다.

'주(酒)'라고 적힌 붉은 깃발이 세찬 바람에 마구 펄럭이고 있었다.

이미 몇 사람의 손님이 와 있는지 주루 앞에는 몇 마리의 말이 매어져 있었다. 그 중에서도 유난히 새하얀 백마(白馬)가 눈을 끌었다.

백마는 잡털 하나 섞이지 않아 눈부시게 희었는데, 특이하게도 네 개의 발굽 부위에만 유독 붉은색 털이 나 있어 더욱 시선을 사로잡았다.

"설리총(雪離驄)이군. 이런 곳에서 설리총을 보게 될 줄이야……."

일행 중 체구가 가장 작은 백의인이 혀를 차며 탄성을 내지르자 가장 앞서 있던 백의인이 이를 드러내며 웃었다.

"정 사형은 항상 괜찮은 말만 보면 사족을 못 쓰는군요. 어떻게 사람보다 말을 더 좋아해요?"

"네가 몰라서 그런다. 이건 정말 좋은 말이야. 천중일선(千中一選)의 명마(名馬)라구. 누가 이런 명마를 타고 있을까?"

"보나마나 사형 취향에 딱 맞는 천하절색(天下絕色)의 미인(美人)일 거예요."

앞서 있던 백의인이 말에서 내려 고삐를 주루 앞에 있는 나무에 묶으며 낄낄거렸다.

주루는 밖에서 보기 보는 것보다 훨씬 넓었다. 일고여덟 개의 탁자가 가지런히 놓여 있었고, 이미 세 개의 탁자에 먼저 온 손님들이 식사를 하고 있었다.

다섯 사람이 들어가자 중이들의 시선이 모두 그들에게로 쏠렸다.

앞장서서 주루로 뛰어 들어오다시피 했던 백의인은 사람들의 시선이 일제히 쏠리자 얼굴이 붉게 상기되었다.

'이런 제길. 사람 얼굴 처음 보나?'

그는 멋쩍은 표정으로 주위를 두리번거리다 창문가에 빈 탁자를 발견하고 그쪽으로 급히 발길을 돌렸다.

"저쪽이 좋겠군요."

자리에 앉자 그제야 백의인은 어색함이 풀린 듯 주위를 둘러보았다.

그러다가 그때까지도 하나의 시선이 자신의 얼굴을 빤히 쳐다보고 있는 것을 알아차리고 자신도 모르게 그곳으로 시선을 돌렸다.

하나의 영롱한 시선이 시야에 가득 들어왔다. 그들에게서 두 개의 탁자 건너편에 두 명의 남녀가 앉아 있었는데, 그들 중 홍의경장(紅衣輕裝)을 한 미소녀 하나가 눈을 빛낸 채 그를 주시하고 있었다.

홍의 미소녀와 시선이 마주치자 백의인은 깜짝 놀라 급히 고개를 돌렸다. 하나 그의 얼굴은 어느새 붉은 홍시처럼 빨갛게 변해 있었다.

"풋!"

그 모습이 우습던지 홍의 미소녀가 짤막한 웃음을 터뜨렸다.

백의인은 얼굴이 더욱 붉어져서 어쩔 줄을 몰라 했다. 다른 일행들은 자리에 앉느라 그 광경을 보지 못했으나, 조금 전 그와 이야기를 주고받았던 체구가 작은 백의인은 눈치 빠르게 그걸 발견하고는 히죽 웃었다.

"일방, 벌써 아는 여자를 만난 거냐? 정말 발이 넓구나."

백의인은 아예 목덜미까지 붉어져서 고개를 마구 내저었다.

"아…… 아는 여자라니요? 난 그런 여자 없어요."

"호, 그럼 초면(初面)인데도 벌써 눈이 맞은 여자가 생겼단 말이구나. 네 실력이 그토록 대단한 줄 미처 몰랐다."

그들은 종남파를 떠나 온 진산월 일행이었다. 그들은 이달 보름에 소림사에서 열리는 무림 대집회에 참가하기 위해 오늘 아침 일찍 길을 떠났던 것이다.

낙일방은 정해가 자꾸 자신을 놀리자 안색이 붉으락푸르락 해지다가 입을 삐죽거렸다.

"정 사형, 자꾸 사람 무안하게 하지 말아요. 내가 사매와 사저 외에는 아는 여자가 없다는 걸 사형도 잘 알잖아요."

정해는 더 놀리려다가 자칫하면 그가 오히려 화를 낼지도 모르겠다고 생각해서 더 이상 아무 말도 하지 않았다. 하나 대신에 낙일방을 슬금슬금 쳐다보며 연신 입가에 기이한 미소를 매달았다.

낙일방은 웃을 수도 없고 울을 수도 없는 괴이한 표정을 지으며 안절부절못했다. 그 모습이 또 우스웠는지 홍의 미소녀가 키득거리는 소리가 들려왔다.

그때 홍의 미소녀의 앞에 앉아 있던 청삼을 걸친 중년인이 홍의 미소녀를 쳐다보며 물었다.

"홍아(紅兒)야, 무얼 보고 그리 웃는 게냐?"

홍의 미소녀는 재빨리 새침한 표정을 지으며 고개를 저었다.

"아무것도 아니에요."

얼굴만큼이나 음성도 깜찍하고 귀여웠다.

청삼 중년인은 이상한지 고개를 갸웃거리며 뒤를 돌아보았다.

진산월 일행을 한 사람씩 훑어보던 청삼 중년인의 시선이 그들 중 유난히도 얼굴이 붉게 상기된 낙일방에게로 고정되었다.

청삼 중년인의 입가에 희미한 미소가 떠올랐다. 이목구비가 뚜렷하고 피부가 여자처럼 고운 미소년이 얼굴을 빨갛게 물들이며 좌불안석(坐不安席)해 하는 모습이 재미있었던 것이다.

청삼 중년인은 그제야 홍의 미소녀가 웃은 이유를 깨달았는지 고개를 돌려 홍의 미소녀를 응시했다.

"네가 또 남을 놀린 게로구나."

홍의 미소녀는 잽싸게 도리질을 했다.

"아니에요. 난 아무 짓도 안 했어요."

"다 큰 여자아이가 괜찮게 생긴 남자만 보면 실실거리며 웃다니…… 이러다가 자칫 집안 망신이 될까 두렵구나."

홍의 미소녀는 억울한 표정이 되었다.

"아니에요, 아빠. 저 녀석이 괜히 혼자 저러는 거란 말이에요."

청삼 중년인의 눈가에 엄격한 빛이 떠올랐다.

"말을 함부로 하지 마라. 처음 보는 사람에게 그게 무슨 실례되는 말이냐?"

홍의 미소녀는 입을 삐쭉거렸다.

"어때요? 나보다 어려 보이는데…… 그리고 괜찮게 생기긴요? 희멀게 가지고 기생오라비 같은 인상인데……."

"어허! 이 아이가 점점…… 아무래도 내가 너를 너무 버릇없이 키운 모양이구나."

청삼 중년인은 그녀를 꾸짖으려다 이내 한숨을 내쉬며 고개를 흔들었다.

"이럴 줄 알고 이번 길에 너를 데려오지 않으려고 한 건데…… 네가 자꾸 이러면 너를 다시 집으로 돌려보내겠다."

"안 돼요, 아빠. 다신 안 그럴게요."

"입에 침이나 바르고 말해라. 네가 그 버릇을 남 주겠느냐?"

홍의 미소녀의 고운 아미가 찡그려지며 입이 퉁퉁 튀어나왔다.

"치, 아빠는 괜히 나만 가지고 난리야. 저 멀대같은 녀석 때문에 나만 혼났잖아."

청삼 중년인은 점잖게 웃었다.

"저렇게 잘생긴 멀대 보았느냐?"

"핏!"

홍의 미소녀는 코웃음을 쳤지만 얼마 가지 않아 다시 낙일방을 힐끔거렸다.

사실 종남파의 문하 중에서 낙일방이 가장 준수했다. 아니, 종남파뿐만 아니라 어디에 내놓아도 뒤떨어지지 않을 만큼 깨끗하고 잘생긴 얼굴이었다.

자신의 외모에 굉장한 자신감을 갖고 있는 두기춘도 자신이 용모 면에서는 낙일방을 따라가지 못한다는 것을 알고 있었다. 그래서인지 두기춘은 평소에도 낙일방을 사사건건 못미땅해 하곤 했었다.

청삼 중년인은 자리에서 일어나 낙일방을 향해 미소를 지었다.

"이해해 주게. 무남독녀 외딸인지라 너무 귀여워했더니만 영 버릇이 없구먼."

낙일방은 얼굴이 홍시처럼 붉어지며 황급히 고개를 저었다.

"아…… 아닙니다. 제가 원래 이렇게 생긴걸요."

그 말에 홍의 미소녀가 참지 못하고 까르르 웃고 말았다.

"호호호……."

청삼 중년인도 입가에 미소를 그치지 않은 채 그를 향해 다가왔다.

"이왕 만난 김에 서로 이름이나 알고 지내지. 나는 농서(隴西)에서 온 상원건(尙元乾)이라고 하네."

낙일방은 급히 포권을 했다.

"종남의 낙일방입니다."

청삼 중년인의 눈이 번쩍 빛났다.

"호. 종남의 문하라? 이거 뜻밖이군."

청삼 중년인이 놀라는 것도 무리는 아니었다.

종남파는 이제는 거의 유명무실(有名無實)해져서 무림인들의 뇌리에서 잊혀 가는 문파 중 하나였다. 더구나 지난 몇 년간은 강호 무림에 종남파의 제자가 나타난 적이 전무(全無)한 형편이었다.

상원건의 시선이 다른 네 사람에게로 향했다.

"그럼 이분들도……?"

낙일방이 고개를 끄덕이며 창가에 앉아 있는 듬직한 체구의 청년을 가리켰다.

"저분이 본 파의 장문인이시고, 다른 분들은 모두 제 사형과 사저이십니다."

상원건이 의외라는 얼굴로 진산월을 쳐다보았다. 진산월의 나이가 아무리 보아도 이십 대 초반 정도밖에 되어 보이지 않았기 때문에 설마 장문인이리라고는 상상도 하지 못하고 있었던 것이다.

진산월은 자리에서 일어나 포권을 했다.

"진산월입니다."

상원건은 자신의 실태를 깨닫고 황급히 마주 포권을 했다.

"이제 보니 진 장문인(陳掌門人)이셨구려. 농서의 상원건이라고 하외다."

상원건의 나이는 사십 대 중반이었다. 하나 아무리 상대가 자신보다 나이가 어리다고 해도 엄연히 한 문파를 이끌고 있는 장문인의 신분이니 함부로 아랫사람 대하듯 할 수가 없었다.

더구나 지금은 비록 몰락했다고는 하나, 종남파라면 한때 구대문파 중에서도 혁혁한 명성을 떨치던 명문 정파가 아닌가?

상원건은 홍의 미소녀를 불렀다.

"홍아야, 이리 와서 진 장문인께 인사드려라."

홍의 미소녀는 새침한 표정으로 다가와서 진산월을 향해 고개를 까닥거렸다.

"상소홍(尙小紅)이에요."

상원건이 인상을 찌푸렸다.

"홍아야, 그게 무슨 무례한 태도냐? 다시 정중하게 인사드려라."

상소홍은 입을 삐죽거렸다.

'아무리 봐도 나보다 몇 살 많아 보이지 않는데 어떻게 이보다 더 정중하게 인사를 하라는 거야?'

하나 상원건의 얼굴이 점차 딱딱하게 굳어지며 금시라도 불호령이 떨어질 것 같자 황급히 허리를 굽혀 머리를 조아렸다.

"홍아가 진 장문인을 뵈옵니다."

진산월은 그녀의 표정으로 그녀가 아버지의 강압에 못 이겨 억지로 인사를 하고 있다는 것을 알고 담담하게 웃으며 손을 내저었다.
　"그렇게 격식을 차릴 필요 없소, 상 낭자. 그보다 두 분은 아직 식사를 하지 않으셨으면 우리와 합석을 하시지요."
　상원건이 무어라고 하기도 전에 상소홍이 잽싸게 자리에 앉았다.
　"고마워요."
　상원건은 어쩔 수 없다는 듯 고개를 설레설레 저으며 그녀를 따라 착석을 했다.
　그런데 상소홍이 앉은 자리가 하필이면 낙일방의 바로 맞은편 자리여서 낙일방은 원하든 원하지 않든 고개만 쳐들면 그녀의 얼굴을 똑바로 마주치게 되었다.
　낙일방은 시선을 어느 곳에 둘지 몰라 괜히 허공을 올려다보다가 탁자를 내려다보다가 했다. 그러다가 가끔 그녀와 시선이 마주치기라도 할라치면 얼굴이 홍당무처럼 변해 황급히 시선을 돌리는 것이었다. 낙일방이 그러면 그럴수록 상소홍은 더욱 짓궂게 그의 얼굴을 똑바로 쳐다본 채 꼼짝도 하지 않았다.
　보다 못한 상원건이 그녀를 툭 쳤다.
　"홍아야, 적당히 좀 해라."
　상소홍은 아예 턱까지 고인 채 낙일방을 빤히 응시하며 조잘거렸다.
　"아빠의 착한 딸은 아무 짓도 안 하고 얌전하게 앉아 있는 중이에요."

상원건은 어쩔 수 없다는 듯 씁쓸하게 웃었다.

"내가 정말 너를 잘못 키웠구나. 그렇게 멋대로 굴다가는 언제고 한번 호되게 당할 날이 있을 것이다."

상소홍은 입술을 삐쭉 내밀었다.

"피. 누가 감히 나를요."

한데 그때였다.

히히힝!

밖에서 갑자기 요란한 말 울음소리가 들려왔다.

그와 함께 사람들의 웅성거리는 소리와 성난 외침 소리가 동시에 울려 퍼졌다. 중인들이 어리둥절하여 서로 얼굴을 마주 보고 있는데, 낙일방이 이때다 싶어 자리에서 벌떡 일어나 밖으로 달려 나갔다.

"제가 나가 보고 오지요."

낙일방은 뒤에서 누가 쫓아오기라도 하듯 부리나케 밖으로 달려 나와서는 간신히 안도의 한숨을 내쉬었다.

"이상한 여자야. 왜 그렇게 사람의 얼굴을 빤히 쳐다보는 거지?"

낙일방은 고개를 갸웃거리다가 갑자기 눈을 크게 떴다.

"저거……."

주루 앞에 묶여 있는 설리총의 주위를 서너 명의 장한들이 에워싸고 있었다. 그리고 바닥에는 그들의 일행인 듯한 장한 하나가 하늘을 올려다본 채 벌러덩 누워 있었다.

장한들은 밧줄과 갈고리 같은 것을 이용하여 설리총을 강제로 붙잡으려 하고 있었고, 설리총은 그들의 손에 붙잡히지 않으려고 마구 날뛰고 있었다. 아마 바닥에 쓰러진 장한은 그 날뛰는 설리총의 뒷발에 채이고 말았던 모양이었다.

"이보시오. 당신들 지금 뭐하는 거요?"

낙일방이 그들에게 다가가 물었다.

장한들 중 수염이 가득 난 텁석부리 하나가 힐끗 그를 돌아보더니 거친 음성으로 소리쳤다.

"꼬마야, 알 것 없으니 저리 꺼져라."

낙일방의 눈꼬리가 쭈욱 치켜 올라갔다.

낙일방은 비록 얼굴은 곱상했지만 성격만큼은 어느 누구보다도 불같은 사람이었다. 더구나 그는 평소에도 '꼬마' 라는 말을 제일 싫어했다. 그러니 나오는 말이 고울 리가 없었다.

"당신, 지금 뭐라고 했어?"

텁석부리 장한이 버럭 소리를 질렀다.

"이 꼬마 놈이 귀가 먹었나? 빨리 꺼지지 못해?"

낙일방의 얼굴이 다시 시뻘게졌다. 조금 전과는 달리 진짜 화가 솟구쳐서 붉어진 것이다.

"이 털만 가득 난 놈이 누구보고 자꾸 꼬마래? 한 번만 더 그런 소리를 지껄이면 그 털을 몽땅 뽑아 버리고 말 테다!"

텁석부리 장한의 인상이 험악하게 일그러졌다.

"이 풍뎅이 새끼가?"

텁석부리 장한이 막 낙일방을 향해 달려들려는데 그의 옆에 있던 뱀눈의 장한이 그를 제지했다.

"마상(馬象), 그런 꼬마 놈은 신경 쓸 거 없네. 그보다 빨리 이놈 좀 잡게. 보기보단 성깔이 대단하군."

설리총은 정말 웬만한 사람은 보기만 해도 기가 질릴 만큼 격렬하게 몸부림치고 있었다. 얼마나 세차게 날뛰는지 장한들은 밧줄을 설리총의 목에 걸고도 접근할 엄두를 내지 못하고 있었다.

마상이라 불린 텁석부리 장한은 낙일방을 향해 눈을 부라렸다.

"꼬마 놈아! 오늘 운 좋은 줄 알아라! 이 어르신네가 정말 성질내기 전에 어서 빨리 네 어미 품속으로 꺼져 버려라!"

낙일방은 아무 말도 없이 쏜살같이 마상의 앞으로 달려들며 주먹을 휘둘렀다.

빡!

마상은 겉으로 보기에 기생오라비처럼 예쁘장하게 생긴 이 애송이가 설마 진짜로 자신에게 덤벼들 줄은 몰랐는지라 피할 겨를도 없이 정통으로 턱주가리를 맞고 말았다.

"억!"

마상은 손에 든 갈고리를 놓으며 바닥에 볼썽사납게 나부라졌다.

다른 장한들은 모두 어안이 벙벙하여 멀거니 낙일방과 마상을 쳐다보고만 있었다. 마상은 바닥에서 벌떡 일어나더니 거친 숨소리를 내며 낙일방을 향해 덤벼들었다.

"이 찢어 죽일 놈이, 감히……."

하나 그의 몸이 채 한 발짝 앞으로 움직이기도 전에 다시 낙일방의 주먹이 날아들었다.

"이크!"

마상은 황급히 옆으로 몸을 움직여 피했다. 낙일방은 화가 단단히 났는지 입술을 굳게 다문 채 다시 빠르게 마상의 앞으로 돌진해 들어오며 연거푸 주먹을 날렸다.

휙! 휙!

매서운 바람소리와 함께 날아오는 낙일방의 주먹은 언뜻 보기에도 상당한 위력을 지닌 것이었다. 마상은 반격 한번 하지 못하고 뒤로 정신없이 물러났다. 하나 낙일방의 공세가 워낙 질풍처럼 빠르고 날카로워서 다시 두 대의 주먹을 옆구리와 아래턱에 연거푸 강타당하고 말았다.

"어헉!"

마상이 인상을 찡그리고 턱을 부여잡으며 휘청거리는 순간 다시 낙일방의 반대쪽 주먹이 사정없이 그의 관자놀이를 가격했다.

"끄응……."

마상은 짤막한 신음과 함께 몸을 쭈욱 뻗었다.

낙일방은 마상을 때려 뉘이고도 분이 풀리지 않았는지 바닥에 쓰러져 있는 마상의 멱살을 바짝 움켜잡고 정말로 수염을 잡아 뽑으려고 했다.

한데 바로 그때였다.

"어느 놈이 감히 본가(本家)의 행사를 방해하는 거냐?"

날카로운 호통소리와 함께 무언가 차갑고 예리한 기운이 낙일방의 뒤통수를 향해 빠르게 날아들었다. 낙일방은 황급히 몸을 돌려 옆으로 피하며 뒤를 돌아보았다.

언제 나타났는지 그의 뒤에는 두 명의 인물이 우뚝 서 있었다.

우측의 인물은 백삼을 걸치고 손에는 쇠로 된 주판을 든 사십대 초반의 중년인이었다. 중년인은 호리호리한 키에 턱에 세 가닥의 수염을 기르고 있었는데, 주판을 들지 않은 왼손으로 연신 수염을 꼬는 모습이 약간은 경망스러우면서도 우스꽝스러워 보였다.

좌측의 인물은 역시 백삼을 입고 얼굴이 여자처럼 새하얀 젊은 공자(公子)였다. 전체적으로 준수한 인상이었으나, 입술이 유달리 붉고 눈자위가 거무스름해서 어딘지 모르게 음침한 분위기를 풍기고 있었다.

백삼 공자는 뒷짐을 진 채 낙일방은 쳐다보지도 않고 설리총만을 뚫어지게 바라보고 있었다.

낙일방이 두 사람을 번갈아 가며 바라보자 백삼 중년인이 수염을 꼬며 카랑카랑한 음성으로 물었다.

"네놈은 누구냐? 누군데 감히 본가의 식솔에게 행패를 부리고 있는 거냐?"

낙일방은 그 음성을 듣자 그가 바로 조금 전에 자신에게 암습을 한 인물임을 알아차리고 싸늘한 코웃음을 날렸다.

"흥! 누가 할 소리? 보아하니 이자들은 벌건 대낮에 남의 말을 훔치려는 파렴치한들 같은데, 당신도 이자들과 한 패란 말이오?"

백삼 중년인의 눈꼬리가 쭈욱 치켜 올라갔다.

"우리가 말을 훔치려 한다고? 정말 정신 나간 놈이로구나. 우리가 누구인 줄 알고 감히 함부로 입을 놀리느냐?"

낙일방은 입을 삐죽거렸다.

'누구긴. 말 도둑 일당들이지.'

그의 입에서 막 이런 말이 나오려는 순간 백삼 중년인이 더욱 카랑카랑한 음성으로 소리쳤다.

"운문세가(雲門世家)가 강호를 호령한 지 수십 년이 넘었지만 아직까지 남에게 이런 모욕을 받은 적은 없었다. 정녕 네놈이 호랑이 간이라도 삶아 먹었단 말이냐?"

운문세가라는 말에 낙일방은 순간적으로 몸을 움찔했다.

"운문세가?"

백삼중년인은 기세등등하게 말했다.

"그렇다. 본좌는 운문세가의 삼총관(三總官)인 철산반(鐵算班) 하후성(何侯盛)이고, 이 옆의 분은 본가의 둘째 공자이시다. 저 설리총은 본래 이공자(二公子)님의 애마(愛馬)인데 며칠 전에 실종되어 그동안 사람을 풀어 찾고 있었던 것이다. 이제야 네놈이 얼마나 큰 잘못을 저질렀는지 깨달았느냐?"

낙일방은 자신의 예상과는 달리 일이 엉뚱하게 꼬여 간다는 것을 알고 당혹감을 느꼈다.

운문세가는 섬서성과 하남성 일대에서 가장 유명한 명문 세가(名門世家) 중 하나로 강호에 명성이 자자했다. 특히 그들은 구대문파 중에서도 세력이 당당한 화산파와 혈연(血緣) 관계에 있어서 당금 무림에서 누구도 무시하지 못하는 위세를 지니고 있었다.

낙일방이 운문세가라는 이름에 겁을 집어먹은 것은 아니었다.

하나 단순한 말 도둑인 줄 알았던 장한들이 사실은 운문세가의 식솔들이고, 말도 또한 원래 운문세가의 것이라고 하자 당황하지 않을 수 없었다. 그는 자신이 상황을 제대로 알지도 못하고 성급히 뛰어든 것을 후회했으나 이미 엎질러진 물이었다.

'이런 제기랄…… 대사형이 이번에는 일을 저지르지 말라고 몇 번이나 신신당부했는데 큰일 났군.'

낙일방은 당황하면 얼굴이 붉어지고 말을 더듬는 습관이 있었다.

"저…… 그게…… 난 그런 줄 몰랐소. 이자들의 하는 행동이 꼭 남의 말을 강제로 훔쳐가려는 것 같아서…… 그래서……."

낙일방이 시뻘게진 얼굴로 더듬더듬 중얼거리듯 말하는데 갑자기 차가운 음성이 그의 말을 가로막았다.

"삼총관, 저런 애송이는 신경 쓰지 말고 빨리 말이나 잡아오도록 하게."

입을 연 사람은 뒷짐을 지고 있던 백삼 공자였다. 백삼 공자의 음성은 어찌나 냉랭하고 차갑던지 장내에 찬바람이 쌩쌩 불 정도였다.

철산반 하후성은 황급히 머리를 조아렸다.

"알겠습니다, 이공자님."

이어 그는 낙일방을 매섭게 쏘아보았다.

"운이 좋은 줄 알아라. 이공자님이 아니었다면 네놈은 큰 화(禍)를 면치 못했을 것이다. 어서 빨리 꺼져라."

그는 낙일방의 대답도 듣지 않고 휑하니 몸을 돌려 장한들을 향해 호통을 쳤다.

"뭐하는 게냐, 이 밥통 같은 녀석들아! 말 한 마리 잡는 데 한나절을 다 소비할 셈이냐?"

낙일방은 백삼 공자가 자신을 애송이라고 부르고 하후성이 말끝마다 이놈 저놈 하자 다시 불끈 화가 치밀어 올랐다. 하나 조금 전에도 너무 성급하게 주먹을 휘두르는 통에 실수를 범했는지라 솟구쳐 오르는 화를 억지로 눌러 참으며 이자들의 하는 행동을 지켜보았다.

장한들은 다시 설리총의 목에 몇 개의 갈고리를 던져 마구 발버둥치는 설리총을 억지로 끌어가려 하고 있었다.

가만히 지켜보던 낙일방은 문득 의아한 생각이 들었다.

하후성의 말대로 하면 설리총은 저 얼음덩이같이 차갑고 오만무도한 백삼 공자의 애마일 텐데, 자신의 애마를 저토록 우악스럽고 거칠게 다루는 사람이 어디 있단 말인가? 더구나 설리총 정도 되는 명마가 주인도 몰라보고 마구 날뛴다는 것도 이상한 일이었다.

낙일방은 호기심이 일어 자신도 모르게 한 발짝씩 장내로 다가갔다.

한데 그때 힐끗 뒤를 돌아보던 하후성이 자신들을 향해 다가오는 낙일방을 발견하고는 두 눈에 날카로운 안광을 번뜩이며 소리쳤다.

"이놈! 아직도 가지 않고 무얼 얼쩡거리는 거냐?"

낙일방은 궁금한 게 있으면 그냥 지나치지 못하는 성미답게 즉시 입을 열었다.

"이상한 게 있어서 그렇소."

"뭐가 이상하단 말이냐?"

"저 말이 진짜 당신네 공자의 것이 분명하오?"

하후성의 안색이 싹 변했다.

"네놈이 감히 우리를 의심하는 거냐?"

"그렇지 않소? 당신네 공자의 말이라면서 왜 저토록 결사적으로 날뛴단 말이오? 당신네 공자가 원주인이라면 그가 직접 말을 다루면 될 게 아니겠소?"

한쪽 편에 서 있던 백삼 공자가 날카로운 눈으로 낙일방을 노려보았다. 분을 바른 듯 새하얀 얼굴 가운데 박혀 있는 두 개의 눈에서 뿜어 나오는 안광이 마치 화살처럼 낙일방에게 쏘아져 왔다.

하나 낙일방은 그런 눈빛에 겁을 집어먹기는커녕 자신도 눈에 힘을 주고 백삼 공자를 마주 쏘아보았다. 마치 눈싸움이라면 나도 절대 지지 않는다는 듯한 태도였다.

백삼 공자의 안색이 점차로 딱딱하게 굳어지며 눈가에 스산한 살기가 감돌았다.

그때 하후성이 사나운 폭갈을 터뜨리며 낙일방을 향해 덮쳐 왔다.

"이 하루살이 같은 놈! 보자 보자 하니까 정말 하늘 높은 줄 모르고 날뛰는구나!"

낙일방은 그가 아무런 해명도 하지 않고 무작정 자신을 향해 덤벼들자 더욱 의심이 들었다. 그는 슬쩍 옆으로 몸을 움직여 피하며 냉랭한 코웃음을 날렸다.

"흥! 자신의 애마라면서 갈고리를 던져 끌고 가려 하다니……
그런 말도 안 되는 소리를 내가 믿을 줄 알았소?"

하후성은 살기등등한 얼굴이 되어 낙일방의 옆구리를 수중에
든 철 주판으로 사정없이 찍어 왔다.

"버르장머리 없는 놈! 나중에 함부로 아가리질을 한 걸 후회나
하지 마라!"

낙일방은 상대의 공세 속에 인정사정 보지 않는 살심(殺心)이
담겨 있음을 알아차리고 바짝 긴장이 되어 다시 옆으로 두 걸음
빠르게 이동했다. 동시에 삼환투일(三環投日)의 식으로 하후성의
앞가슴을 향해 오른 주먹을 세 번 연거푸 내찔렀다.

하후성은 풋내기 애송이로만 알았던 낙일방의 공세가 의외로
날카롭고 매서운 것을 보자 황급히 철 주판을 회수하며 빠르게 회
전시켰다.

파파팍!

매서운 바람소리와 함께 낙일방이 급히 주먹을 거두며 뒤로 물
러났다. 낙일방의 공세가 비록 날카롭다고는 하나 하후성의 쇠로
된 주판에 맨손으로 부딪힐 수는 없는 일이었다. 하후성은 그 순
간을 놓치지 않고 벼락같은 호통을 내지르며 낙일방의 관자놀이
를 쇠 주판으로 휘둘렀다.

"이놈! 죽어라!"

그 쇠 주판에 담겨 있는 경력은 가히 살인적인 것이어서 스치
기만 해도 머리통이 부서질 게 뻔했다.

낙일방은 다시 세 걸음이나 물러서서 간신히 하후성의 쇠 주판

을 피했다. 하나 그가 채 신형을 안정시키기도 전에 하후성이 더욱 빠르게 달려들며 쇠 주판을 위에서 아래로 내리찍었다.

쐐액!

공기가 갈라지는 듯한 무시무시한 파공음이 들려왔다. 낙일방은 다급한 김에 허리춤에 차고 있던 장검을 미처 뽑지도 못하고 검집째 머리 위로 쳐들었다.

쨍!

낙일방은 손아귀가 찢어지는 듯한 통증에 이를 악물었다.

'윽!'

비록 간신히 상대의 공격을 막았으나 그 쇠 주판에 담겨 있는 막강한 경력에 적지 않은 충격을 받았던 것이다.

하후성은 이미 낙일방을 죽이기로 작정을 했는지 추호도 망설임 없이 다시 횡소천군(橫掃千軍)의 식으로 낙일방의 안면을 향해 쓸어 왔다. 횡소천군은 비록 절초라고 할 수는 없으나 지금 하후성이 휘두른 일식에는 그의 강한 내공력(內功力)이 고스란히 실려 있어 강호의 일류 고수라도 무시하지 못할 무서운 위력이 있었다.

낙일방의 안색이 창백하게 변했다. 그는 한눈에 자신의 능력으로는 그 횡소천군의 일식을 감당할 수 없다는 것을 깨달은 것이다.

바로 그때였다.

"어린 소년에게 이렇게 독한 살수(殺手)를 쓰다니, 너무 심하지 않소?"

한 소리 낭랑한 외침과 함께 한 줄기 강력한 바람이 불어와 낙일방의 몸을 저만큼 옆으로 밀어냈다. 그 바람에 하후성의 무시무시한 일격은 헛되이 허공을 가르고 말았다.

하후성은 누군가가 너무도 수월하게 자신의 공세 속에서 낙일방을 빼돌리자 흠칫 놀라 손을 거두며 소리가 들려온 곳을 돌아보았다.

언제 나타났는지 그와 낙일방의 사이에 푸른 청삼을 입은 중년인 하나가 우뚝 서 있었다.

하후성은 청삼 중년인의 신색이 범상치 않은 것을 알고 급히 물었다.

"귀하는 누구요?"

청삼 중년인은 빙그레 웃으며 가볍게 포권을 했다.

"나는 상원건이라는 사람이오."

"상원건?"

하후성은 잠시 속으로 무언가를 중얼거리다가 안색이 약간 변했다.

"당신은 혹시 감숙(甘肅)과 농서 일대에서 명성이 자자한 비룡객(飛龍客)이 아니오?"

상원건은 빙긋 웃었다.

"하하…… 비룡객이란 떠들기 좋아하는 친구들이 장난삼아 붙여 준 이름이오. 불초가 바로 농서의 상원건이외다."

비룡객 상원건은 비록 중원에는 자주 모습을 나타내지 않았으나 감숙성 일대에서는 상당한 명성을 날리고 있는 이름난 고수였다. 그는 비단 무공이 고강할 뿐 아니라 행적이 신비하고 의협심

(義俠心)이 대단해서 많은 사람들의 칭송을 받고 있는 인물이었다.

하후성은 상대의 신분을 알자 낙일방을 대할 때처럼 함부로 행동할 수가 없었다. 그는 짐짓 헛기침을 하며 자신도 포권을 했다.

"이제 보니 상 대협(尙大俠)이셨구려. 나는 운문세가에서 셋째 총관을 맡고 있는 하후성이라 하오."

그는 특히 '운문세가'라는 말에 힘을 주었다.

상원건은 그의 의중을 환히 알고 있기 때문에 희미하게 미소 지으며 고개를 끄덕였다.

"천하에 이름을 떨치는 운문세가의 총관을 만나게 되니 오늘 이 상모의 운이 더할 수 없이 좋은 것 같소. 그런데……."

상원건은 슬쩍 자신의 뒤에 서 있는 낙일방을 가리키며 물었다.

"이분 소협(少俠)이 아직 나이가 어리고 강호 경험이 없어 하후 총관에게 결례를 범한 것 같소. 강호에 명성이 지지한 하후 총관께서 이런 일로 살수를 쓴다면 어울리지 않는 일인 듯하오."

하후성의 얼굴이 조금 붉어졌다.

확실히 명성으로 보나 나이로 보나 조금 전에 낙일방에게 손을 쓴 것은 자신이 생각해도 심한 일이었다. 당당한 운문세가의 총관이 아들뻘밖에 되지 않는 소년을 죽이기 위해 무지막지한 살수를 썼다는 것이 남들에게 알려진다면 그로서는 창피 막심한 일이 될 것이 분명했다.

하후성은 어색한 헛기침을 토한 후 계면쩍은 웃음을 흘렸다.

"허헛…… 살수라니, 당치 않소. 그저 저 소년이 너무 천방지축

제5장 강호초행(江湖初行) 153

으로 어른을 몰라보고 날뛰길래 따끔하게 훈계를 하려고 했을 뿐이오."

상원건은 조금 전의 하후성의 공격이 따끔한 훈계 정도가 아니라 사람의 숨통을 완전히 끊어 놓을 정도로 살인적인 것이라는 사실을 알고 있었으나 담담한 음성으로 말했다.

"그렇다면 다행이오. 이분 소협도 하후 총관의 뜻을 알아들었을 테니 이쯤에서 그만두는 것이 좋을 것 같은데, 하후 총관의 뜻은 어떻소?"

"그, 그게 좋겠소."

하후성은 어색하게 고개를 끄덕였다.

상대가 천하에 이름이 알려진 비룡객이 아니었다면 하후성이 이토록 순순하게 물러날 리가 없었다. 확실히 사람은 이름이 나고 볼 일이었다.

그런데 그때 엉뚱하게도 낙일방이 다시 앞으로 나섰다.

"제길. 나는 이대로는 못 참겠어요."

상원건이 움찔하여 그를 돌아보니 낙일방은 얼굴을 붉게 상기시킨 채 가쁜 숨을 몰아쉬고 있었다.

상원건은 영문을 몰라 어리둥절한 얼굴로 물었다.

"자네 다쳤는가?"

낙일방은 하후성을 손으로 가리키며 성난 음성으로 소리쳤다.

"이대로 저 염소수염에게 모욕을 당하고 물러설 수는 없어요. 나는 아무 잘못한 일이 없단 말입니다!"

하후성은 그가 자신을 염소수염이라고 부르며 손가락질을 하자 어처구니가 없는지 멍하니 그를 바라보고만 있었다.
 상원건도 내심 쓴웃음이 흘러나왔다.
 '이제 보니 생긴 것과는 달리 성깔이 보통이 아니군. 이렇게 자기 성질을 참지 못하고서야 강호에서 행도(行道)가 여간 고달프지 않겠는걸.'
 하나 이대로 내버려 두었다가는 낙일방은 진짜로 하후성에게 커다란 봉변을 당할 게 뻔했다. 하후성은 이미 분노가 솟구치는지 두 눈에 살기를 가득 내뿜으며 낙일방을 노려보고 있었다.
 상원건은 엄격한 눈으로 낙일방을 바라보았다.
 "강호에서는 때로는 참을 줄도 알아야 하네. 자네가 성질대로만 행동한다면 자네뿐만 아니라 자칫 다른 사람에게까지 누(累)를 끼칠지 모르니 말일세."
 상원건의 말속에는 세력이 당당한 운문세가의 인물들과 시비를 일으켜 봤자 낙일방이 속한 종남파에 하등 도움이 될 게 없다는 의미가 담겨 있었다. 하나 낙일방은 상원건이 자세한 내막도 모르고 무작정 자신을 꾸짖는다고만 생각하고 더욱 억울하고 분한 마음이 들었다.
 "상 대협은 제 일에 신경 쓰지 마십시오. 죽어도 내가 죽고 당해도 내가 당할 테니까요."
 그 말은 이제 겨우 강호에 첫발을 내딛은 신출내기가 무림의 고수에게 할 소리가 아니었다. 누구라도 자신의 아들뻘밖에 되지 않는 풋내기에게 이런 말을 들었다면 참지 못했을 것이다.
 상원건도 앞뒤가 꽉 막힌 낙일방의 언행에 노기가 솟구치지 않는 것은 아니었다. 하나 그는 자신이 이대로 홧김에 물러난다면 애꿎은 생명 하나가 채 피어 보지도 못하고 사라지고 말 거라는 것을 알고 있었기 때문에, 화를 꾹 눌러 참으며 오히려 빙그레 웃었다.

"자네의 기파가 이렇게 대단한 줄 몰랐군. 하나 자네의 장문인이라면 내 말이 맞다고 할 걸세."

장문인이란 말이 나오자 낙일방이 몸을 움찔거렸다.

그때 그의 뒤에서 담담한 음성이 흘러나왔다.

"상 대협의 말씀이 옳다. 너는 좀 더 자중(自重)할 필요가 있다."

그 음성을 듣자 낙일방은 갑자기 금시라도 폭발할 듯하던 기세가 씻은 듯이 사라지며 맥이 탁 풀리는 것을 느꼈다.

"대사형······."

어느새 나타났는지 그의 뒤에서 이 장여 떨어진 곳에 진산월이 우뚝 서 있었다.

제 6 장
흑포괴인(黑袍怪人)

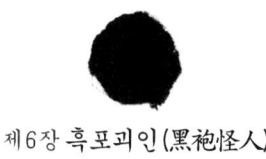

제6장 흑포괴인(黑袍怪人)

 진산월은 온화하면서도 부드러운 눈으로 낙일방을 바라보았다.
 "그 불같은 성질을 죽이고 말썽을 일으키지 말라고 그토록 당부했는데 나오자마자 일을 벌이다니…… 이거야말로 소귀에 경 읽기로구나."
 내용은 꾸짖는 것이었으나 어투나 음성은 전혀 그렇지 않았다. 오히려 낙일방을 응시하는 시선 속에는 웃음기까지 감돌고 있었다.
 하나 낙일방은 더욱 쩔쩔매며 어쩔 줄을 몰랐다.
 "대사형…… 저…… 그게……."
 그는 무슨 말인가를 하려고 했으나 진산월이 더 이상 아무 말 없이 자신을 바라보며 빙그레 웃고만 있자 얼굴을 시뻘겋게 물들이며 고개를 푹 떨구었다.

"제가 잘못했습니다."

진산월은 다가와 그의 어깨를 가볍게 두드렸다.

"사소한 일을 참지 못하는 자는 큰일을 도모할 수 없다. 너도 알고 있겠지?"

낙일방은 더욱 풀이 죽은 음성으로 조그맣게 대답했다.

"네."

"하지만 이번 일은 네 잘못만이라고 할 수도 없다."

"네?"

낙일방은 진산월의 말에 놀라 고개를 번쩍 쳐들었다.

진산월의 입가에는 여전히 미소가 감돌고 있었지만 그의 시선은 낙일방이 아닌 한쪽에 서 있는 하후성에게로 고정되어 있었다.

"강호에서의 일은 겉으로 보아서만은 알 수 없는 법이지."

하후성이 움찔 놀라 날카로운 눈으로 그를 쏘아볼 때, 다시 누군가의 음성이 들려왔다.

"장문 사형의 말씀대로 이번 일에는 확실히 조금 의심스러운 점이 있는 것 같습니다."

하후성이 황급히 소리가 들려온 곳으로 고개를 돌려보니 어느새 주루에서 다시 서너 명의 인물이 밖으로 걸어 나오고 있었다.

그중에서 입을 연 사람은 체구가 왜소하고 몸이 호리호리한 청년이었다. 이마가 유난히 튀어나와서 조금 우스꽝스럽게 생긴 인상이었으나, 눈빛이 별처럼 반짝거려 재지(才智)가 넘쳐흘러 보였다.

"정 사형!"

의기소침해 있던 낙일방이 그를 보자 반갑게 소리쳤다. 정해는 안심하라는 듯 그를 향해 가볍게 손을 흔들고는 하후성이 서 있는 곳을 향해 천천히 다가가며 미소 지었다.

하후성은 그를 노려보며 날카로운 음성으로 물었다.

"방금 한 말이 무슨 뜻이냐?"

정해는 침착한 음성으로 입을 열었다.

"내 사제가 비록 성격이 급하고 단순한 면이 있지만 멍청한 인물은 아니오. 그의 말마따나 저 말이 운문세가의 것이라면 저토록 심하게 반항하는 게 이상한 일 아니겠소?"

하후성은 버럭 노성을 내질렀다.

"네놈이 감히 우리를 의심하는 거냐?"

"내가 알기로 강호에서 이렇게 잡털 하나 섞이지 않은 설리총은 몇 마리 없다고 들었소. 그중에서도 이처럼 발굽 위에만 붉은 털이 나 있는 설리총은 더욱 흔치 않은 것으로 알고 있소."

"이놈! 무슨 허튼 수작을 부리려는 게냐?"

정해는 하후성의 호통에는 들은 척도 하지 않고 초롱초롱한 눈으로 그를 바라보며 말을 계속했다.

"발굽에만 붉은 털이 나 있는 것은 설리총 중에서도 진품(眞品)으로 알려진 설구양종(雪驅良種)인데, 그 종류는 강호에서 오직 한 곳에서만 키우고 있다고 하오."

하후성이 자신도 모르게 급히 물었다.

"한 곳이라니? 바로 본가 말이냐?"

정해는 잠시 입을 다물고 그를 빤히 응시하다가 단호하면서도 짤막한 음성으로 말을 내뱉었다.

"천봉궁(天鳳宮)."

천봉궁!

단순한 단어였으나 그 말을 듣자 하후성의 얼굴이 홱 변했다.

"천봉궁이라니…… 네놈이 어디서 그 이름을 듣긴 들은 모양이다만…… 이건 천봉궁의 설구양종이 아니라 본 세가의 이공자님이 아끼시는 애마다."

말은 그렇게 했지만 하후성의 얼굴에는 당황하는 기색이 역력했다.

천봉궁의 이름이 거론되자 한쪽에서 흥미 있는 눈으로 이들을 지켜보던 상원건조차도 뜻밖이라는 표정이 되었다.

천봉궁은 강호 무림에서 거의 전설적으로 전해지는 신비한 문파로, 문하 제자 하나하나가 모두 절정 고수들이어서 누구나가 두려워마지 않는 집단이었다. 더구나 그들은 하나같이 종적이 신비롭고 행동이 정사(正邪)를 가늠할 수 없을 정도로 괴팍해서 강호인들은 천봉궁이라는 이름만 들어도 오금을 저리고 꽁무니를 빼기 일쑤였다.

사실 정해도 천봉궁의 이름만 들었지 그들의 설구양종을 직접 본 적은 아직 없었다. 하나 그는 하후성이 눈에 띄게 당황하는 것을 보고 자신의 짐작이 틀리지 않았음을 알아차리고 낭랑한 웃음을 터뜨렸다.

"하하…… 당당한 운문세가의 총관이 기껏 남의 말을 도둑질이나 하고 있다는 걸 사람들이 알면 무어라고 할지 정말 궁금하구려. 더구나 그걸 나무라는 사람을 살인멸구(殺人滅口)하려 하다니……."

그 말에 하후성뿐만 아니라 이제껏 말없이 서 있던 백삼 공자의 얼굴도 딱딱하게 굳어졌다.

"어디서 굴러먹다 온 개뼈다귀 같은 놈들이 감히 본 세가를 능멸하는 게냐?"

하후성의 얼굴이 시뻘겋게 물들며 두 눈에서 줄기줄기 살광(殺光)이 뿜어져 나왔다. 그는 금시라도 정해에게 달려들어 그를 갈기갈기 찢어 죽일 듯한 기세였으나 웬일인지 쉽게 덤벼들지 않고 머뭇거리고 있었다.

그도 그럴 것이 정해의 뒤쪽에는 험상궂게 생긴 응계성이 버티고 서 있는데다, 그들의 우두머리인 듯한 진산월의 실력도 만만치 않아 보였던 것이다. 게다가 감숙 일대에서 명성이 자자한 고수인 비룡객 상원건도 여차하면 그들 편을 들 기세인지라 아무리 성질이 불같이 급한 하후성이라 할지라도 제멋대로 행동할 수가 없었다.

그는 의식적인지 무의식적인지 자신의 옆에 서 있는 백삼 공자를 힐끗 보았다. 백삼 공자의 얼굴은 보기만 해도 서리가 내릴 정도로 차갑게 굳어 있었다.

그때 백삼 공자의 굳게 다물어진 입술이 열리며 표정만큼이나 냉랭한 음성이 흘러나왔다.

"삼총관."

하후성은 움찔 놀라며 황급히 그를 향해 머리를 조아렸다.

"예, 이공자님."

백삼공자의 눈에서 섬뜩한 한광이 줄기줄기 뿜어 나왔다.

"본 세가를 능멸하는 놈들은 누구라도 결코 용서할 수 없다는 본가의 법칙을 알고 있겠지?"

하후성은 찬물을 뒤집어쓴 듯 한 차례 몸을 부르르 떨더니 힘차게 고개를 끄덕였다.

"알고 있습니다."

이어 그는 정해와 진산월, 낙일방 등을 차가운 눈으로 한 차례 훑어보더니 자신의 옆에 늘어서 있는 장한들을 돌아보며 오른손을 번쩍 쳐들었다.

"저놈들에게 본가의 무서움을 보여 주어라!"

장한들은 일제히 커다란 외침을 토하며 우르르 진산월 일행을 향해 달려들었다.

"우와!"

"이놈들!"

고함치며 달려드는 장한들의 수는 그리 많지 않았으나 그 기세만큼은 굉장히 흉험한 것이었다. 하나 그들이 채 진산월 일행에 다가오기도 전이었다.

"이런 떨거지 같은 놈들이……!"

갑자기 귀청이 찢어지는 듯한 호통과 함께 하나의 인영이 쏜살같이 장한들을 향해 덮쳐 갔다. 아까부터 못마땅한 눈으로 사태를 지켜보고 있던 응계성이 더 이상 참지 못하고 앞으로 나선 것이다. 일단 움직이기 시작하자 응계성의 몸은 눈부시도록 빨랐다.

퍼퍼퍽!

그의 손이 빛살처럼 움직이자 장한들이 연거푸 비명을 지르며 여기저기로 나가떨어졌다.

"어이쿠!"

"허억!"

마치 순한 양떼 속으로 한 마리의 성난 늑대가 뛰어든 듯한 모습이었다. 순식간에 장한들은 한 사람도 남지 않고 모조리 옆구리와 아랫배를 움켜잡으며 바닥에 나뒹굴고 말았다. 개중에는 턱뼈가 박살 났는지 비명도 내지르지 못하고 턱을 부여잡고 뒹구는 작자도 있었다.

상원건은 그 표독한 솜씨에 자신도 모르게 눈살을 찌푸렸다.

'저자의 실력은 좋은데 손이 너무 맵군.'

하후성은 내심 꺼려했던 대로 험악하게 생긴 웅계성이 단숨에 장한들을 모조리 때려뉘어 버리자 인상을 있는 대로 찡그리고 있다가 벼락같이 그에게 달려들었다.

"이놈!"

그는 상대의 실력이 결코 만만치 않다는 것을 알고 처음부터 전력을 다해 쇠 주판을 휘둘렀다. 그가 펼친 것은 자신의 최고 절기인 이십사철반법(二十四鐵盤法) 중 하나인 철비박룡(鐵臂搏龍)이었다.

웅계성은 막 마지막 장한을 때려 뉘이고 득의양양한 웃음을 터뜨리려다 자신의 등 뒤에서 날카로운 파공음이 다가오는 것을 느끼고 힐끗 뒤를 돌아보았다. 그의 눈에 쇠로 된 주판이 무서운 속도로 자신의 미간을 향해 날아오는 모습이 들어왔다.

웅계성은 쌍심지를 돋우며 버럭 소리를 질렀다.

"좋다. 한번 겨뤄 보자!"

그는 피하기는커녕 번개같이 허리춤에서 장검을 뽑아 들고 자신의 눈앞으로 날아오는 철 주판을 후려쳐 갔다.

깡!

그의 장검이 철 주판과 허공에서 정면으로 부딪치며 요란한 파공음을 일으켰다.

하후성은 손아귀가 어릿어릿함을 느끼고 내심 깜짝 놀랐다.

'이 녀석이 내공도 상당하구나.'

철 주판은 장검보다 훨씬 무거운데다 그가 먼저 선공(先攻)을 했으니 당연히 응계성이 더 큰 타격을 받아야 함에도 불구하고 응계성의 몸은 조금도 뒤로 물러서지 않았던 것이다. 오히려 철 주판에 부딪쳐 허공으로 튕겨져 올라갈 듯하던 장검이 묘하게 호선(弧線)을 그리며 그의 손목을 향해 떨어져 내리는 것이 아닌가?

"앗?"

하후성은 소스라치게 놀라 황급히 철 주판을 회수하며 옆으로 두 자쯤 이동했다.

하나 응계성의 검은 집요하게 그의 손을 노리고 계속 다가왔다.

응계성의 이 초식은 유운검법(流雲劍法) 중의 배운축월(排雲逐月)이라는 것으로, 빠르고 신묘한 위력이 있었다. 더구나 이번처럼 가까운 거리에서 상대의 특정 부위만을 노리고 들어갈 때는 그 위력이 배가되어 천하의 어떠한 절초에 못지않았다.

하후성은 자신이 먼저 공격했음에도 오히려 상대에게 선수(先

手)를 빼앗겨 곤궁에 처하게 되자 한편으로는 당황하기도 하고 또 한편으로는 불같은 화가 치밀어 오르기도 했다.

'내가 이런 대가리에 피도 안 마른 놈에게 수모를 당한다면 앞으로 어찌 운문세가의 총관으로 행세할 수 있단 말인가?'

그는 조금 전에 낙일방과 겨루어 보았기 때문에 그의 일행인 응계성이 제아무리 뛰어나다 해도 자신의 상대가 되지 못할 거라고 생각하고 있었다.

하나 응계성은 낙일방과는 차원이 다른 고수였다. 낙일방은 아직 공력이 미약하고 남과 싸운 경력이 일천(日淺)하여 자신의 실력을 제대로 발휘하지 못하고 혼쭐이 났지만, 응계성은 다른 사람과 싸워 본 경험도 풍부하고 내공도 만만치 않아 종남파의 무공을 마음먹은 대로 펼칠 수 있는 수준에 올라와 있었던 것이다.

하후성은 여기서 뒤로 물러난다면 의외의 낭패를 볼지도 모른다고 생각하고 이를 질끈 깨물며 뒤로 물러서지 않고 철 주판을 힘껏 휘둘렀다.

깡!

철 주판과 장검이 다시 맞부딪혔다.

하나 이번에는 앞서와 사정이 조금 달랐다. 방금 전에는 서로간에 별다른 타격을 입지 않았으나, 이번에는 응계성의 장검에서 일어난 변화가 워낙 빠르고 날카로워서 하후성은 철 주판을 든 오른쪽 팔을 검에 스치고 말았다. 그의 옷자락이 길게 잘라지며 핏자국이 내비치기 시작했다.

하나 하후성은 신음을 내지르기는커녕 오히려 두 눈을 부릅뜬 채 응계성을 향해 바짝 다가오며 철 주판을 전력을 다해 내찔렀다. 그가 회심의 절기로 생각하는 이십사철반법 중에서도 가장 무서운 절초인 철반격정(鐵盤擊鼎)의 초식이었다. 이 수법은 과연 위력이 대단해서 순식간에 전세가 역전되어 오히려 응계성의 머리가 철 주판에 강타당할 위기에 놓이게 되었다.

응계성은 두 눈을 횃불처럼 빛낸 채 자신의 머리통을 찔러 오는 철 주판을 응시하고 있다가 그것이 지척에 이르는 순간에 짤막한 기합 소리와 함께 번개같이 장검을 아래에서 위로 올려쳤다.

"이얍!"

차창!

눈부신 검광(劍光)이 폭죽처럼 피어오르며 답답한 신음 소리가 터져 나왔다.

"으윽!"

중인들이 놀라 쳐다보니 하후성이 술 취한 사람처럼 비틀거리며 뒤로 물러나는 모습이 시야에 들어왔다. 그의 가슴팍 부근 옷자락이 길게 찢겨져 맨살이 훤히 드러나 보이고 있었다. 게다가 손에 들고 있던 철 주판은 어디로 날아가 버렸는지 보이지 않았고, 왼손으로 오른손을 부여잡고 있는 모습이 극심한 통증을 느끼고 있음이 분명했다.

그에 비해 응계성은 낯빛이 조금 창백하게 변했을 뿐 별다른 이상은 찾아볼 수가 없었다. 누가 보기에도 응계성의 완벽한 승리가 분명했다.

상원건은 응계성이 검을 높이 쳐든 자세를 보고는 고개를 끄덕였다.

'저것은 바로 종남파의 천하삼십육검이로군. 저 정도면 상당한 실력인데……'

상원건의 짐작대로 조금 전 응계성이 펼친 것은 천하삼십육검 중의 절초인 천하도사(天河倒瀉)였다. 이것은 검을 밑에서 위로 쳐올리며 상대의 가슴을 가르는 수법으로, 천하삼십육검에는 이와 정반대로 위에서 아래로 검을 내려치는 천하수조라는 초식도 있었다.

'종남파가 십여 년 만에 처음으로 강호에 모습을 드러내어 기이하게 여겼는데, 문하 제자의 솜씨가 저 정도라면 기대해 볼 만하겠는걸.'

상원건이 응계성의 솜씨에 내심 감탄하고 있을 때, 난데없는 파공음 소리가 들렸다.

땅!

응계성의 장검에 튕겨져 나간 하후성의 철 주판이 허공으로 높게 솟구쳐 올라갔다가 이제야 바닥에 떨어지며 나는 소리였다.

그 소리에 지금까지 멍하니 응계성을 응시하고 있던 하후성이 퍼뜩 정신이 들었는지 이를 부드득 갈았다.

"이, 이놈! 네놈은 대체 어디의 문하냐?"

응계성은 여전히 장검을 쳐든 채로 호탕하게 소리쳤다.

"우리는 종남에서 왔다."

그 말에 하후성은 흠칫 놀라는 표정이었다.

"종남? 섬서성의 종남파 말이냐?"

제6장 흑포괴인(黑袍怪人) 169

"그럼 종남파가 그곳 말고 달리 또 있단 말이냐?"

응계성이 날카로운 음성으로 반문하자 하후성은 입을 다물었다.

물론 종남파는 섬서성에만 있다.

하후성이 그걸 모를 리가 없었다. 그런데도 그가 그렇게 물은 것은 그만큼 종남파의 출현이 뜻밖이었기 때문이다.

지난 십여 년간 강호 무림에는 종남의 문하라고 자처하는 인물이 나타나지 않았다. 간혹 종남의 무공을 쓰는 사람들이 있기는 했으나, 그들 중 누구도 떳떳하게 나서서 자신이 종남의 문하라고 밝히지 않았다.

그것은 종남파의 제자라는 것이 알려지면 머지않아 그들의 숙적(宿敵)인 형산파의 고수들이 쫓아와 시비를 거는 바람에 영락없이 낭패를 당하기 일쑤였기 때문이었다. 형산파는 현재 구파일방 중에서도 다섯 손가락 안에 꼽힐 만큼 대단한 성세(盛勢)를 누리고 있는지라 시시한 종남의 무공으로 그들을 당해 낸다는 것은 무리한 일이었다.

그런데 눈앞의 이 거만하게 생긴 녀석은 스스로의 입으로 종남의 제자라고 큰소리를 치는 것이었다. 더구나 별 볼일 없는 것으로 알려진 종남의 무공으로 당당한 운문세가의 총관을 격퇴시켰으니 더욱 놀라운 일이 아닐 수 없었다.

하후성이 어찌할 바를 모르고 머뭇거리고 있을 때였다.

"종남파라고? 그래, 어디 종남파의 무공이 얼마나 대단한지 한번 보자!"

갑자기 까마귀가 우는 듯한 괴이한 소리가 들려오며 난데없이 시커먼 그림자 하나가 장검을 들고 우뚝 서 있는 응계성의 코앞으로 쏘아져 왔다. 그 그림자의 출현은 너무도 갑작스러웠는지라 응계성은 물론이고 상원건조차도 그 인영(人影)이 어디서 나타났는지 전혀 짐작조차 하지 못했다.

응계성은 무언가 차가운 기운이 자신을 향해 무서운 속도로 돌진해 오는 것을 느끼고 안색이 굳어진 채 들고 있던 장검을 아래로 세차게 내리그었다. 바로 천하수조의 일식이었다.

눈부신 검광이 수직으로 그어졌다. 그 검세는 날카롭기 그지없어서 무쇠라도 잘라 버릴 듯했다.

하나 괴영(怪影)은 피하기는커녕 오히려 더욱 빨리 다가오며 오른손을 앞으로 불쑥 내밀었다. 마치 매의 발톱처럼 괴이하게 구부러진 거무튀튀한 손가락이 강철 같은 빛을 뿌리며 검광을 향해 정면으로 돌진해 들어왔다.

상원건이 그 거무스름한 손가락을 보고 놀란 경호성을 터뜨렸다.

"앗? 흑살조력(黑殺爪力)……!"

그의 외침이 채 사라지기도 전에 귀청이 떨어지는 듯한 쇳소리가 장내를 뒤흔들었다.

까깡!

그 파공음이 어찌나 날카로웠던지 공력이 약한 운문세가의 장한들이 귀를 틀어막고 비틀거리며 괴로워할 정도였다.

상원건은 안력을 돋우어 황급히 전면을 바라보았다. 그의 시선에 응계성이 인상을 찡그리고 휘청거리며 두 걸음 물러나는 광경이 들어왔다.

응계성의 앞에는 어느 사이에 나타났는지 검은 장포를 걸치고 키가 큰 괴인이 우뚝 서 있었다. 흑포(黑袍) 괴인은 다른 사람보다 머리통 하나는 더 컸는데, 머리를 풀어 어깨 부위까지 늘어뜨려 더욱 음산하고 거대해 보였다. 흑포 괴인의 검은 장삼 자락 아래 강철처럼 단단한 두 개의 손이 늘어져 있는 모습이 무척이나 인상적이었다.

흑포 괴인은 응계성이 용케도 쓰러지지 않고 버티고 서 있자 의외인 듯 산발한 머리를 갸웃거렸다.

"제법이군. 내 칠성(七成)의 공력이 담긴 흑살조를 막아 내다니…… 네놈은 임장홍의 제자냐?"

응계성은 비록 흑포 괴인의 살인적인 공세를 막아 내긴 했으나 아직도 기혈(氣血)이 울렁거려 정신이 하나도 없었다. 하나 그는 억지로 두 눈을 부릅뜨며 큰 소리로 외쳤다.

"그렇다. 선사의 존함을 아는 걸 보니 무명지배(無名之輩)는 아니로구나. 너는 누구냐?"

흑포 괴인은 응계성의 광오한 외침에 어처구니가 없는 듯 멍하니 그를 바라보다가 이내 음산한 흉소를 터뜨렸다.

"크흐흐…… 감히 임장홍의 제자 따위가 내게 반말을 지껄이다니…… 정말 하룻강아지 범 무서운 줄 모르는 놈이로군. 네놈의 사부라 해도 내게 함부로 대하지 못할 텐데, 네놈은 죽고 싶어 환장이라도 했단 말이냐?"

응계성은 흑포 괴인이 임장홍을 알고 있는 듯한 말을 하자 움찔하여 자신도 모르게 말투가 변했다.

"귀하는…… 선사를 잘 아시오?"

"흐흐…… 잘 알다 뿐이냐? 임장홍이 살아 있을 때 나를 보면 깍듯이 형님 대접을 해 주었지."

응계성은 흑포 괴인의 말을 액면 그대로 믿을 수도 없고 그렇다고 그의 정체도 모른 채 함부로 대할 수도 없어서 엉거주춤한 자세가 되었다.

"그게 정말이오?"

그가 미심쩍은 듯 되묻자 흑포 괴인은 괴이한 웃음을 흘렸다.

"크흐흐…… 그렇다. 사실 무림에서 임장홍 같은 별 볼일 없는 작자에게 형님 대접을 받는 사람이 어디 한둘이겠느냐? 모르긴 해도 강호에 갓 출도한 신출내기 외에는 모두 형님 대접을 받았을 것이다. 크하하……."

그제야 응계성은 그가 자신을 놀렸음을 깨닫고 얼굴이 붉게 물들었다.

"죽일 놈! 함부로 선사를 모욕하다니……."

그가 발연대노하여 흑포 괴인을 향해 달려들려는 순간, 상원건이 재빨리 두 사람 사이에 끼어들었다.

"잠깐."

그는 응계성을 향해 침착하라는 듯한 손을 내젓고는 흑포 괴인을 바라보며 빙긋 미소 지었다.

"귀하는 혹시 냉살조(冷殺爪) 독고황(獨孤荒)이 아니오?"

흑포 괴인은 난데없는 청의인이 불쑥 나타나 자신의 명호를 말하자 날카로운 눈으로 그를 뚫어지게 주시했다. 그러다가 이내 입가에 냉랭한 미소를 머금었다.

"흐흐…… 누가 감히 내 앞을 가로막나 했더니 감숙에서 행세깨나 한다는 비룡객 나리셨군."

상원건은 그의 비웃음에도 아랑곳없이 낭랑한 웃음을 터뜨렸다.

"하하…… 칠 년 전에 잠깐 만났을 뿐인데 아직도 나를 기억하고 있었구려. 정말 대단한 기억력이오."

이제 보니 그는 흑포 괴인과 일면식이 있는 모양이었다.

흑포 괴인은 산서 지방에서 유명한 살성(殺星) 중 하나인 냉살조 독고황이라는 인물이었다. 독고황은 별호 그대로 강한 조공(爪功)을 익힌 고수로, 그의 흑살조력에 걸리면 철판이라도 종잇장처럼 찢겨져 나간다는 소문이 산서성 일대에 자자하게 퍼져 있었다.

칠 년 전에 상원건은 화북(華北) 지방에 볼일이 있어 나왔다가 우연히 독고황을 만난 적이 있었다. 당시 두 사람은 서로 손속을 겨루지는 않았지만, 상대의 놀라운 무공에 서로 깊은 인상을 받았던 것이다.

상원건은 입가에 미소를 지우지 않으며 독고황을 향해 입을 열었다.

"독고 형은 천지간(天地間)에 홀로 떠돌기를 좋아하고 강호의 시시비비(是是非非)에 함부로 개입하지 않는다고 알고 있는데, 오늘은 어쩐 일이시오?"

독고황은 음산하게 웃었다.

"흐흐. 그건 옛날 얘기요. 나는 오 년 전부터 한 곳에 몸을 기탁했소."

상원건은 뜻밖의 말에 어리둥절하다가 무언가를 느낀 듯 눈을 반짝 빛냈다.

"그렇소? 그렇다면 그곳이 혹시……?"

독고황은 힐끗 백의 공자를 바라보더니 짤막하게 말했다.

"나는 운문세가에서 팔대빈객(八大賓客) 중 한 자리를 차지하고 있소."

상원건은 자신의 짐작이 맞자 절로 마음이 무거워졌다.

'일이 공교롭게 됐군. 이자의 성격은 상대하기 까다로운데, 자칫하면 종남파에 쓸데없는 강적이 생길지도 모르겠는걸.'

상원건이 잠시 생각에 잠겨 있을 때, 독고황은 백의 공자 앞으로 슬쩍 다가서며 나직하게 물었다.

"이공자. 사람은 찾았소?"

백의 공자는 고개를 저었다.

"아직 찾지 못했소. 하지만 말이 이곳에 있는 이상 이 근처에서 멀리 있지 않을 거요."

독고황은 무의식적인 듯 힐끗 주루를 훑어보았다. 언뜻 주루의 뒤쪽에 후원(後院)인 듯한 낡은 건물 하나가 시야에 들어왔다.

"저곳은 살펴보았소?"

"아직."

독고황의 눈살이 가늘게 찡그려졌다.

"그럼 이곳에서 말만 붙잡고 실랑이를 벌이고 있었단 말이오?"

백의 공자는 그의 질책하는 듯한 말투에 내심 기분이 언짢았으나 그의 지위가 세가에서도 특수한 위치에 있는지라 억지로 눌러 참았다.

"이 말은 보통 말이 아니니 이놈을 잡고 있으면 사람도 따라서 나오리라고 생각했소."

독고황은 강호 경험이 풍부한 인물답게 그가 쓸데없이 말에 욕심을 부리는 바람에 일이 지체되었다는 것을 깨달았으나 더 이상 그를 추궁하지는 않았다. 대신 한쪽에 의기소침한 표정으로 서 있는 하후성을 슬쩍 바라보며 눈짓을 했다. 하후성은 눈치 빠르게 그의 속셈을 알아차리고 조금씩 몸을 움직여 주루 쪽으로 다가갔다.

상원건은 비록 겉으로는 생각에 잠겨 있는 척했지만 사실은 그들의 동태를 유심히 관찰하고 있었다. 그는 독고황의 눈짓을 받은 하후성이 중인들의 눈을 피해 주루 쪽으로 가고 있는 것을 보고 그들의 의중을 짐작했다.

'저들이 노리고 있는 것은 원래 저 설리총이 아니라 저 말의 주인이었구나. 그는 과연 누구일까? 그리고 그는 과연 주루에 있을까?'

말의 주인이 주루에 있다면 이번 소란을 모를 리가 없었다. 그렇다면 그는 왜 선뜻 나서서 자신이 말의 주인임을 밝히지 않은 것일까? 그리고 운문세가에서는 대체 무엇 때문에 그를 잡으려고 이런 소동을 일으켰단 말인가?

상원건은 머릿속으로 몇 가지 의문이 빠르게 스치고 지나갔으나 일단 접어 두고 주루로 다가가는 하후성을 제지하려고 했다.

한데 그때 그보다 빠르게 하후성의 앞을 막아서는 인영이 있었다.

하후성은 중인들의 눈치를 살피고 있다가 아무도 자신을 주시하는 사람이 없자 이때다 싶어 재빨리 몸을 날리려다가 누군가가 자신의 앞을 가로막자 화들짝 놀라 급히 앞을 바라보았다. 그러다 이내 인상을 있는 대로 찡그렸다. 그의 앞을 막아선 인물은 다름 아닌 낙일방이었던 것이다.

낙일방은 두 눈을 또렷하게 빛내며 하후성을 뚫어지게 노려보고 있었다. 그것은 마치 네가 아무리 수작을 부려도 나를 속일 수는 없다는 듯한 모습이었다.

하후성은 가뜩이나 조금 전에 응계성에게 모욕을 당한 일로 노화가 가슴 가득 끓어올라 있는 데다 자신에게 호되게 당했던 낙일방이 자신의 앞을 가로막고 있자 마침내 분노가 폭발하고 말았다.

"이 하룻강아지 같은 놈이 아직도 정신을 못 차리고……!"

그는 벼락같은 호통을 내지르며 낙일방을 향해 오른 주먹을 세차게 내뻗었다. 그의 주먹에는 그동안에 쌓인 분노가 고스란히 담겨 있어 가히 살인적인 위력을 지니고 있었다.

낙일방은 형형한 안광을 빛내며 그를 바라보고 있다가 그가 주먹을 휘두르며 덤벼들자 재빨리 옆으로 두 걸음 피하며 하후성의 왼쪽 옆구리를 향해 왼발을 휘둘렀다. 하후성은 뜻밖에도 그가 날카로운 반격을 해 오자 놀랍기도 하고 당황스럽기도 해서 엉겁결에 왼쪽으로 주춤 물러섰다.

바로 그때 그의 옆구리로 날아들던 낙일방의 왼 다리가 재빨리 접히며 오른쪽 발이 번개처럼 날아들었다. 이번의 연환각(連環脚)은 너무도 갑작스러운데다, 그때 하후성은 오른발이 날아오는 쪽으로 몸을 움직이고 있었기 때문에 하마터면 그대로 옆구리를 가격당할 뻔했다.

하후성은 간신히 뒤로 두 걸음 물러나서 낙일방의 연환각을 피했다.

하나 그가 채 중심을 잡기도 전에 낙일방은 번개같이 그의 품 속으로 뛰어들며 왼 주먹으로 가슴을 후려갈겼다. 그것은 장쾌장권구식 중의 천성탈두(天星奪斗)란 초식인데, 너무도 빠르고 순식간에 벌어진 일인지라 하후성은 두 눈을 뜨고 뻔히 보고서도 그대로 낙일방의 주먹에 가슴을 가격당하고 말았다.

팡!

"흡!"

하후성은 가슴이 빠개지는 듯한 통증을 느끼며 얼굴을 찡그리고 앞으로 몸을 숙였다.

그 순간 낙일방은 앞으로 달려오던 기세를 이용하여 몸을 허공으로 솟구치며 오른쪽 무릎으로 그의 아래턱을 사정없이 가격했다.

쾅!

이번의 일격은 조금 전과는 비교도 할 수 없을 만큼 상당한 충격을 주는 것이었다. 정통으로 턱을 가격당한 하후성은 바닥에 벌렁 누운 채 일어날 줄을 몰랐다.

중인들은 모두 어처구니없다는 얼굴로 멍하니 낙일방을 쳐다보았다.

그도 그럴 것이 조금 전만 해도 하후성의 손에 사경(死境)을 헤매던 그가 이번에는 오히려 너무도 간단하게 하후성을 때려눕힌 것이 아닌가?

아무리 하후성이 철 주판을 사용하지 않은 상태라고 하나, 이제 갓 강호에 첫발을 들여놓은 애송이 중의 애송이가 세력이 당당한 운문세가의 총관을 불과 몇 초 만에 쓰러뜨렸다는 것은 직접 눈으로 보지 않았으면 믿지 못할 일이었다.

"자네 정말 대단하군. 그새 무슨 절묘한 무공이라도 익혔단 말인가?"

상원건이 신통하다는 듯 고개를 갸웃거리며 낙일방을 향해 다가왔다.

낙일방은 우두커니 서 있다가 상원건의 말에 화들짝 놀란 얼굴로 그를 돌아보았다.

"아…… 예. 그렇게 되었습니다."

"그렇게 되다니?"

낙일방은 멋쩍게 웃으며 준수한 얼굴을 붉혔다.

"장문 사형께서 이자에게는 되도록 바짝 접근해서 싸우라고 살짝 말씀해 주셨는데…… 정말 제가 이자를 이길 줄은 몰랐습니다."

낙일방도 자신의 손으로 하후성 같은 고수를 쓰러뜨렸다는 것이 제대로 실감나지 않는 듯한 표정이었다. 사실 낙일방은 조금 전에 진산월의 지시를 받고 하후성을 제지했던 것이다. 진산월은 낙일방에게 하후성을 상대할 방법까지 일러 주었는데, 막상 그 방법이 이렇게 정확하게 들어맞을 줄은 낙일방조차도 상상치 못했던 일이었다.

상원건은 자신도 모르게 진산월이 있는 곳으로 고개를 돌려보았다. 진산월은 이쪽으로는 시선도 주지 않은 채 정해를 돌아보며 무어라고 소곤거리고 있었다.

상원건은 한동안 진산월의 커다란 몸집을 보고 있다가 고개를 갸우뚱거렸다.

'확실히 하후성의 장기는 철 주판을 이용한 원거리 공격이다. 더구나 그는 팔다리가 길어 접근전에는 맹점(盲點)이 있지. 하지만 그 짧은 순간에 그의 단점을 파악해 내다니⋯⋯ 저자는 보기와는 달리 상당히 예리한 눈을 지닌 게 분명하군.'

진산월은 덩치가 크고 약간 뚱뚱한 편이어서 처음 보는 사람으로 하여금 어딘지 모르게 둔하다는 인상을 느끼게 하곤 했다. 게다가 좀처럼 화를 내거나 인상을 찡그리는 법이 없어서 더욱 그런 느낌을 강하게 불러 일으켰다.

상원건은 새삼스런 눈으로 진산월을 응시하고 있다가 다시 낙일방에게로 시선을 돌렸다.

"그렇더라도 자네의 연속 공격은 아주 훌륭했네. 그런 실력을 지니고 있으면서 아까는 왜 그렇게 쩔쩔맸나?"

낙일방은 뒤통수를 긁적거렸다.

사실 그는 남과 싸워 본 경험이 거의 없어서 처음에는 자신의 가진 실력을 제대로 발휘하지 못했었다. 하나 이번에는 진산월의 언질을 받고 호시탐탐 기회를 노리고 있다가 단숨에 자신의 장기인 장괘장권구식 중의 세 가지 초식을 연거푸 전개해서 하후성을 쓰러뜨렸던 것이다. 남과 싸워서 이겨 본 것도 처음이고, 게다가 그 상대가 강호상에서 제법 이름이 알려진 운문세가의 삼총관이었으니 지금 그의 심정은 이루 형용할 수 없을 정도로 흥분되고 들떠 있었다.

낙일방이 아무 말도 못한 채 얼굴만 붉히고 있자 노련한 상원건은 그의 심중을 짐작하고는 빙그레 웃으며 더 이상 묻지 않았다.

그때 독고황의 음산한 외침 소리가 들려왔다.

"정말 이놈들이 끝장을 보려고 하는군. 종남파의 시시한 무공 몇 가지를 믿고 본가의 행사를 방해하려 하다니 죽으려고 환장했느냐?"

상원건이 고개를 돌려보니 독고황이 두 눈에서 진득한 살기를 뿜어내며 진산월 일행을 향해 다가가고 있었다.

그런데 이상하게도 진산월의 옆에는 응계성만이 동그마니 서 있을 뿐이었다. 키가 작고 영리하게 생긴 청년과 죽립을 깊게 눌러쓴 여인의 모습이 보이지 않는 것이다.

진산월은 흉흉한 기세를 뿜어내며 자신들을 향해 다가오는 독고황을 차분한 눈길로 바라보고 있다가 돌연 응계성을 향해 나직한 음성으로 물었다.

"계성. 조금 전에 저자와 손속을 겨뤄 본 느낌이 어떻더냐?"

응계성은 딱딱하게 굳은 눈으로 독고황을 쏘아보며 말했다.

"나보다 공력이 두 배는 높은 것 같습니다."

"빠르기는?"

"나보다 빨라요."

진산월은 가늘게 한숨을 내쉬었다.

"그렇다면 방법은 하나뿐이로군."

"그게 뭡니까?"

"지구전(持久戰)."

응계성의 눈꼬리가 머리끝까지 치켜 올라갔다.

"지구전이라구요?"

"그래. 되도록 정면으로 맞서지 말고 시간을 오래 끌라구."

응계성은 불만에 가득 찬 음성으로 대꾸했다.

"그런다고 뭐가 달라집니까? 그사이에 제 공력이 높아지기라도 합니까?"

진산월의 음성은 여전히 차분했다.

"저자의 체력이 떨어지지."

"뭐라고요?"

"공력도 달리고 신법도 처진다면 네게 남은 건 젊은 패기뿐이다. 다행히 나는 네 체력이 얼마나 강한지를 알고 있다. 너는 저자보다 훨씬 젊으니 체력으로 승부한다면 가능성이 있지. 단지 문제는……."

응계성은 급히 물었다.

"문제는 뭡니까?"

"저자가 지칠 때까지 네가 쓰러지지 않고 버틸 수 있느냐 하는 것이다."

진산월이 담담한 음성으로 말하는 순간, 응계성은 자신을 향해 쏘아져 오는 독고황의 매 발톱과 같이 날카로운 손가락을 보고 황급히 몸을 날렸다.

제 7 장
혈라장인(血羅掌印)

제7장 혈라장인(血羅掌印)

독고황의 흑살조력은 정말 무서웠다.

불과 몇 초도 되지 않아 응계성은 옆구리가 길게 찢어진 채 피를 흘리고 있었다.

도무지 상대가 되지 않는 싸움 같았다. 응계성은 장검을 뽑아 들고 필사적으로 독고황의 흑살조력에 맞서 갔으나 그 악마 같은 손가락은 그의 검세(劍勢)를 너무도 수월하게 뚫고 들어왔다.

순식간에 응계성의 전신은 유혈이 낭자했다. 누가 보기에도 그가 독고황의 손에 쓰러지는 것은 시간문제로 보였다.

상원건은 금시라도 응계성이 피를 뿌리며 쓰러질 것만 같아 절로 초조한 안색이 되어 진산월을 돌아보았다. 하나 진산월의 표정은 태연자약하기 그지없어서 응계성이 죽든 말든 전혀 신경 쓰지 않고 있는 것 같았다.

상원건은 더 이상 참지 못하고 급히 진산월에게 다가가며 물었
다.

"어떻소? 무슨 방법이라도 써야 하지 않겠소?"

하나 웬걸? 진산월은 별반 표정 없는 얼굴로 담담하게 대답하
는 것이었다.

"괜찮습니다. 응사제는 잘 싸우고 있군요."

상원건은 어이가 없다는 듯 입을 딱 벌렸다. 아무리 보아도 그
가 제정신을 가지고 있는 사람으로 보이지 않았다.

지금 이 순간에도 응계성은 독고황의 조영(爪影)을 이리저리 피
하다가 왼쪽 어깨 부근이 피투성이로 변해 버렸던 것이다. 독고황
의 손가락이 한 치만 더 내려갔어도 응계성의 왼쪽 어깨는 박살이
나고 말았을 것이다.

"아니…… 저, 저런!"

상원건의 입에서 다시 신음성이 터져 나왔다.

응계성은 더욱 절박한 상황에 몰려 더 이상 피할 곳을 찾지 못
한 채 독고황의 공세에 속수무책으로 노출되어 있었다. 순간적으
로 상원건은 자신이 나서서 도와주어야 할지 말아야 할지 잠시 머
뭇거렸다.

그러는 동안에 응계성은 용케도 아슬아슬하게 독고황의 살인
적인 공세에서 빠져나와 옆으로 움직이고 있었다. 하나 그의 가슴
팍 부근 옷자락은 이미 갈가리 찢겨진 채 피로 물든 앞가슴을 송
두리째 드러내 보이고 있었다.

"정말 괜찮겠소?"

상원건은 진산월이 뻔히 응계성의 위기를 보면서도 그를 도와줄 생각도 하지 않고 있자 다급한 마음에 다시 그를 돌아보았다.

진산월은 뒤통수를 긁적였다.

"뭐…… 조금 위험하긴 했지만…… 그런대로 잘 버티고 있군요. 앞으로는 나아질 겁니다."

그의 태평스럽다 못해 천연덕스러운 말에 상원건은 대꾸할 말을 잊어버린 듯 입을 다물고 말았다.

'이자는 도대체 무슨 생각을 하고 있는 거지? 허 참…… 정말 모를 사람이로군.'

그는 정 안 되면 자신이라도 나설 요량으로 장내의 격전을 뚫어지게 주시했다.

장내의 상황은 아직도 일방적인 독고황의 우세였다.

하나 잠시 격전을 주시하던 상원건은 문득 고개를 갸웃거렸다.

예상대로라면 지금쯤 응계성은 팔을 쳐들 힘도 없어서 사경을 헤매고 있어야만 했다. 하나 의외로 응계성의 움직이는 모습은 조금도 지치거나 다친 사람 같지 않았다.

분명 응계성이 일방적으로 몰리고 있었지만 그의 몸놀림이나 움직임이 느려지기는커녕 처음과 마찬가지로 여전히 민첩했던 것이다. 뿐만 아니라 시간이 경과될수록 조금씩 더 빨라지는 것 같기도 했다.

그에 비하면 독고황은 여전히 질풍노도와 같은 기세로 응계성을 몰아치고는 있었지만 처음과 같은 매서운 맛은 별로 느껴지지 않았다.

'그러고 보니 아까 가슴 부근에 상처를 입은 후로는 별다른 부상도 당하지 않은 것 같은데…….'

상원건은 혹시나 하여 더욱 안력을 돋우어 앞을 바라보았다.

독고황의 손가락이 금시라도 응계성의 목덜미를 움켜쥘 듯 무서운 속도로 날아들었다. 그의 이 초식은 귀조색혼(鬼爪索魂)이라는 것으로, 독고황이 가장 자신하는 무공 중 하나였다.

조금 전에 응계성은 이 초식에 의해 하마터면 왼쪽 어깨뼈가 송두리째 박살 날 위기에 처했었다. 그런데 지금 응계성은 독고황의 손가락이 채 다가오기도 전에 벌써 몸을 옆으로 한 자쯤 이동하여 장검을 내찌르고 있었다. 그것은 지금까지 일방적으로 몰리던 응계성의 첫 번째 반격이었다.

응계성이 내찌른 일검(一劍)은 별다른 변화를 지니고 있지 않았다. 단지 빨랐을 뿐이다.

무언가 검 빛이 번뜩하는 순간 독고황은 시퍼런 장검이 엄밀한 조영을 뚫고 자신의 코앞으로 돌진해 오고 있는 것을 발견했다.

'이 자식이 아직도 반격할 힘이 남아 있었나?'

독고황은 흠칫하여 자신도 모르게 주춤 뒤로 물러났다.

응계성은 기세를 놓치지 않고 앞으로 달려들며 연거푸 천하삼십육검 중의 천하성산(天河星散), 천하도괘(天河道掛), 천하비사(天河飛寫)의 세 초식을 전개했다. 그의 검초는 질풍같이 빠르고 날카로워서 전혀 완만하면서도 장중한 천하삼십육검의 초식 같지 않았으나 그만큼 위력이 대단했다.

독고황은 두 눈을 무섭게 번뜩이며 물러서지 않고 양 손가락을 구부려 자신을 향해 다가오는 응계성의 장검을 움켜잡으려 했다.

지금까지 응계성은 독고황과 정면으로 마주치는 것을 피해 왔으나 이번에는 피하지 않고 계속 검을 휘둘러 갔다.

까깡!

독고황의 손가락과 응계성의 장검이 허공에서 마주치자 날카로운 쇳소리가 연신 터져 나왔다.

"윽!"

응계성은 손에 쥔 장검을 통해 엄청난 충격을 느끼고 인상을 찡그리며 뒤로 두 걸음 물러났다. 확실히 정면으로 격돌하게 되면 독고황의 막강한 공력을 제대로 감당할 수 없었던 것이다.

하나 독고황 또한 오른쪽 소맷자락이 반 자쯤 잘리는 바람에 오른손이 팔목 부근까지 훤하게 드러나 보였다. 독고황은 이름도 없는 풋내기인 응계성에게 소맷자락이 잘려 나가자 한편으로는 어이가 없고 다른 한편으로는 불같은 살심이 끓어올라 얼굴이 흉악하게 일그러졌다.

"이놈이 정말?"

독고황은 거친 숨을 뿜어내며 흑살조로 응계성의 목덜미를 찍어 왔다. 이번에 그는 분기탱천하여 전신의 공력을 모두 끌어올렸기 때문에 거무튀튀하게 변한 손가락에서 흘러나오는 기운은 가공스러울 정도였다.

응계성은 아직도 손아귀가 찢어지는 듯하고 팔이 마비되는 듯한 통증에 시달리고 있었으나, 독고황이 무서운 기세로 자신에게 달려들자 절로 긴장하여 옆으로 미끄러지듯 세 걸음 움직이며 검을 휘둘렀다. 그의 반격은 상당히 날카로워서 싸늘한 검기(劍氣)가 금시라도 독고황의 가슴을 가를 듯이 허공으로 피어올랐다.

상원건은 응계성이 의외로 독고황의 흑살조에 쓰러지기는커녕 시간이 흐를수록 그와 대등하게 싸우고 있는 것을 보자 놀랍기도 하고 기쁘기도 해서 슬쩍 진산월을 돌아보았다.

진산월은 처음과 마찬가지의 표정으로 묵묵히 장내의 격전을 주시하고 있었다. 그러다 문득 무슨 생각을 했는지 한쪽에 서 있는 낙일방을 손짓해 불렀다.

"일방, 이리 오너라."

낙일방은 황급히 그에게 다가왔다.

"장문 사형, 무슨 일입니까?"

진산월은 낙일방의 귀에 대고 조그맣게 무어라고 소곤거렸다. 낙일방은 두 눈을 반짝이며 그의 말을 열심히 듣고 있다가 고개를 끄덕였다.

"알겠습니다. 그렇게 하지요."

"상황이 끝나면 계성과 함께 이곳에서 나를 기다려라."

"장문 사형은요?"

"나는 객잔의 후원에 가 봐야겠다. 조금 전에 정해와 사매를 그곳으로 보냈는데 아직까지 아무런 기척이 없는 것으로 보아 그쪽에서 무언가 심상치 않은 일이 벌어지고 있는 것 같다."

진산월이 이곳을 낙일방에게 맡기고 객잔이 있는 곳으로 갈 듯하자 상원건이 급히 그를 불렀다.

"정말 이대로 두어도 괜찮겠소?"

그의 말뜻은 아무리 응계성이 지금 잘 싸우고 있다고 해도 응계성과 낙일방만으로 독고황을 당해 낼 수 있겠느냐는 것이었다.

진산월은 담담한 음성으로 대답했다.

"조금 고생이야 하겠지만 그는 잘해 낼 겁니다. 그보다 후원 쪽의 상황이 아무래도 좋아 보이지 않는군요."

그때 비로소 상원건은 객잔의 후원 쪽에서 희미한 고함 소리와 병장기 부딪치는 소리를 듣고 흠칫 놀랐다. 문득 떠오르는 생각이 있어 주위를 둘러보니 한쪽에 서 있던 백의 공자의 모습이 어느 사이엔가 보이지 않았다.

상원건은 응계성과 독고황의 싸움에 정신이 팔려 백의 공자가 사라진 것을 짐작도 못했던 자신을 책망했다.

'이런 창피막심한 일이 있나? 도대체 내가 정신을 어디다 두고 다니는 거야. 그나저나 이자의 심계도 보통이 아니군. 이런 일이 있을 것을 짐작해서 미리 사람들을 그쪽으로 보내다니……'

상원건은 한결 신중한 음성으로 입을 열었다.

"알겠소. 어서 가 보시오. 이곳은 내가 지켜보겠소."

그의 말속에는 여차하면 자신이라도 뛰어들어 돕겠다는 뜻이 담겨 있었다.

진산월은 이를 아는지 모르는지 가볍게 고개를 끄덕이고는 후원 쪽으로 몸을 날렸다.

상원건은 멀어져 가는 진산월의 뒷모습을 바라보고 있다가 다시 장내를 주시했다. 그때 장내의 상황은 커다란 격변을 일으키고 있었다.

독고황의 흑살조력에 정면으로 대항했던 응계성은 서너 초를 잘 버텼으나 결국 독고황의 막강한 내공력이 담긴 흑살조를 막지 못하고 위급한 상황에 빠지게 되었다.

원래 독고황의 흑살조는 심후한 내력(內力)을 바탕으로 빠르고 강맹한 위력으로 상대방을 격살시키는 수법이기 때문에 일단 한 번이라도 약세를 보이게 되면 상대는 기세상 도저히 만회할 수가 없게 되는 것이다. 응계성은 전력을 다해 천하삼십육검의 검초를 펼쳐 독고황의 공세 속을 벗어나려 했으나 독고황의 흑살조는 더욱 날카롭게 그의 전신을 짓쳐 들어 제대로 검을 휘두를 수조차 없었다.

"제길…… 빌어먹을……."

응계성은 이를 악물며 사력을 다해 검을 휘둘렀으나 결국 독고황의 손가락에 왼쪽 옆구리를 가격당하고 말았다.

파아…….

그의 옆구리가 너덜너덜해지며 핏물이 뿜어 나왔다. 응계성은 한순간 너무도 극심한 통증에 얼굴이 핼쑥해졌으나, 이내 악에 받쳐서 자신의 몸도 돌보지 않고 마구 독고황을 향해 검을 휘두르며 달려들었다.

"이놈! 죽여 버릴 테다!"

독고황은 막 일격을 성공시키고 그 여세를 몰아 단숨에 응계성을 쓰러뜨리려다 그가 오히려 물불을 안 가리고 덤벼들자 순간적으로 당황했다.

'뭐 이런 놈이 다 있지?'

그는 얼떨결에 뒤로 주춤거리며 한 발짝 물러났다. 하나 그것이 치명적인 실수가 될 줄이야…….

응계성은 원래 남에게 지기 싫어하고 오기와 집념이 강한 성격이었다. 그런데 거듭 독고황에게 부상을 당하자 솟구치는 분노를 감당하지 못하고 젊은 혈기(血氣)가 폭발하여 생사(生死)를 도외시한 채 미친 듯이 앞으로 돌진해 들어왔던 것이다.

그런데 그런 상대 앞에서 비록 한 걸음이지만 뒤로 물러서고 말았으니 그것은 실로 독고황답지 않은 실수였다. 평상시의 독고황이라면 물론 이런 실수는 저지르지 않았을 테지만, 아무리 매섭게 공격해도 응계성이 끈질기게 저항하는 바람에 몸이 많이 지쳐서 순간적으로 집중력이 떨어졌던 것이다.

독고황은 자신의 실수를 깨닫고 황급히 물러서던 몸을 옆으로 움직였으나 그때는 이미 응계성이 그의 품속으로 파고든 후였다.

쐐쐐쐐!

마치 수십 개의 채찍을 휘두르는 듯한 음향과 함께 응계성의 검에서 노도와 같은 검광이 폭포수처럼 쏟아져 나왔다.

일순간에 응계성은 천하삼십육검 중의 절초인 천하도도(天河濤濤)와 천하성진(天河星辰), 천하비사를 거푸 전개한 것이다. 그 세 절초는 천하삼십육검 중에서도 강맹하고 번개같이 빠른 초식들이었는데, 이렇듯 연환(連環)으로 이어서 전개하니 그 위력은 가히 놀라울 정도였다.

독고황은 안색이 창백하게 굳어진 채 전력을 다해 옆으로 몸을 날리며 응계성의 검을 피하려 했다. 하나 그의 몸이 검세를 채 반도 빠져나가기 전에 응계성의 검은 그의 가슴을 피범벅으로 만들고 말았다.

"큭!"

독고황의 커다란 신형이 한 차례 휘청거렸다.

응계성은 그 순간을 놓치지 않고 계속 그에게 바짝 다가서며 연거푸 검을 휘둘렀다.

팟! 팟!

승부는 순식간에 갈렸다.

독고황은 미처 피하지 못하고 피투성이가 된 채 바닥에 쓰러져 버렸다.

그는 가슴이 반쯤 갈라진 데다 옆구리와 허벅지, 그리고 관자놀이 부근에 삼검(三劍)을 맞아 전신에 유혈이 낭자했다. 그야말로 한순간의 방심으로 치명적인 결과를 초래하게 된 것이다.

응계성은 아직도 흥분이 가라앉지 않았는지 시뻘겋게 상기된 얼굴로 바닥에 쓰러져 꿈틀거리고 있는 독고황을 내려다보며 마구 소리쳤다.

"덤벼! 덤벼! 이 자식! 죽여 버리겠어!"

그가 금시라도 빈사 상태의 독고황을 난도질해 버릴 듯하자 낙일방이 뒤에서 다가와 그의 어깨를 끌어안았다.

"응 사형. 됐어요, 이제 끝났어요."

응계성은 핏발 선 눈으로 그를 돌아보았다.

"너도 봤지? 저놈은…… 저놈은 선사를 모독했어!"

"됐어요, 사형."

"죽여 버려야 돼!"

"됐어요."

낙일방은 그의 어깨를 가만히 두드려 주었다.

몇 차례나 거친 숨을 몰아쉬고서야 응계성은 차츰 안정을 되찾았는지 얼굴이 점차로 원래의 색으로 돌아왔다.

상원건은 눈앞에서 벌어진 일이 믿기지 않는다는 듯 한동안 우두커니 그들을 지켜보고 있다가 고개를 설레설레 흔들었다. 일방적으로 몰리던 응계성이 단숨에 무림의 일류 고수인 독고황을 쓰러뜨린 것도 놀라운 일이거니와, 일단 흥분하자 선불 맞은 멧돼지처럼 거칠게 날뛰는 그의 성격이 신기하기 짝이 없었던 것이다.

'한 사람은 성격이 너무 급해서 탈이고 또 한 사람은 흥분하면 걷잡을 수 없이 난폭해져서 문제로군. 게다가 그들의 장문인이란 사람은 느긋하기 짝이 없는 인물이니…… 정말 희한한 일이야.'

상원건은 십여 년 만에 무림에 모습을 드러낸 종남파의 인물들이 하나같이 종잡을 수 없는 성격을 지닌 것 같아 괴이하면서도 재미있다고 생각되었다.

'이자들을 따라다니면 최소한 심심하지는 않겠군.'

그는 싱겁게 피식 웃으며 그들을 향해 다가갔다.

"정말 대단한 솜씨였네. 종남파의 천하삼십육검이 그토록 난폭하게 펼쳐지는 건 처음 보았네."

그의 얼굴에는 웃음기가 담겨 있었으나, 말속에 비웃는 빛은 보이지 않았다.

그의 말마따나 확실히 조금 전 응계성이 펼친 초식들은 빠르다 못해 난폭해 보이기까지 했다. 하나 그만큼 위력적이었다는 것도 부인하기 힘들었다.

원래 천하삼십육검은 유유(悠悠)하면서도 웅후함을 지닌 검법이었다.

지난 몇십 년 동안 천하삼십육검을 가장 정통적으로 익혔던 사람은 태평검객 임장홍이었다. 그가 천하삼십육검을 펼칠 때면 그 깨끗한 자세와 도도하면서도 유려한 초식의 흐름에 누구나가 감탄해 마지않았다. 물론 너무 부드러워서 승부를 가르는 데는 약점이 있었지만, 정말 멋진 검법이라는 데는 누구도 이의를 제기하지 못했다.

하나 임장홍의 제자들은 조금 달랐다. 그들은 천하삼십육검을 각자의 성격에 맞게 익혔다.

임장홍이 그들을 가르칠 때 결코 자신의 방식을 고집하지 않았기 때문이다. 그런 그의 마음속에는 천하삼십육검을 정통적인 방식으로 익힌 자신이 결코 무림의 절정 검객(絶頂劍客)이 되지 못한 것에 대한 씁쓸한 심정이 담겨 있었다.

그래서 종남의 제자들이 펼치는 천하삼십육검은 비록 똑같은 형식에 똑같은 검로(劍路)를 지니고 있었으나, 그 위력이나 외형상의 형태는 서로 판이하게 달랐다.

투검자 매상이 검을 펼칠 때면 아주 무시무시했다. 천하에 다시없는 마검(魔劍)을 보는 것 같아 누구나가 섬뜩해 했다.

소지산은 마치 도(刀)를 휘두르듯 천하삼십육검을 펼치곤 했다. 그의 검은 그리 빠르지 않았으나 대신 아주 막강한 힘을 담고 있어서 공력이 약한 사람은 일검도 제대로 받아 낼 수 없었다.

반면에 응계성의 검법은 아주 빨랐다. 빠른 데다 그의 불같은 성격이 한번 폭발하면 걷잡을 수 없이 거칠어져서, 그야말로 너 죽고 나 죽기 식의 생사지검(生死之劍)이 되고 말았다.

낙일방은 검법에 대한 조예가 사형제들 중 가장 뒤떨어져서 오히려 장괘장권구식을 더 즐겨 사용했고, 방취아의 검은 비록 다른 사형제들 같은 냉혹함이나 웅후함, 난폭함은 없었으나 아주 영활한 맛이 있었다.

종남파에서 도망친 두기춘의 검법은 또 달랐다. 그는 잘생긴 외모만큼이나 초식에 신경을 써서 자세를 중요시했다. 때문에 그가 펼치는 검법은 깨끗하고 한 점의 흐트러짐이 없었다. 예전에 매상은 두기춘이 검법을 연습하는 광경을 물끄러미 지켜보고 있다가 한마디를 내뱉었다.

"저건 검법이 아니라 춤이야. 진짜 씨움에서는 아무 짝에도 쓸모없어."

그의 말에 모두 공감하는 것은 아니었으나, 두기춘이 너무 허식(虛飾)에만 신경을 쓴다는 것도 사실이었다.

사형제들 중 가장 임장홍과 닮은 것이 진산월이었다.

진산월은 임장홍만큼 유려(流麗)하고 느리게 검을 펼쳤다. 그의 검은 너무 느려서 어찌 보면 답답할 정도였으나, 임장홍은 그것을 무척 마음에 들어 했다.

"너는 강호를 진동시키는 일류 검객이 되지 못할지는 모르지만, 적어도 본 파의 좋은 장문인이 될 수는 있겠다."

이것은 진산월의 검법을 본 임장홍이 웃으며 한 말이었다. 그때 임장홍의 얼굴에는 무어라 형용할 수 없는 흐뭇한 미소가 떠올라 있었다.

상원건이 막 웃으면서 낙일방과 응계성을 향해 다시 입을 열려 할 때였다.

"쾅!"

갑자기 주루의 후원 쪽에서 귀청이 떨어지는 듯한 폭음이 터져 나왔다.

세 사람은 깜짝 놀라 서로 얼굴을 마주 보다가 누가 먼저랄 것도 없이 일제히 그쪽으로 몸을 날렸다. 하나 그들이 채 몇 발자국 떼기도 전에 후원의 한쪽 벽면이 부서지며 누군가가 밖으로 뛰쳐나왔다.

"앗? 정 사형!"

낙일방이 나온 사람을 보고 놀란 외침을 토해 냈다.

자욱한 먼지를 머리끝부터 발끝까지 뒤집어쓰고 나온 사람은 다름 아닌 정해였던 것이다. 정해는 품속에 누군가를 반쯤 끌어안다시피 하고 있었다.

처음에 낙일방과 응계성은 정해가 안고 있는 사람이 그들의 사저인 임영옥인 줄 알았다. 하나 자세히 보니 그들이 처음 보는 여자였다. 머리를 허리 부근까지 치렁치렁하게 늘어뜨리고 짙은 남색 경장(輕裝)을 한 젊은 여인이었는데, 안색이 유달리 창백해서 한눈에 보기에도 몸의 상태가 썩 좋아 보이지 않았다.

정해는 남의 여인을 부축해 밖으로 나오다가 낙일방 등을 보자 손짓을 했다.

"빨리……."

낙일방과 응계성은 황급히 그에게로 다가갔다.

"사형. 이 여자는 누구예요? 그리고 사저는……."

낙일방이 채 묻고 싶은 말을 반도 하기 전에 정해는 다급한 표정으로 자신의 등 뒤를 가리켰다.

"사저는 안에 있다. 빨리 들어가서 사저를 도와주어라."

낙일방은 더 묻지 않고 채 가라앉지도 않은 먼지 속을 뚫고 안으로 몸을 날렸다. 응계성은 막 그의 뒤를 따라 들어가려다 정해를 보며 물었다.

"장문 사형은?"

"장문 사형은 지금 이곳에 없습니다."

"아니, 이곳에 없다니……?"

성해는 마음이 급한지 손을 마구 내지었다.

"그 이야기는 다음에 하고 우선 안에 들어가서 사저를 도와주십시오. 그 자식들의 무공이 만만치 않아서……."

"그 자식들?"

응계성은 도무지 영문을 몰랐으나 정해의 얼굴이 워낙 다급해 보여서 더 이상 묻지 않고 안으로 들어갔다. 정해는 그제야 한시름을 덜은 듯 깊은 한숨을 토해 냈다. 그때 상원건이 빠른 걸음으로 그에게 다가오며 입을 열었다.

"자네가 안고 있는 여인의 상세(傷勢)가 심상치 않아 보이는군. 내가 좀 봐도 되겠나?"

정해는 황급히 고개를 끄덕이며 남의 여인을 바닥에 내려놓았다.

"고맙습니다, 상 대협. 그렇지 않아도 상 대협께 도움을 청하려던 참이었습니다."

상원건은 궁금한 점이 한두 가지가 아니었으나 강호 경험이 풍부한 인물답게 우선은 남의 여인의 상태를 살피는 데 주력했다.

남의 여인은 생각보다는 상당히 앳된 얼굴이었다. 키가 늘씬해서 멀리서 보았을 때는 이십 대 초반으로 생각되었으나, 막상 가까이서 보니 열여덟을 넘지 않은 소녀임이 분명했다. 상원건은 남의 소녀가 자신의 딸인 상소홍과 비슷한 나이일 거라고 짐작했다.

남의 소녀는 이목구비가 또렷하고 유난히 짙은 눈썹을 하고 있었는데, 앵두 같은 입술을 꼬옥 깨물며 억지로 고통을 참고 있는 모습이 당차면서도 귀엽고 깜찍스러워 보였다.

그녀의 낯빛은 백지장처럼 창백했고, 입가로는 한 줄기 검붉은 선혈이 흘러내리고 있었다. 상원건은 그녀의 맥문(脈門)을 짚고는 깜짝 놀랐다. 맥이 너무도 가늘어서 금시라도 끊어질 듯했던 것이다.

언뜻 보기에 별다른 외상(外傷)은 보이지 않았기 때문에 상원건은 고개를 갸웃거리다가 물었다.

"소저, 어디를 다쳤소?"

남의 소녀는 이마에 진땀을 줄줄 흘리면서도 입술을 깨문 채 아무런 말도 하지 않았다.

상원건은 노련한 인물답게 즉시 짐작하는 것이 있어 다시 신중

한 음성으로 물었다.

"가슴이나 배에 부상을 입었소?"

남의 소녀의 창백한 얼굴에 한 줄기 희미한 홍조가 떠올랐다. 남의 소녀는 몇 번 망설이는 듯하다가 상원건이 부드러운 눈빛으로 자신을 바라보고 있자 거의 알아차릴 수도 없을 만큼 미약하게 고개를 끄덕였다.

"가슴이오, 배요?"

상원건이 다시 묻자 남의 소녀는 기어 들어가는 음성으로 중얼거렸다.

"왼쪽…… 아랫배에……."

상원건은 내심 난처했다. 왼쪽 아랫배에 난 상처라면 옷을 찢지 않고서는 볼 수가 없는 것이 아닌가?

하나 언제까지고 머뭇거리고 있을 시간이 없었다. 그 짧은 순간에도 남의 소녀의 안색은 급속도로 핏기를 잃어 가고 있었다.

상원건은 결심을 굳히고 남의 소녀를 향해 진중한 어조로 말했다.

"소저. 이대로 두면 상처가 악화되어 치명적인 일이 벌어질지 모르오. 내게도 소저와 비슷한 나이의 딸이 있어 도저히 남의 일 같지가 않구려. 그러니 실례를 무릅쓰고라도 상처를 치료해야겠으니 부디 용서하기 바라오."

상원건이 슬쩍 자신의 딸을 들먹거린 것은 그녀를 안심시키기 위해서였다. 과연 남의 소녀는 처음에는 눈에 성난 빛을 떠올렸으나, 상원건의 뒤에 서 있는 상소홍을 보니 화난 기색이 많이 사라져 버렸다.

상원건은 기회를 놓치지 않고 남의 소녀의 아랫배 쪽 옷자락을 길게 찢었다.

찌익!

짙은 남색 경장이 찢겨지자 눈부시도록 하얀 속살이 살짝 드러났다. 정해는 눈치 빠르게 벌써 저만큼 떨어진 채 등을 돌리고 있었다.

하나 남의 소녀의 얼굴에는 수치심의 기색이 완전히 사라지지 않고 있었다.

상원건은 그녀의 얼굴이 붉게 물들어 가는 것을 일부러 무시한 채 계속 옷을 조금씩 찢어 갔다. 거의 그녀의 배꼽이 드러나 보일 즈음에서야 상원건은 손을 멈추었다.

"으음……."

그의 입을 뚫고 나직한 신음성이 흘러나왔다.

그녀의 앙증맞도록 귀여운 배꼽 바로 밑에 시뻘건 색의 장인(掌印) 하나가 너무도 선명하게 새겨져 있는 것이 아닌가? 그 붉은색 장인은 소녀의 새하얀 속살에 대비되어 마치 피를 뿜어내는 것처럼 섬뜩한 느낌을 불러일으키고 있었다.

"혈라인(血羅印)……."

상원건은 한눈에 그 장인이 마도(魔道)의 십팔대장공(十八大掌功)에 속해 있는 가공할 혈라인임을 알아보았다. 혈라인은 내가(內家)의 호신강기(護身罡氣)를 전문적으로 파괴하는 마공(魔功)으로, 그 위력이 악독하고 잔인하여 누구나가 이름만 들어도 안색이 변하는 무서운 장공이었다.

"혈라인으로 어린 소녀의 아랫배를 가격하다니…… 누군지 모르지만 정말 악독한 심보로군."

상원건은 혈라인 자체보다는 혈라인을 시전한 자의 냉혹한 손속에 더욱 치를 떨었다. 그는 한동안 남의 소녀의 아랫배에 새겨져 있는 혈라인의 장인을 유심히 바라보다가 이내 고개를 끄덕였다.

"다행히 익힌 사람의 화후(火候)가 칠성 정도밖에 되지 않아 몸 안의 경맥(經脈)을 크게 손상시키지는 않았군."

하나 그의 말과는 달리 남의 소녀의 상태는 그렇게 좋은 편이 아니었다. 시전한 사람의 공력이 조금만 높았다면 남의 소녀는 단전(丹田)부위의 경맥이 완전히 파괴되어 즉사를 면치 못했을 것이다.

상원건은 품속에서 누런빛이 나는 환약(丸藥) 하나를 꺼내 남의 소녀의 입속으로 넣어 주고는 장인이 새겨진 부위의 혈도 십여 군데를 빠른 손길로 눌렀다. 그 손이 어찌나 빨랐던지 남의 소녀는 배 부분이 따끔따끔할 뿐, 그가 자신의 몸에 손을 대었다는 느낌이 조금도 들지 않았다.

그런 후에 상원건은 뒤를 돌아보며 상소홍을 불렀다.

"홍아야, 이리 오너라."

상소홍은 눈을 크게 뜬 채 지켜보고 있다가 상원건이 자신을 부르자 황급히 다가왔다.

"아빠, 왜 그러세요?"

상원건은 진지한 얼굴로 그녀를 보며 입을 열었다.

"이리로 와서 이분 소저의 상처 부위를 추궁과혈(推宮過穴) 하도록 해라."

상소홍은 잠시 샐쭉하는 표정이었으나 상원건의 엄격한 눈길을 받자 이내 쪼르르 달려와 남의 소녀의 앞에 쪼그려 앉았다.

"자세를 정좌(正坐)하고 내공을 운기(運氣)해라."

"알았어요."

"호흡을 가다듬은 다음 공력을 일주천(一週天)하여 손가락 끝에 공력을 모은 다음 내가 말하는 혈도 부위를 주물러야 한다."

상소홍은 상원건의 음성이나 표정이 사뭇 진지한 것을 보고 자신도 괜히 긴장이 되어 바닥에 바른 자세로 앉은 다음 가전(家傳)의 내공을 운기하기 시작했다.

상원건은 곧 혈도의 이름을 부르기 시작했다.

"인영(人迎), 마천(麻泉), 중완(中脘), 기해(氣海), 횡골(橫骨), 지음(至陰)……."

대략 십여 개의 혈도 이름을 숨도 쉬지 않고 부른 다음 상원건은 상소홍을 똑바로 쳐다보았다.

"이 혈도들을 돌아가면서 계속 지압해라."

상소홍은 힐끗 상원건을 돌아보았다.

"언제까지요?"

"내가 그만두라고 할 때까지."

"그때가 언제인데요?"

상소홍은 다시 조잘거리다가 상원건이 두 눈을 부릅뜨자 급히 입을 다물고는 그가 말한 혈도들을 지압하기 시작했다.
 인영혈과 마천혈은 목 부위에 있는 혈도들이고, 중완혈은 가슴 바로 밑에 위치하고 있었다. 상소홍은 혈도들을 주물러 나가다가 순간적으로 망설였다. 다음에 주물러야 할 혈도들은 기해혈과 횡골혈인데, 이것들은 모두 여인의 아랫배에 있는 혈도들이기 때문이다.
 비록 같은 여자의 몸이라고는 하나 다른 여자의 중심 부근을 만진다는 것은 껄끄러운 일임에 틀림없었다. 하물며 처녀의 몸이라면 더 말할 나위도 없으리라.
 하나 그녀는 마음을 모질게 먹고 남의 소녀의 아랫배 쪽으로 손을 내뻗었다. 그러는 그녀의 얼굴은 언제부터인지 빨갛게 상기되어 있었다. 만지는 사람이 이 정도이니 당하는 당사자는 오죽하겠는가? 남의 소녀의 안색은 그야말로 붉다 못해 푸르죽죽해져서 안쓰러울 정도였다.
 하나 상원건은 눈도 깜박거리지 않은 채 남의 소녀의 얼굴을 뚫어지게 주시하고 있었다.
 상소홍이 남의 소녀의 혈도를 세 번째로 지압하고 있을 때였다. 갑자기 남의 소녀의 몸이 세차게 부르르 떨리며 얼굴이 백지장보다 더욱 창백해졌다.
 상소홍은 깜짝 놀라 자신도 모르게 손을 멈추려 했다.
 "멈추지 말고 계속해라!"
 상원건이 버럭 호통을 지르자 상소홍은 황급히 움츠리던 손을 계속 움직였다.

"끄윽……."

 남의 소녀의 입에서 괴이한 신음이 새어 나오며 그녀의 입가로 시커먼 죽은피가 꾸역꾸역 흘러나오기 시작했다. 그와 동시에 그녀의 아랫배에 나 있던 붉은색의 장인이 점점 검은색으로 변해 갔다.

 상소홍은 자신의 손가락에 닿는 남의 소녀의 몸이 화롯불처럼 뜨거움을 느끼고 어쩔 줄을 몰라 했으나 상원건의 말대로 손을 멈추지 않고 추궁과혈을 계속했다.

"합!"

 일순, 상원건이 낭랑한 기합을 내지르며 혈라인의 장인을 향해서 일지(一指)를 내뻗었다.

 팟!

 그의 가운데 손가락에서 하얀 섬광이 뿜어 나와 혈라인의 장인 한복판에 그대로 격중되었다.

"악!"

 그 순간 남의 소녀는 고통에 가득 찬 비명을 내지르며 그대로 혼절하고 말았다.

"됐다. 이제 손을 멈추어도 된다."

 그제야 상원건은 자신의 이마에 흐르는 땀을 씻으며 상소홍의 어깨를 두드렸다. 상소홍은 긴장이 풀려 자신도 모르게 휘청거리며 상원건의 품속에 쓰러져 버렸다.

 상원건은 그녀의 머리를 쓰다듬으며 온화한 음성으로 말했다.

"수고했다. 네 추궁과혈 덕분에 조양지(朝陽指)로 그녀의 몸속에 있는 혈라인의 나쁜 기운을 모두 태워 없앨 수 있게 되었다."

상소홍은 상원건의 품속에 안긴 채로 두 눈을 크게 떴다.

"아빠가 조금 전에 시전하신 것이 바로 조양지로군요."

상원건은 빙긋 웃으며 고개를 끄덕였다.

"그래. 너도 조양지를 본 지 무척 오래되었지?"

"벌써 십여 년도 넘은 것 같아요. 그 무공은 언제 가르쳐 주실래요?"

"허허…… 지금 네 공력으로는 어림없다. 공력이 최소한 반 갑자(甲子) 이상이 되기 전에는 가르쳐 줘도 펼치지 못하는 게 조양지다."

상소홍은 입을 삐쭉거렸다.

"피! 또 그 소리…… 그럼 나는 파파 할망구가 되어서야 그걸 익힐 수 있겠군요?"

"하하…… 그렇기야 하겠냐만 적어도 앞으로 몇 년간 열심히 수련하지 않으면 힘들 게다."

상원건은 자신의 품에서 어리광을 부리는 상소홍을 부드럽게 떼어 놓으며 남의 소녀를 내려다보았다. 남의 소녀의 아랫배에 나 있던 붉은색 장인은 어느 사이엔가 거의 사라져 아주 희미한 붉은빛만이 은은히 보일 뿐이었다.

상원건은 찢어진 옷자락으로 그녀의 아랫배를 가리며 정해를 불렀다.

"이보게. 이리 좀 와 보게."

정해는 빠른 걸음으로 다가왔다. 그는 남의 소녀를 바라보고는 그녀의 안색에 조금씩 혈색이 도는 것을 발견하고는 이내 탄성을 터뜨렸다.

"상 대협의 무공은 과연 고명하시군요. 저는 이 소저가 대체 무슨 수법에 당했는지 짐작도 못하고 있었습니다."

상원건은 씁쓸하게 웃었다.

"상처가 그런 곳에 나 있으니 자네가 알아볼 수 없었던 것도 당연하지. 그런데…… 이제 무슨 일이 생겼는지 말해 줄 수 있겠나?"

정해는 그제야 퍼뜩 생각이 난 듯 후원 쪽을 바라보았다.

"아참! 내 정신 좀 보게. 이럴 게 아니라 우선 저곳으로 가시죠. 그곳에 가시면 알게 될 겁니다."

정해는 상원건의 대답도 기다리지 않고 먼저 후원 쪽으로 달려갔다.

"홍아야. 이분 소저는 네가 안고 오너라."

상원건은 상소홍을 향해 짤막하게 말하고는 자신도 휑하니 몸을 돌려 정해의 뒤를 따라갔다.

"아빠! 내가 어떻게 이 여자를…… 아이 참, 아빠!"

상소홍은 발을 동동 구르다가 어쩔 수 없다는 듯 남의 소녀를 들쳐 업고는 그들의 뒤를 따라가기 시작했다.

제 8 장
천봉팔선(天鳳八仙)

제8장 천봉팔선(天鳳八仙)

"종남파의 제자들 중 최고수는 누구인가?"

예전에 임장홍은 가까운 친구에게서 이런 질문을 받은 적이 있었다. 그때 그는 사람 좋아 보이는 얼굴에 빙그레 미소를 지으며 이렇게 말했다.

"싸움을 가장 잘하는 사람은 매상이고, 참을성이 가장 강한 녀석은 소지산이지. 정해는 똑똑하고, 두기춘은 약삭빠르며, 성질이 가장 급한 건 낙일방일세."

"그게 무슨 엉뚱한 소리인가? 누가 그런 걸 물어보았나? 자네 제자들 중 가장 강한 고수가 누구냐니까?"

"사납고 난폭한 건 응계성이 으뜸이고, 술은 방취아가 가장 잘 마시네. 그리고 진산월, 그 녀석은 뭐 하나 특별히 잘하는 게 없지만 그래도 가장 믿음직하지."

친구는 화가 나서 버럭 소리를 질렀다.

"정말 자꾸 딴소리만 할 텐가? 설마 자네 제자 중에 자네가 내세울 만한 고수가 한 사람도 없단 말인가?"

그제야 임장홍은 정색을 하고 말했다.

"한 사람이 있기야 있지."

"그게 누군가?"

"말하지 않겠네."

그 친구는 어안이 벙벙해서 물었다.

"왜 그런가?"

"사실대로 말하게 되면 자식 자랑하는 팔불출 부모가 될 테고, 그렇다고 거짓으로 말하는 건 내 적성에 맞지 않기 때문일세."

그때 그 친구는 한동안 물끄러미 임장홍의 얼굴을 쳐다보다가 마침내 고개를 끄덕였다.

"자네 말대로라면 조만간에 무림에 굉장한 여고수(女高手) 한 사람이 탄생하겠군."

* * *

정해의 뒤를 따라 후원의 담벽을 넘어갔을 때 상원건의 눈에 가장 먼저 들어온 것은 너무나 화려해서 영롱해 보이기까지 한 하나의 검무(劍舞)였다.

오 대 일(五對一)!

다섯 명의 황의인들이 한 명의 여인을 에워싼 채 맹렬하게 병기를 휘두르고 있었다. 그들의 병기에서 뿜어 나오는 예리한 섬광이 주위를 온통 번쩍거렸다. 누가 보기에도 황의인들 속에 갇힌 여인이 금시라도 피를 뿌리며 쓰러질 것은 불을 보듯 빤하게 생각될 것이다.

하나 오히려 정신없이 몰리는 것은 황의인들이었다.

황의인들의 무공이 약한 것은 결코 아니었다. 병기를 휘두르는 그들의 손길은 빠르고 날카로워서 절대로 만만한 고수(高手)들이 아님을 느끼게 해 주고 있었다.

그런데도 그들은 중앙에 있는 여인의 검이 허공을 가를 때마다 그 검을 막기에 바빠서 제대로 공격조차 하지 못했다.

여인의 검을 휘두르는 자세는 무척 유연하면서도 경쾌했다. 동작 하나하나가 그림을 보듯 깨끗하고 아름다웠다. 상원건은 강호 경험이 누구 못지않게 풍부한 사람이었으나 이토록 화사하게 펼쳐지는 검법은 본 적이 없었다.

그것이 조금 전에 응계성이 펼쳤던 난폭하기까지 했던 검법과 같은 검로를 지니고 있다는 것을 알아보기까지는 다시 약간의 시간이 소요되었다. 그리고 다시 한동안 넋을 잃고 보고 난 후에야 비로소 그 검을 휘두르는 사람이 바로 진산월의 뒤에 서 있다가 사라졌던 죽립의 여인임을 알아차리게 되었다.

그녀는 그동안 한마디 말도 없이 조용하게 있어서 상원건은 솔직히 그녀에 대해서는 별다른 관심을 가지고 있지 않았었다. 그러니 그녀가 이와 같이 가공할 실력의 소유자임을 알게 되자 그의 놀라움은 자못 대단한 것이었다.

다섯 명의 황의인들은 이미 옷의 여기저기가 찢어지고 전신에 크고 작은 검상을 입고 있어 낭패한 기색이 역력했다. 그런데도 어찌 된 일인지 아직 아무도 쓰러진 사람이 없었다.

상원건은 잠시 동안 더 바라본 다음에야 그 이유를 알 수 있었다. 죽립 여인이 결정적인 순간에 자꾸 손길을 늦춰서 그들이 치명적인 부상을 입지 않았던 것이다.

하나 이런 상태에서의 대결은 더 진행되어 봤자 결말이 뻔한 것이었다.

결국 황의인들 중 우두머리로 보이는 인물이 동료들에게 눈짓을 하고는 뒤로 훌쩍 물러나며 외쳤다.

"멈추시오!"

여인은 천천히 검을 거두었다. 그러자 그토록 찬란하게 빛나던 검광도 씻은 듯이 사라져 버렸다.

다른 네 명의 황의인들은 붉게 상기된 얼굴을 감출 기색도 없이 가쁜 숨을 헐떡거리며 우두머리 황의인을 따라 비실거리며 뒤로 물러났다. 이대로 일각(一刻)만 더 지나갔으면 그들은 모두 탈진하여 제대로 서 있지도 못했을 것이 분명했다.

우두머리 황의인은 검기에 마구 갈라져 누더기처럼 변한 자신의 옷을 내려다보다가 한숨을 내쉬고는 여인을 향해 정중하게 포권을 했다.

"오늘 소저께서 손에 사정을 보아주신 것을 충심으로 고맙게 생각하겠소. 우리는 부족함을 알고 이만 물러나겠으니 소저께서는 양해해 주시오."

여인은 검을 검집에 넣으며 고개를 끄덕였다.

"멀리 가지 않겠어요."

다섯 명의 황의인들은 한 번 더 그녀를 바라보다가 씁쓸한 표정을 지으며 몸을 돌렸다.

그들에게서 조금 떨어진 곳에는 비슷한 복장의 황의인 세 명이 응계성, 낙일방과 치열한 혼전(混戰)을 벌이고 있었다. 우두머리 황의인은 후원 밖으로 몸을 날리며 그들을 향해 소리쳤다.

"넷째, 여섯째, 여덟째! 오늘 일은 우리의 패배다. 물러나자!"

응계성 등과 싸우고 있던 황의인들은 움찔하더니 일제히 장력(掌力)을 날려 응계성과 낙일방을 물러나게 하고는 자신들도 우두머리 황의인을 따라 몸을 날렸다. 몇 차례의 세찬 옷자락 스치는 소리와 함께 그들 여덟 명의 황의인들은 차례로 반쯤 무너진 담벼락을 넘어 사라졌다.

응계성과 낙일방은 닭 쫓던 개가 지붕을 쳐다보는 듯한 표정으로 멍하니 그들의 뒷모습을 바라보고 있다가 문득 정신이 든 듯 죽립 여인을 향해 다가왔다.

"사저, 다친 곳은 없으십니까?"

죽립 여인, 임영옥은 담담하게 고개를 끄덕였다.

"사제들이 때마침 와 주어서 별 어려움은 없었어요."

응계성과 낙일방이 달려왔을 때 임영옥은 여덟 명의 황의인들의 합공을 받고 있었다. 그들은 특이한 연환진(連環陣)을 펼쳐 임영옥을 공격하고 있었는데, 응계성과 낙일방이 덤벼드는 바람에 진이 깨어지고 임영옥은 그들 중 다섯 명을 상대하게 되었던 것이다.

임영옥의 무공이면 그들의 연환진이 완벽하다 해도 그것을 충분히 격파할 수 있었으나, 그녀는 그 점을 조금도 내색치 않고 응계성과 낙일방에게 고마움을 표시했다.

낙일방은 머쓱한 표정으로 히죽히죽 웃고 있다가 갑자기 표정이 변해 주위를 두리번거렸다.

"참…… 그런데 장문 사형은 어디 가셨습니까? 그리고 그놈들은 대체 누구입니까?"

그때 마침 상원건과 함께 그들에게 다가오던 정해가 그의 말을 들었는지 자신이 대신 대답했다.

"그자들은 운문세가의 고수들인 팔염라(八閻羅)다. 그리고 장문 사형은 운자개(雲子凱)를 따라갔다."

낙일방이 궁금함을 참지 못하고 그를 돌아보며 거듭 물었다.

"운자개? 그자는 누굽니까? 그리고 왜 장문 사형이 그자를 따라갔습니까?"

"운자개는 조금 전에 너도 보았던 운문세가의 둘째 공자다. 그리고 장문 사형이 그를 따라간 이유는……."

정해는 한 차례 가는 한숨을 내쉬고는 그간의 사정을 설명해 주었다.

원래 정해와 임영옥은 응계성과 독고황의 싸움이 벌어지는 도중에 진산월의 지시를 받고 이곳 후원으로 오게 되었다. 진산월은 필시 운문세가의 고수들이 몰래 그곳으로 올 것이라며, 그곳 후원에 설리총의 주인이 있으면 그를 보호해서 데려오라고 했던 것이다.

정해와 임영옥이 후원에 와서 샅샅이 뒤져 보니 과연 후원의 밀실에 부상당한 남의 소녀가 누워 있었다. 하나 그들이 채 남의 소녀에게 다가가기도 전에 운자개가 밀실로 뛰어 들어와 그들을 공격했다.

잠시 접전이 벌어지던 중 때마침 진산월이 나타나자 운자개는 상황이 자신에게 불리함을 깨닫고 손을 멈추었다. 그때 운자개가 진산월을 보며 무어라고 말을 했는데, 그 말을 들은 진산월은 정해와 임영옥에게 이곳에 있으라는 말을 남기고 운자개의 뒤를 따라 어딘가로 사라져 버렸던 것이다.

그리고 곧이어 마치 그들이 떠나기를 기다리기라도 했던 것처럼 어디선가 여덟 명의 황의인들이 나타나 그들을 공격했다. 황의인들의 무공이 만만치 않음을 깨달은 임영옥이 그들을 막는 사이, 정해는 제대로 움직이지도 못하는 남의 소녀를 부축하여 후원을 빠져나오게 되었던 것이다.

정해의 설명을 듣고 난 중인들은 의혹이 가시기는커녕 오히려 깊어졌다.

"아니, 그 자식이 뭐라고 했길래 장문 사형이 무작정 그를 따라갔단 말이냐?"

응계성이 도무지 영문을 모르겠다는 듯 큰 소리로 물었다.

정해는 입가에 쓴웃음을 머금으며 고개를 흔들었다.

"나도 모르겠습니다. 그때 그자가 장문 사형을 쳐다보며 무어라고 한 것 같은데, 전음(傳音)을 사용했는지 아무 소리도 들을 수 없었습니다."

"그런데 너는 장문 사형이 그놈을 따라가는 걸 구경만 하고 있었단 말이냐?"

응계성이 험악한 표정을 지으며 다그치자 정해는 맥없이 대꾸했다.

"사형도 장문 사형의 성격을 잘 아시지 않습니까? 장문 사형이 누가 말린다고 들을 사람입니까?"

응계성은 무어라고 한 마디 더 하려다 이내 인상을 찡그리며 손을 내저었다.

"그만두자. 너는 남에게 싫은 소리를 하지 않으려는 그 버릇을 못 고치면 평생 다른 사람의 비위나 맞추며 살게 될 거다."

정해는 쓴웃음을 머금을 수밖에 없었다.

"그나저나 정말 궁금해 미치겠군. 이게 도대체 무슨 일이야? 장문 사형은 왜 앞뒤 안 가리고 그 자식을 따라갔으며……."

응계성의 시선이 이제 막 담벼락을 지나 그들에게로 다가오는 상소홍과 그녀의 품속에 안겨 있는 남의 소녀를 향했다.

"저 여자는 대체 누구란 말이야? 왜 우리가 생판 얼굴도 모르는 여자 때문에 검을 휘둘러야 하는 거야? 도대체 어떻게 이런 일이 벌어진 거야?"

모두 꿀 먹은 벙어리처럼 아무 말이 없었다.

응계성은 옆에 서 있는 정해의 어깨를 툭 쳤다.

"야, 네가 좀 말해 봐라. 넌 머리가 잘 돌아가니까 이게 어떻게 된 영문인지 짐작이라도 할 거 아니냐?"

정해는 어깨를 으쓱했다.

"저라고 사형과 다를 게 있겠습니까? 짐작 가는 게 아주 없는 건 아닙니다만……."

응계성의 인상이 다시 험악하게 변했다.

"말꼬리 돌리지 말고 빨리 말해. 저 여자는 대체 누구야?"

정해는 응계성이 일단 화가 나면 자신도 주체할 수 없을 정도로 사납고 거칠어진다는 것을 알고 있기 때문에 움찔하여 급히 입을 열었다.

"정확히는 모르지만…… 제 생각에는 아마도 천봉궁의 여인이 아닐지……."

그 말에 모두들 놀랐다.

"천봉궁?"

응계성도 그 말에는 호기심이 동하는지 눈을 번쩍 빛내며 물었다.

"왜 그렇게 생각하는 거냐?"

정해는 입술에 살짝 침을 축인 후 말을 이었다.

"아까도 말씀드렸다시피 설구양종의 설리총은 천봉궁에서만 볼 수 있는데, 상황으로 보아 저 여인이 바로 그 설리총의 주인이 분명합니다. 그러니 그쪽의 인물이 아닐까요?"

응계성의 송충이같이 짙은 눈썹이 마구 꿈틀거렸다.

"뭐야? 겨우 그런 걸로 대단한 일이나 알고 있는 것처럼 떠들었단 말이냐?"

"게다가 들리는 소문으로는 천봉궁의 고수들은 모두 여인으로만 구성되어 있는데, 하나같이 재색(才色)을 겸비한 절세의 미녀들이라고 합니다. 저 여인의 외모로 보아……."

응계성은 눈을 크게 뜨고 정해를 뚫어지게 노려보았다.

"오라! 이제 보니 네가 저 여자의 미색(美色)에 단단히 홀려 있었구나. 어쩐지 조금 전에도 사저는 그놈들에게 팽개치고 혼자서만 저 여자를 품에 안고 나오더라니……."

정해의 얼굴이 붉게 상기되었다.

"사형도 참…… 농담이 지나치십니다. 제가 그런 사람이 아니라는 건 사형이 더 잘 알고 있지 않습니까?"

"그런 사람이 아니긴…… 너는 남자 아니냐?"

정해는 얼굴이 더욱 붉어져서 자신도 모르게 더듬거렸다.

"아니, 사형…… 그게 무슨 상관이……."

"남자 놈들은 모두 똑같아. 좀 반반한 여자만 보면 어떻게 해 보려고 안달이지. 내가 남자라서 그런 건 잘 알아."

응계성은 한쪽에 서 있는 낙일방을 턱으로 가리켰다.

"저기 일방, 저 녀석도 벌써부터 여자깨나 밝히고 있잖아. 너나 저놈이나 다 똑같은 놈들이야."

낙일방이 억울하다는 듯이 양 팔을 활짝 벌렸다.

"사형. 왜 저를 정 사형하고 비교하십니까? 저는 여자라면 아주 질색입니다."

"웃기는 소리 하지 마라. 설사 네가 아무리 여자를 싫어한다고 해도 그게 마음대로 되지 않을 거다."

"예? 마음대로 안 되다니요?"

"호호……."

응계성은 입가에 뜻 모를 미소만 흘린 채 그와 상소홍을 의미

깊은 시선으로 번갈아 가며 바라보았다. 상소홍은 그들의 말을 듣고 있다가 그가 넌지시 자신을 빗대는 것 같자 샐쭉해져서 응계성을 쏘아보았다.

"왜 그런 눈으로 나를 보는 거예요?"

응계성은 그답지 않게 히죽 웃었다.

"아니오. 그보다 그 여자는 아직 정신을 못 차렸소?"

그 말에 상소홍은 무심코 자신의 품에 안겨 있는 남의 소녀를 내려다보았다. 남의 소녀의 안색은 처음보다는 한결 혈색이 돌았으나 여전히 의식을 잃고 축 늘어져 있었다.

상원건이 고개를 갸웃거리며 다가왔다.

"이상하군. 상처를 치료했으니 이제 정신을 차릴 때도 되었는데……."

그는 남의 소녀의 오른쪽 완맥을 잡고 잠시 맥박을 살폈다.

맥박은 가늘지만 힘차게 뛰고 있었다. 호흡도 정상이고, 몸의 온기도 별다른 이상이 없었다. 그런데도 남의 소녀는 도무지 일어날 기색을 보이지 않았다.

중인들은 다시 답답해졌다. 그녀가 정신을 차리고 일어나야 일의 전후사정이라도 물어볼 텐데 당사자가 아직도 혼수 상태이니 의문만 쌓여 갈 뿐이었다. 게다가 그녀가 정신을 못 차리고 있는 이유조차 알 수가 없다는 것이 중인들을 불안케 했다.

갑갑함을 참을 수 없었는지 응계성이 다시 애꿎은 정해를 붙잡고 늘어졌다.

"네가 이 여자를 처음 봤을 때에도 이랬느냐?"

정해는 잠시 난감한 표정을 지었다.

"저, 그게……."

"너 또 말을 빙빙 돌릴 셈이냐? 정말 내가 꼭 성질을 부려야겠어?"

"아닙니다, 사형. 제가 처음 봤을 때는 비록 중상을 입긴 했지만 의식은 있었습니다."

"그런데 왜 지금은……."

응계성은 말을 하다 말고 입을 다물었다. 그제야 그는 정해가 왜 망설였는지를 알아차렸던 것이다.

상원건이 씁쓸하게 웃으며 입을 열었다.

"내가 그녀의 상세를 치료할 때만 해도 분명히 의식이 있었네. 그런데 상세가 워낙 깊어 내가 손을 조금 과하게 쓴 모양일세."

응계성도 더 이상은 묻지 않았다. 계속 캐묻는 것은 곧 상원건을 추궁하는 결과를 초래하게 된다는 것을 깨달았기 때문이다. 아무리 응계성의 성질이 과격하다고 해도 무림의 명숙인 상원건에게 정면으로 모욕을 줄 수는 없었다. 더구나 상원건이 특별히 실수했다는 뚜렷한 증거도 없지 않은가?

응계성은 자신이 공연한 말을 꺼내 상원건을 난처하게 만들었다고 생각하자 괜히 화가 치밀어 올랐다. 그래서 다시 정해에게 시비를 걸었다.

"그나저나 장문 사형은 왜 아직까지 안 오는 거야? 혹시 장문 사형의 신상에 무슨 일이라도 생긴 게 아닐까?"

정해는 지금 같은 상황에서는 정말 그와 시비를 일으키고 싶지 않았다. 그래서 자신이 지을 수 있는 가장 공손한 표정을 지어 보였다.

"너무 걱정하지 마십시오. 장문 사형의 무공으로 무슨 큰일이야 당하겠습니까?"

응계성은 눈을 부릅뜨고 큰 소리로 외쳤다.

"그게 무슨 천하태평한 말이냐? 보이는 칼은 막기 쉬워도 보이지 않는 화살은 막기 어렵다는 옛 속담도 모르느냐? 강호는 워낙 궤계(詭計)가 난무하여 자칫 방심하다가는 낭패를 당하기 일쑤라고 너도 입버릇처럼 말하지 않았더냐?"

"장문 사형은 워낙 신중한 성격이라 쉽사리 남의 꼬임에 당하지 않으실 겁니다. 게다가……."

"게다가 또 뭐란 말이냐?"

"아무 생각도 없이 일을 벌일 사람이 아니니 믿고 기다려 보는 수밖에요."

"그걸 말이라고 하는 게냐?"

응계성이 화가 나서 막 발작하려 할 때 하나의 조용한 음성이 들려왔다.

"정해의 말이 맞다. 너는 좀 더 느긋하게 기다릴 줄 알아야 한다."

모두 소리가 난 곳을 돌아보았다.

"장문 사형!"

낙일방이 기쁨에 찬 소리로 외치며 달려갔다.

진산월은 빙긋 웃으며 자신에게 달려든 낙일방의 어깨를 두드렸다.

제8장 천봉팔선(天鳳八仙) 225

"녀석, 갈수록 응석만 느는구나."

낙일방은 진산월이 무사한 것을 보자 그저 기분이 좋은지 연신 히죽거리며 웃었다.

"그런데 어딜 다녀오신 겁니까? 그 운자개인지 뭔지 하는 놈은요?"

"그와 잠시 이야기를 했다."

낙일방은 눈을 휘둥그렇게 떴다. 진산월의 대답이 자신의 예상을 너무나 벗어났기 때문이다.

"그럼 그는 어디 있지요?"

"운문세가로 돌아갔다."

진산월이 너무 태평한 어조로 말하자 다들 반신반의하는 표정이었다. 낙일방은 워낙 궁금한 것을 보면 참지 못하는 성격이라 다시 물었다.

"돌아가다니요? 그자가 어떻게 돌아갔습니까?"

"좋은 말로 타일렀지. 그랬더니 알아듣고 가더군."

진산월이 웃으면서 말했으나 이번에는 아무도 그 말을 액면 그대로 믿지 않았다. 하나 더 이상 그 일에 대해 그를 추궁하려는 사람도 없었다.

"그런데 그자가 무어라고 했길래 그자를 따라가신 겁니까?"

정해가 조금 전부터 궁금하게 생각했던 질문을 던지자 모든 사람의 눈이 진산월의 입을 향했다. 그런데 진산월의 입에서 나온 대답은 전혀 엉뚱한 것이었다.

"그자는 아무 말도 하지 않았다."

"예? 아무 말도 안 했다고요?"

모두 어안이 벙벙한 얼굴이었다.

"그래. 그자는 아무 말 안 했지. 또 설사 그자가 따라오라고 말한다고 해서 내가 무엇 때문에 그자를 따라간단 말이냐?"

중인들은 무언가에 홀린 듯한 표정이 되었다. 그러다가 그들의 시선이 일제히 정해에게로 쏠렸다. 정해는 당황하여 어쩔 줄 모르고 있다가 진산월을 향해 소리치듯 물었다.

"아니, 그럼 왜 그자와 함께 갑자기 어딘가로 사라지신 겁니까?"

"그자와 함께 가지는 않았다."

"네?"

"단지 그자와 내가 가는 방향이 같았을 뿐이지."

정해는 평소에 똑똑하기로 이름난 인물이었으나 이때만큼은 얼굴 가득 멍청한 표정이 떠오르는 것을 숨길 수가 없었다.

"그게 대체 무슨 말씀이십니까?"

진산월은 빙그레 웃으며 느릿느릿한 어조로 입을 열었다.

"그자가 우리와 대치해 있을 때 갑자기 내 귀로 누군가의 전음(傳音)이 들려왔다. 난 그걸 듣고 나간 것이다."

정해는 경악했다.

"전음이라니…… 대체 누구의?"

"그 이야기는 나중에 하고…… 그보다 그 여인은 정신을 차렸느냐?"

정해는 진산월이 화제를 돌리자 내심 궁금증이 더욱 커졌으나 어쩔 수 없이 그의 물음에 대답했다.
"아직 깨어나지 못했습니다. 상 대협께서 치료를 하셨는데 어찌 된 일인지……."
진산월은 상소홍이 안고 있는 남의 소녀에게로 시선을 돌렸다.
잠시 남의 소녀를 응시하고 있던 진산월은 문득 담담한 음성으로 입을 열었다.
"이제 그만 일어나는 게 어떻겠소?"
그 말에 중인들은 흠칫 놀랐다. 상소홍 또한 깜짝 놀라서 황급히 남의 소녀를 내려다보았다. 과연, 남의 소녀의 기다란 속눈썹이 한 차례 가늘게 떨리더니 그녀가 가느다란 한숨을 내쉬면서 살짝 눈을 뜨는 것이 아닌가?
상소홍은 놀랍기도 하고 어리둥절하기도 해서 우두커니 있다가 그녀가 자신의 품속에서 일어나자 눈을 동그랗게 뜨고 그녀를 쳐다보았다.
"당신…… 벌써부터 정신을 차리고 있었군요. 그런데 왜……."
남의 소녀는 아무 말도 하지 못하고 얼굴을 새빨갛게 물들인 채 당황한 표정으로 붉히고 서 있었다.
상원건은 내심 떠오르는 생각이 있었다.
'이제 보니 그녀는 나에게 치료받은 것이 부끄러워서 일부러 계속 정신을 잃은 척하고 누워 있었던 게로군. 쯧…… 하긴 그럴 만도 하겠지.'
상원건의 짐작대로 남의 소녀는 진즉부터 정신을 차리고 있었으나, 상원건을 볼 염치가 없어 눈을 뜨지 않고 있었던 것이다. 그도 그럴 것이 젊은 처녀의 몸으로 외간 남자에게 몸의 은밀한 부분 가까이까지 손길이 닿게 했으니 아무리 강호(江湖)의 여인(女人)이라고 해도 어찌 부끄럽지 않겠는가?

사실 그녀도 처음에는 전혀 그럴 생각이 아니었다. 하나 정신이 들었을 때 그녀는 자신이 낯선 여자의 품속에 안겨 있음을 알고 몹시 부끄럽고 당황했던 데다 중인들이 서로 이야기에 정신이 팔려 아무도 자신을 주시하지 않자 차마 자신이 깨어났다는 것을 나타내지 못했었다. 게다가 나중에는 응계성이 정해를 다그치는 소리를 듣고 더욱 당황하여 아예 눈을 감은 채 계속 정신을 잃은 행세를 했던 것이다.

진산월이 그녀의 감겨진 속눈썹이 가늘게 떨리고 그녀의 숨결이 고른 것을 보고 그녀가 이미 깨어 있는 상태라는 것을 알아차리지 않았다면, 그녀는 언제까지고 계속 그런 상태로 있었을 것이다.

상원건은 그녀의 처지를 십분 이해하고 있는지라 그녀가 더 이상 무안을 느끼기 전에 먼저 너털웃음을 지어 보였다.

"허허…… 늦게라도 소저께서 정신을 차리셨으니 다행이구려. 내 딸아이의 공력이 아직 미약하여 소저의 몸에 있는 나쁜 기운을 완벽하게 몸 밖으로 밀어내지 못했던 것 같소."

그는 경험 많은 인물답게 은근슬쩍 그녀가 방금 전에야 겨우 정신을 차렸을 거라는 투로 말을 꺼냈다.

남의 소녀는 한 차례 더 상소홍을 바라보더니 목 부분까지 벌겋게 물들인 채 머리를 숙였다.

"도움을 주셔서 감사합니다……."

그녀의 음성은 거의 기어 들어가는 듯 했으나, 음성이 또랑또랑하고 마디가 분명해서 아주 감미롭게 들렸다.

상소홍은 엉겁결에 자신도 얼굴이 붉어져 덩달아 고개를 숙이고 말았다.

"네, 괜찮아요. 저보다 아버님이……."

남의 소녀는 상원건을 제대로 바라보지도 못한 채 허리를 숙여 인사했다.

"대…… 대협…… 소녀를 살려 주신 은혜는 결코 잊지 않겠습니다……."

상원건은 손을 휘휘 내저으며 웃었다.

"허허…… 은혜라니, 당치 않소. 그보다 어떻게 하다 그런 부상을 입게 되었소?"

남의 소녀는 잠시 머뭇거리더니 이내 입술을 잘근잘근 깨물며 입을 열었다.

"소녀는 천봉궁의 남봉(藍鳳) 엄쌍쌍(嚴雙雙)이라고 합니다. 이번에 궁을 나왔다가 평소 본 궁(本宮)과 사이가 좋지 않았던 악적(惡賊)의 습격을 받았습니다. 대협의 존성대명은 어떻게 되시는지요?"

상원건은 눈을 크게 떴다.

"이제 보니 천하에 명성이 자자한 천봉팔선자(天鳳八仙子) 중의 한 분이셨구려. 말로만 듣던 팔선자의 옥용(玉容)을 이렇게 직접 보게 되니 정말 영광이오. 나는 감숙의 상원건이라 하외다."

남의 소녀의 정체를 알고 나자 모두들 깜짝 놀랐다. 남의 소녀가 천봉궁의 인물이리라는 것은 정해가 이미 예상한 바 있었지만, 그녀가 천봉궁에서도 특이한 위치에 있는 팔대선자(八大仙子) 중의 하나라고는 누구도 상상치 못했던 것이다.

천봉궁은 강호상에서는 신비로 점철된 문파였다.

강호에서 활동하고 있는 그들의 문하는 비록 많지 않으나 하나같이 재색을 겸비하고 무공이 높은 여인들이어서 모든 무림인들에게 호기심과 외경(畏敬)의 대상이 되고 있었다. 특히 그중에서도 천봉팔선자라 불리는 여덟 명의 여인들은 그 미모와 무공이 실로 놀라워서 강호상(江湖上)에 그 명성이 자자하게 퍼져 있었다.

상원건은 그녀의 정체를 알고 나자 의구심이 더욱 짙어졌다.

"소저를 습격한 사람은 대체 누구요?"

엄쌍쌍은 한결 마음이 가라앉은 듯 음성 또한 조금 전보다 훨씬 더 침착해져 있었다. 그녀는 그의 물음에는 답하지 않고 오히려 나직한 음성으로 되물었다.

"상 대협께선 혹시 강호 무림에 모든 마인(魔人)들을 굴복시키는 하나의 영(令)이 있다는 말을 들어 보신 적이 있나요?"

"마인들을 굴복시키는 영?"

무심코 뇌까리던 상원건의 안색이 갑자기 흙빛으로 변했다.

어찌나 놀랐던지 그의 음성은 평상시의 그답지 않게 가늘게 떨려 나오고 있었다.

"소, 소저께서 말씀하신 것은 혹시 그 만마(萬魔)를 굴복시킨다는 신목령(神木令)이 아니오?"

엄쌍쌍은 무거운 표정으로 고개를 끄덕였다.

"그래요. 바로 그 신목령이에요."

신목령!

대체 신목령이 무엇이기에 항상 침착하고 냉정을 잃지 않던 상원건이 이토록 놀라는 것일까?

신목령은 하나의 작고 거무튀튀한 나무로 만든 소검(小劒)이었다. 크기는 어른의 손바닥만 했는데, 곁에 단정한 자세로 앉은 백발노인이 음각(陰刻)으로 새겨져 있다는 것을 제외하고는 전혀 특이한 곳이 없어 보이는 물건이었다.

하나 이 평범한 목검(木劒)이 강호상에서 차지하는 비중은 상상을 초월하는 엄청난 것이었다. 적어도 마도에 몸을 담고 있는 무림인들에게 신목령은 절대적인 권위와 복종의 상징이었다. 마도인(魔道人)들에게 있어 신목령을 거역한다는 것은 곧 죽음을 자초하는 일이었다.

"저를 공격한 사람은 바로 그 신목령의 고수입니다."

엄쌍쌍의 말에 상원건은 안색이 여러 차례 변했다.

신목령은 이미 오래 전부터 마도의 우상(偶像)으로 군림해 오고 있었다. 대체 천봉궁이 무슨 일로 신목령의 비위를 거슬렸단 말인가?

엄쌍쌍은 그에 대한 자세한 이야기는 별로 하고 싶지 않은 표정이었다.

진산월 일행은 비록 강호에는 처음 출도(出道)하는 것이었지만 신목령에 대한 소문은 그들도 익히 들어 오고 있었다. 그들은 내심 궁금한 점이 한두 가지가 아니었으나 엄쌍쌍이 자세한 내막을 밝히기를 꺼려하는 눈치이자 꼬치꼬치 캐묻지는 못했다.

한데 바로 그때였다.

"육매(六妹), 이곳에 있었구나."

갑자기 그들 뒤에서 영롱한 여인의 음성이 들려왔다.

중인들이 놀라 뒤를 돌아보니 언제 나타났는지 그들에게서 오 장여 떨어진 곳에 각기 짙은 황의와 청의 경장을 입은 두 명의 여인이 우뚝 서 있었다.

두 여인 모두 이십 대 초반으로 보였는데, 하나같이 보는 사람의 눈을 휘둥그렇게 만들 정도로 뛰어난 미녀들이었다.

황의를 입은 여인은 갸름한 얼굴에 피부가 유난히 하얗고 눈빛이 초롱초롱하게 반짝여 이지적인 인상을 짙게 풍기고 있었다. 그에 비해서 청의경장의 여인은 키가 훌쩍 크고 약간 가무잡잡한 피부에 날카로운 눈매를 하고 있었다.

두 여인을 보자 엄쌍쌍은 굳었던 얼굴을 활짝 펴며 반색을 했다.

"두 분 언니, 오셨군요."

그녀는 놀란 사슴이 뛰는 듯한 동작으로 두 여인을 향해 달려갔다.

황의 여인은 입가에 부드러운 미소를 지으며 자신들을 향해 달려오는 엄쌍쌍을 바라보고 있다가 그녀의 옷이 여기저기 찢어지고 입가에 피가 묻어 있는 것을 보고는 안색이 약간 변했다.

"육매, 많이 다쳤느냐?"

"괜찮아요. 혈라인 한 대를 맞기는 했지만……."

그 말에 황의 여인은 물론이고 싸늘한 표정으로 말없이 서 있던 청의경장 여인마저 얼굴이 홱 변했다.

"혈라인이라고? 그렇다면 설마 혈수존자(血手尊子) 오욕백(吳浴魄)이 너를 공격했단 말이냐?"

"오욕백 본인은 아니었고 신목령의 고수 중 한 사람이었어요."

황의 여인은 다시 한 번 유심히 엄쌍쌍의 안색을 살피고는 그녀의 상태가 위태롭지 않다는 걸 알았는지 그제야 안색이 조금 풀어졌다.

"어쩐지…… 오욕백 본인이었다면 네가 무사히 살아 있을 리가 없지."

혈수존자 오욕백은 삼십 년 전에 천하를 풍미했던 일대의 고수였다.

혈라인은 그의 독문 무공(獨門武功)으로, 당년에 오욕백이 이 혈라인을 전개하면 반경 오 장 이내에는 아무도 살아남지 못한다는 소문이 퍼져 있었다. 특히 혈라인은 내가의 호신강기를 전문적으로 파괴하는 위력을 지니고 있어서, 절정에 이르면 인간의 몸뚱이로는 도저히 견디지 못한다고까지 알려져 있는 마공 절학(魔功絕學)이었다.

황의 여인은 걱정이 완전히 가시지 않는 얼굴로 엄쌍쌍의 손을 잡았다.

"비록 오욕백이 직접 손을 쓰지 않았더라도 혈라인은 워낙 악독한 무공이라 네 상세가 적지 않았을 텐데…… 정말 괜찮겠니?"

엄쌍쌍은 고개를 끄덕이며 한쪽에 서 있는 상원건을 살짝 가리켰다.

"다행히 저분 대협께서 치료해 주셔서 위급한 상태는 넘긴 것 같아요."

그 말에 황의 여인의 시선이 상원건과 진산월 일행에게로 향했다.

그들을 바라보는 그녀의 눈빛은 한 줄기 혜성처럼 차갑고 맑게 빛나고 있었다. 그녀의 시선은 상원건과 그의 등 뒤에 있는 상소홍, 그리고 낙일방과 정해 등을 거쳐 진산월에게 잠깐 고정되었다.

그러다 이내 그녀의 시선은 다시 움직여 상원건을 향했다.

"저분이 너를 구했단 말이지?"

"예."

잠시 두 여인은 서로 무이라고 나직하게 소곤거렸다. 그러다 이내 황의 여인은 상원건의 앞으로 다가와 그를 향해 가볍게 목례를 했다.

"제 동생을 도와주셔서 무어라고 감사드려야 할지 모르겠군요. 대협께선 혹시 감숙의 이름난 명협(名俠)이신 비룡객 상 대협이 아니신지요?"

상원건은 빙긋 웃으며 포권을 했다.

"허허…… 명협이라니 당치 않소. 위기에 처한 사람을 도와주는 것은 인지상정이니 너무 과분한 칭찬은 받기 어렵구려. 그보다 소저께선……?"

제8장 천봉팔선(天鳳八仙) 235

"저는 금교교(琴巧巧)라고 합니다."

황의여인의 말에 상원건의 눈이 번쩍하고 빛났다.

"아! 이제 보니 천봉팔선자 중의 셋째이신 영봉(靈鳳) 금 소저이셨구려."

천봉팔선자는 첫째인 백봉(白鳳) 정소소(鄭素素)부터 막내인 옥봉(玉鳳) 누산산(婁珊珊)까지, 여덟 명이 하나같이 재색을 겸비한 일대 기녀(一大奇女)들이었다. 그중에서도 특히 영봉 금교교는 가장 영리하고 재주가 많은 여인으로 알려져 있었다.

상원건은 금교교와 함께 나타났던 청의 여인을 힐끗 쳐다보았다.

'그렇다면 저 여인도 천봉팔선자 중의 일인(一人)이겠군.'

그의 짐작대로 청의여인은 천봉팔선자 중에서 둘째이며 그들 중 성격이 가장 차갑고 싸늘하다는 취봉(翠鳳) 두청청(杜靑靑)이었다.

천하에 명성이 자자하고 무림인이라면 누구나가 만나 보기를 원한다는 천봉팔선자 중의 세 사람을 한자리에서 볼 수 있게 된 것은 운이 좋다고밖에 말할 수 없을 것이다.

금교교는 상원건의 뒤에 서 있는 진산월 등을 돌아보았다.

"다른 분들은 일행이십니까?"

그 말에 상원건은 퍼뜩 정신이 든 듯 자신의 머리를 툭 쳤다.

"이런…… 내 정신 좀 보게. 인사하시오. 이분들은 종남에서 나온 분들이시오."

금교교의 눈빛이 유달리 반짝거렸다.

"종남이라면…… 섬서성의 종남파 말입니까?"

누군가가 이렇게 물었다. 종남의 문하라고 말하면 반드시 섬서성에 있는 종남파냐고 다시 한 번 묻고는 하는 것이다. 모두들 입맛이 쓸 수밖에 없었다.

하나 진산월은 아무렇지도 않은지 담담하게 웃으며 포권을 했다.

"종남의 진산월입니다."

금교교는 별로 미안해 하거나 꺼려하는 빛 없이 머리를 조금 숙였다.

"금교교입니다."

그녀는 오랫동안 강호 무림에 나타나지 않던 종남의 고수들을 이곳에서 보게 되었다는 것이 조금 뜻밖이기는 했으나, 그들에게는 별로 신경을 쓰지 않았다. 그들이 상원건의 일행이 아니었다면 한번 훑어보고는 그대로 지나치고 말았을 것이다.

그만큼 종남파는 강호상에서 잊혀 가는 이름이 되고 있었다.

임영옥과 정해 등 다른 사람들은 속으로야 기분이 좋지 않았겠지만 겉으로는 별다른 표정의 변화가 없었다. 하나 낙일방만은 그렇지 않았다.

그는 얼굴이 붉게 상기된 채 입술을 꼬옥 깨물고 있었다. 정해가 재빨리 알아차리고 그의 손목을 살짝 잡지 않았다면 그는 참지 못하고 무어라고 쏘아붙이고 말았을 것이다.

낙일방은 정말 억울하고 분했다. 더욱 화가 솟구친 것은 금교교가 진산월에게만 목을 까닥거려 인사를 했을 뿐, 다른 사람들은 쳐다보지도 않고 휑하니 몸을 돌려 자기 일행에게로 가 버렸다는 것이다.

'제길…… 빌어먹을…….'

낙일방은 속으로 이 소리만을 뇌까리고 있었다.

금교교는 그들에게 등을 돌린 채 엄쌍쌍에게 무어라고 나직하게 이야기했다.

그때 이제껏 말이 없던 두청청이 불쑥 입을 열었다.

"이제 그만 가자."

그녀의 음성은 차갑고 싸늘한 외모만큼이나 냉랭한 것이었다. 이어 음성의 여운이 채 사라지기도 전에 그녀의 신형은 땅을 박차고 날아오르고 있었다.

금교교는 다시 상원건을 향해 고개를 숙여 정중하게 인사를 했다.

"상 대협께서 저희 육매를 위해 도움의 손길을 주신 것은 결코 잊지 않겠습니다. 언제라도 저희 천봉궁에 들러 주신다면 반드시 이 은혜를 갚도록 하겠습니다."

상원건은 사람 좋아 보이는 얼굴에 환한 웃음을 머금었다.

"허허…… 은혜라니, 별말씀을. 사실 나보다는 이분들의 힘이 더 컸소이다."

금교교는 그의 말을 들었을 텐데도 별다른 내색을 하지 않고 가볍게 고개를 끄덕였다.

"그럼 저희는 그만 가 보겠습니다. 다음에 다시 뵙도록 하지요."

허공으로 이 장여 솟구쳐 오르던 그녀는 문득 엄쌍쌍이 몸을 날릴 생각을 하지 않고 엉거주춤한 자세로 서 있는 것을 발견하고는 소리쳤다.

"육매, 왜 그러고 있는 게냐? 다들 기다리고 있으니 어서 가도록 하자."

엄쌍쌍은 미안함과 송구함이 가득 담긴 눈으로 진산월 일행과 상원건을 번갈아 바라보다가 기어 들어가는 듯한 음성으로 소곤거렸다.

"정말 죄송합니다. 다음에 다시 뵈면……."

상원건이 괜찮다는 듯 빙긋 웃으며 어서 가 보라고 손짓을 하자 그제야 엄쌍쌍은 얼굴을 붉히며 두 여인이 몸을 움직인 곳으로 신형을 솟구쳤다.

몇 번 몸을 날리지도 않아 세 여인의 모습은 중인들의 시야에서 아득히 멀리로 사라져 갔다.

"정말 뛰어난 신법이군. 저게 바로 그 유명한 천봉궁의 비봉능운신법(飛鳳凌雲身法)인가?"

상원건은 그녀들의 뒷모습을 바라보며 감탄 어린 음성을 토해 냈다.

그때, 갑자기 그의 뒤에서 성난 외침이 흘러나왔다.

"제기랄…… 빌어먹을!"

상원건은 소리가 들린 곳을 쳐다보다가 낙일방이 얼굴을 시뻘겋게 물들이며 씩씩거리고 있는 광경을 발견하고는 그에게 다가가며 물었다.

"자네, 왜 그러는가?"

낙일방은 무엇이 그리도 원통한지 두 눈을 빨갛게 충혈시킨 채 큰 소리로 투덜거렸다.

"이런 제기랄. 무림의 여자들은 모두 저렇게 도도하고 안하무인입니까? 사람을 구해 주어도 고맙다는 말 한 마디는커녕 힐끔 쳐다만 보고 가 버리다니……."

그제야 상원건은 사정을 짐작하고는 내심 고개를 끄덕였다.

'하긴…… 억울할 만도 하겠지. 강호 무림의 인심(人心)이 얼마나 냉혹한 것인지를 처음 겪었을 테니…….'

금교교가 그나마 상원건에게 예의를 차린 것은 그가 강호상에서 어느 정도의 명성을 떨치고 있는 인물이었기 때문이다. 심지어 그들 중 두청청은 떠날 때까지 입도 뻥긋하지 않았지 않는가?

그렇다고 그녀들이 은혜를 모르는 것은 아니었다. 단지 강호에서 그녀들의 신분으로 아무에게나 쉽게 머리를 조아리거나 굽실거릴 수 없었을 뿐이다.

하나 낙일방은 그렇게 생각하지 않는 것이 분명했다. 누구라도 이런 대접을 받게 된다면 억울하고 화가 나는 것은 당연한 일일 것이다.

상원건이 슬쩍 둘러보니 낙일방뿐만 아니라 응계성의 얼굴도 붉으락푸르락해져 있었다. 정해도 안색이 별로 좋지 않았고, 임영옥은 눌러쓴 방갓 아래로 나직한 한숨을 내쉬고 있었다.

단지 진산월만이 입가에 빙글빙글 미소를 지은 채 붉게 물든 낙일방의 얼굴을 재미있다는 듯 바라보고 있었다.

상원건은 진산월이 무엇 때문에 웃고 있는지 몰라 어리둥절한 생각이 들었다.

'저자는 대체 무슨 생각을 하고 있는 거지?'

진산월은 한동안 이를 갈며 씩씩거리고 있는 낙일방을 쳐다보고 있다가 불쑥 입을 열었다.

"그녀들을 탓할 필요는 없다. 그녀들의 칭찬을 받기 위해서 그런 일을 한 게 아니니까 말이다."

낙일방은 아직도 분한 마음이 풀리지 않았는지 퉁명스런 어조로 말했다.

"저도 그런 건 압니다. 하지만 장문 사형, 그렇다고 이런 무시를 당할 줄은 정말 몰랐단 말입니다."

"예쁜 여자들이 너를 쳐다보지도 않고 떠나가서 서운했단 말이냐? 그렇다면 걱정하지 마라. 다른 여자들은 몰라도 엄쌍쌍은 떠날 때까지 계속 너를 힐끔거리고 있었으니까."

낙일방의 얼굴이 다시 붉게 물들었다.

"장문 사형도 참…… 저는 지금 농담하고 싶은 기분이 아닙니다."

진산월은 여전히 입가에 희미한 미소를 짓고 있었지만, 그의 눈빛 속에는 엄격한 그 무언가가 담겨져 있었다.

"나도 농담을 하는 게 아니다. 엄쌍쌍은 확실히 우리들 중 너를 제일 유심히 보았지. 하지만 네가 문제 삼는 게 그런 게 아니라면 더더욱 억울해 할 필요가 없다."

낙일방은 무어라 말하려고 했으나 진산월이 다시 입을 열었다.

"네가 억울한 것은 그녀들이 우리같이 대단한 사람들을 몰라봤기 때문이냐, 아니면 저런 미인들을 사귀어 볼 수 있는 좋은 기회를 놓쳤기 때문이냐?"

"……!"

"그녀들이 우리를 무시했기 때문이라면 우리는 네 생각보다 대단한 인물들이 아니니 억울할 필요가 없다. 그리고 그녀들을 사귀지 못한 게 불만이라면 다음에 그녀들을 만났을 때 네 의향을 밝히면 된다."

진산월은 문득 정색을 했다.

"남이 자신을 인정해 주기를 바라지 마라. 네가 진정한 실력을 지니고 있다면 네가 원하지 않아도 남들이 먼저 너를 인정해 줄 것이다."

낙일방은 한동안 우두커니 진산월을 바라보고 있다가 이윽고 고개를 떨구었다.

"알았습니다, 장문 사형."

"그럼 됐다. 아무튼 이번 일로 우리는 한 가지 소중한 경험을 하게 되었다."

모두의 시선이 진산월에게로 향했다.

진산월은 그들을 한 차례 둘러보다가 빙긋 웃으며 입을 열었다.

"모두들 강호에 나와서 싸워 본 것은 이번이 처음이겠지? 어떠냐? 그렇게 나쁜 기분은 아니었지?"

그 말에 낙일방을 비롯한 중인들의 얼굴에 비로소 웃음이 떠오르기 시작했다. 낙일방은 조금 전까지만 해도 시무룩하던 얼굴을 활짝 펴며 밝게 웃었다.

"나쁠 리가 있겠습니까? 전 아주 신나던데요."

그 표정이 어찌나 실감나 보이던지 진산월은 그의 머리를 쓰다듬으며 낭랑한 웃음을 터뜨렸다.

"하하하……."

제 9 장
신목오호(神木五號)

제9장 신목오호(神木五號)

그날 밤.

진산월은 남들이 모두 잠이 든 것을 확인한 다음 조용히 임영옥의 방을 찾아갔다.

그가 그녀의 방문을 조용히 두드리자 안에서 그녀의 나직한 음성이 들려왔다.

"들어오세요."

진산월은 방문을 열고 들어갔다. 임영옥은 아직 옷도 벗지 않은 채 침상머리에 단정한 자세로 앉아 있었다. 진산월이 조금 전 아무도 모르게 그녀에게 살짝 오늘 밤에 찾아가겠다는 말을 했었기 때문에 그녀는 아직 자지 않고 그를 기다리고 있었던 것이다.

진산월은 촛불을 사이에 두고 그녀와 마주 보고 앉았다.

어두운 밤. 흐릿한 촛불 아래로 보이는 그녀의 모습은 아름다움을 넘어 황홀하기까지 했다.

　진산월은 이제껏 구 년 동안 수백, 수천 번이나 그녀를 보아 왔으나 깊은 밤에 금시라도 꺼질 듯 흔들거리는 촛불 아래로 보이는 그녀의 모습만큼 자신을 매혹시키는 것은 일찍이 본 적이 없다고 생각했다.

　진산월이 말없이 자신을 쳐다보고만 있자 임영옥은 그윽한 눈으로 그를 응시하며 물었다.

　"사형이 저를 보자고 한 건 오후에 사형이 운자개를 따라갔던 일 때문인가요?"

　진산월은 빙그레 미소 지으며 고개를 끄덕였다.

　"과연 사매는 눈치가 빠르군."

　임영옥은 진산월이 운자개와 함께 어딘가로 사라졌다가 다시 나타난 것에는 필시 곡절이 있으리라는 것을 짐작하고 있었다.

　진산월이 밤에 조용히 임영옥을 찾아온 것은 그때의 일을 설명해 주기 위해서였다. 한데 진산월은 왜 굳이 다른 사람들 모르게 임영옥에게만 사실을 이야기하려고 하는 것일까?

　"그때 나와 운자개가 누군가의 전음을 받고 밖으로 나갔다는 건 알고 있지?"

　"그래요."

　"사실은…… 그때 내게 전음을 보낸 사람은 사매도 잘 알고 있는 사람이었어."

　"그가 누군데요?"

　"악자화(岳子華)."

진산월의 음성은 조용하고 나직했으나, 임영옥의 귀에는 천둥소리보다 더욱 크게 들렸다. 그녀는 아름다운 봉목(鳳目)을 크게 뜬 채 자신도 모르게 황급히 되물었다.

"악…… 사형(岳師兄)이라고요?"

진산월은 묵묵히 고개를 끄덕였다.

임영옥의 눈빛은 평소의 그녀답지 않게 가늘게 떨리고 있었다.

그녀의 성품은 차분하고 침착해서 좀처럼 놀라거나 경동(驚動)하는 법이 없었다. 그런데 지금은 '악자화'라는 한마디에 이처럼 크게 흔들리는 모습을 보이고 있으니 이것만 보아도 그녀가 얼마나 심적으로 커다란 충격을 받았는지 여실히 짐작할 수 있었다.

악자화!

그 이름은 임영옥과 진산월에게는 잊을 수 없는 이름이었다.

특히 임영옥에게는 더더욱 잊힐 수 없는 이름이었다.

진신월은 자신이 악자화를 만나게 된 과정을 천천히 설명하기 시작했다.

* * *

진산월이 악자화의 전음을 받은 것은 막 그가 후원으로 뛰어들어 남봉 엄쌍쌍을 암습하려는 운자개를 제지한 다음이었다.

운자개는 분노한 함성을 내지르며 그에게 덤벼들려 했다.

그때 그 음성이 들려왔다.

- 지금 곧 동쪽으로 나와라.

밑도 끝도 없이 들려온 그 음성에 진산월은 어리둥절한 눈으로 주위를 둘러보았다.

"무슨 일입니까, 장문 사형?"

정해가 의아한 얼굴로 물어보았다. 진산월은 그 전음이 자신에게만 들려온 것임을 깨닫고 막 무어라고 입을 열려 했다.

그때 갑자기 운자개가 인상을 찡그리더니 그들을 힐끗 노려보고는 아무 말도 하지 않고 밖으로 뛰쳐나가는 것이었다. 금시라도 덤벼들 듯하던 운자개가 돌연 밖으로 나가자 진산월은 문득 떠오르는 생각이 있었다.

'운자개도 전음을 받은 모양이군. 그렇다면 전음의 주인은 운문세가의 고수란 말인가?'

그가 순간적으로 머뭇거리고 있을 때 다시 예의 그 전음이 들려왔다.

- 무얼 망설이느냐? 지금 당장 나오너라.

그 음성을 듣자 진산월은 마음을 굳히고 정해와 임영옥을 돌아보았다.

"곧 돌아올 테니 이곳을 잘 지키고 있어라."

이어 두 사람이 무어라고 하기도 전에 밖으로 몸을 날렸다.

그는 방을 벗어나 반쯤 무너진 담장을 훌쩍 뛰어올랐다.

한데 그가 막 담장 위에 올라서려는 순간, 갑자기 어디선가 예리한 파공음과 함께 차가운 섬광 두 줄기가 진산월의 양쪽 관자놀이를 향해 쏘아져 오는 것이 아닌가?

쐐액!

그 섬광의 날아드는 속도가 워낙 빠르고 갑작스러웠던지라 진산월이 기척을 알아차렸을 때는 이미 섬광은 그의 지척에 다다르고 있었다.

진산월은 황급히 소맷자락을 휘둘러 그 섬광들을 떨어뜨리려 했다.

바로 그때였다.

휘익!

갑자기 근처의 멀지 않은 숲속에서 회색 그림자가 번뜩이더니 무서운 속도로 날아들던 두 개의 섬광이 맥없이 허공으로 튕겨져 나가 버리고 말았다.

따땅!

날카로운 쇳소리를 내며 십여 장 밖으로 튕겨진 섬광의 정체는 다름 아닌 수리검(袖裡劍)이었다.

회색 그림자는 두 개의 수리검을 쳐 내며 빠르게 진산월의 앞을 스치고 지나갔다.

그와 함께 진산월은 나직하면서도 분명한 음성을 들을 수 있었다.

- 따라오너라.

진산월은 그 음성이 조금 전에 자신에게 전음을 보낸 것과 같은 사람의 것임을 알아차리고 자신도 모르게 그의 뒤를 따라 몸을 움직였다.

문득 생각난 것이 있어 슬쩍 고개를 돌려 보니 십여 장 밖에서 운자개가 허겁지겁 등을 돌리고 달아나는 모습이 시야에 들어왔다. 운자개는 무언가 무서운 것을 본 사람처럼 안색이 창백하게 굳어진 채 뒤도 돌아보지 않고 정신없이 앞으로 달려 나가고 있었다.

진산월은 조금 전에 자신을 암습했던 사람이 바로 운자개였음을 알아차렸으나, 그가 대체 무엇을 보고 저렇게 놀라고 겁에 질려 달아나는지는 알 수가 없었다.

하나 더 이상 생각을 굴릴 겨를이 없었다. 모든 의문은 자신의 앞을 질주하는 회색 그림자를 따라가면 풀릴 것이다. 진산월은 이렇게 생각하며 주저 없이 회색 그림자를 따라 신형을 날리고 있었다.

진산월은 가쁜 숨을 몰아쉬었다.

'정말 빠르군.'

원래 신법(身法) 방면에서는 별다른 소질이 없던 그였다.

종남의 제자들 중 신법이 가장 빠른 인물은 방취아였다. 그녀는 다른 건 몰라도 신법에 관한 한 아주 특출한 재질을 가지고 있어서 종남의 비전(秘傳)인 비연신법(飛燕身法)을 상당한 경지까지 익히고 있었다.

진산월은 예전에 방취아가 머리에 물동이를 지고 한 번에 오장이나 날아가는 것을 보고 굉장히 부러웠던 적이 있었다.

그런데 지금 그의 앞을 날아가고 있는 회색 인영은 한걸음에 적어도 칠팔 장을 날아가고 있었다. 그것도 전력을 다하지 않은 것임이 분명했다.

벌써 오 리(五里) 가까이나 치달려 왔는데도 상대는 멈출 줄을 몰랐다. 진산월은 숨이 턱 끝까지 차올라 와서 숨쉬기도 힘이 들 정도였다.

동쪽으로 얼마쯤 가니 하나의 울창한 대나무 숲이 나타났다. 무서운 속도로 질주하던 회색 인영은 그 대나무 숲이 시작되는 초입에 도달해서야 겨우 몸을 멈추었다.

그제야 진산월은 그의 모습을 자세히 살펴볼 수 있었다.

그는 짙은 회의(灰衣)를 입고 키가 훤칠한 사나이였다. 치렁치렁한 검은 머리를 하나로 묶어 허리 아래까지 늘어뜨렸고, 양쪽 소맷자락이 유난히 넓어서 더욱 시선을 끌었다.

회의 사나이는 번쩍이는 눈으로 자신을 향해 달려오는 진산월을 응시하고 있었다. 회의 사나이의 얼굴을 본 진산월의 표정이 이상하게 굳어졌다.

회의 사나이는 진산월을 뚫어지게 바라보고 있다가 불쑥 입을 열었다.

"나를 만난 게 뜻밖이냐?"

진산월은 고개를 끄덕였다.

"그렇소."

"그런데도 너는 별로 놀라지 않는구나."

"목소리를 듣고 혹시 당신이 아닐까 생각하고 있었소."

회의 사나이는 잠시 침묵을 지키다가 다시 말했다.

"확실히 너는 예전부터 좀처럼 놀라지 않는 성격이었지. 하지만 오 년 동안이나 만나지 않았는데도 단번에 내 목소리를 알아듣다니 과연 대단하구나."

회의 사나이의 이름은 악자화라 했다.

섬서성 봉상(鳳翔) 태생으로, 진산월보다 세 살이 더 많았다.

그는 진산월보다 육 개월 늦게 종남파에 들어왔으며, 어린 진산월과 임영옥을 대신해서 맏형 노릇을 했다. 기재가 탁월하고 무공에 대한 집념이 강해서 임장홍의 기대를 한 몸에 받고 있었다.

하나 삼 년 후 그는 돌연 종남파를 뛰쳐나왔고, 그 후로 진산월은 그를 만나지 못했다. 만나기는커녕 소식조차 들은 적이 없었다.

그런 악자화가 오 년 만에 불쑥 진산월의 눈앞에 나타난 것이다.

진산월은 오 년 만에 다시 만난 그에게 물어보고 싶은 말이 너무도 많았다. 그동안 어디 있었는지, 무엇을 하며 지냈는지, 왜 단 한 번도 연락이 없었는지…….

하나 그는 한동안 침묵을 지키다가 불쑥 이렇게 물었을 뿐이었다.

"왜 나를 불렀소?"

그의 어조는 평소의 그답지 않게 낮게 가라앉아 있어서 퉁명스러워 보이기조차 했다.

악자화는 차갑게 빛나는 눈으로 진산월을 뚫어지게 바라보고 있다가 얄팍한 입술을 살짝 열었다.

"나를 만난 게 반갑지 않은 모양이로군."

진산월은 담담한 표정으로 고개를 저었다.

"그런 건 아니오. 단지 이런 곳에서 만나게 된 것이 조금 의아했을 뿐이오."

"궁금할 것 없다. 다른 일로 이곳에 왔다가 너희들을 발견하고 불러낸 것뿐이니."

진산월은 악자화를 빤히 쳐다보았다.

"단지 그뿐이오?"

악자화의 입꼬리에 묘한 미소가 떠올랐다. 그것은 어찌 보면 차가운 비웃음 같기도 했고, 어찌 보면 오랫동안 참았던 일을 해치우게 된 회심의 미소 같기도 했다. 또 어찌 보면 먹이를 둔 늑대처럼 사나운 웃음 같기도 했다.

"너에게 갚아야 할 빚도 있고 말이야."

"나에게 빚이 있단 말이오? 나는 그 반대라고 생각하는데……."

"아무래도 상관없다. 너와 내가 그때의 일을 잊지 않고 있다면 말이지."

"나는 물론 잊지 않고 있소."

"나도 그렇다."

그 말을 끝으로 두 사람 사이에는 묘한 침묵이 감돌았다.

진산월은 평소의 그답지 않게 약간은 침울해 보였다. 악자화 또한 입가에는 여전히 미소가 감돌고 있었지만, 눈빛은 오히려 한층 더 차갑고 음산하게 굳어져 있었다.

한참 후, 악자화는 이상하리만치 낮게 가라앉은 음성으로 입을 열었다.

"내가 너를 이곳으로 불러낸 이유는 한 가지 충고를 해 주기 위해서다."

"……."

"앞으로 두 번 다시 천봉궁의 일에 개입하지 마라."

"천봉궁?"

"천봉궁과 우리 사이의 일에 끼어들지 말라는 뜻이지."

"우리라니?"

악자화는 진산월의 얼굴을 빤히 응시하고 있다가 슬쩍 오른손을 휘둘렀다.

쉭!

거의 알아들을 수도 없을 만큼 미약한 음성과 함께 진산월의 발밑에 무언가 새하얀 물체가 날아와 떨어졌다.

그 물체를 확인한 진산월의 얼굴이 무겁게 굳어졌다.

그것은 손바닥 크기만 한 작은 목검이었다. 특이하게도 목검은 거무튀튀한 흑색 빛을 띠고 있었는데, 검신(劍身)의 하단 부분에 백발노인의 좌상(坐像)이 새겨져 있었고, 그 아래의 손잡이 부분에는 '오(五)'라는 숫자가 정교한 솜씨로 파여 있었다.

진산월은 이 흑목검(黑木劍)을 처음 보았지만, 이것이 무엇인지를 단번에 알아보았다. 이 목검에 대한 소문을 이미 귀가 따갑도록 들어왔던 것이다.

"신목령……."

진산월의 입에서 나직한 신음성이 흘러나왔다.

악자화는 처음과 변함없는 목소리로 입을 열었다.

"그렇다. 이것이 바로 신목령이다."

신목령!

강호의 만마를 굴복시킨다는 마도의 우상, 신목령이 드디어 나타난 것이다.

"나는 신목오호(神木五號)다."

신목령의 주인은 물론 신목령주(神木令主)다.

신목령주는 자타가 공인하는 마도 제일인(魔道第一人)이며, 강호 무림의 전설적인 존재였다. 그는 휘하에 모두 열두 명의 사자(使者)를 두었는데, 그들을 일호(一號)부터 십이호(十二號)라고 불렀다. 신목오호라면 열두 명의 사자들 중 다섯 번째 서열이라는 뜻이었다.

오 년 전에 종남파를 떠났던 악자화가 뜻밖에도 신목령의 사자가 되어 있었던 것이다.

악자화는 다시 소맷자락을 가볍게 휘둘렀다.

그러자, 진산월의 발밑에 꽂혀 있던 신목령이 마치 보이지 않는 줄에 매달려 끌려가듯 그의 소매 속으로 스르르 날아오는 것이 아닌가?

평소에는 좀처럼 놀라지 않는 진산월도 이 순간만큼은 놀라움을 금할 수 없었다.

"접인신공(接引神功)?"

접인신공이란 내가의 상승 수법(上乘手法) 중 하나로, 멀리 떨어져 있는 물체를 내가의 진기(眞氣)를 이용하여 끌어오는 절학이었다. 공력이 한 갑자가 되기 전에는 감히 시전해 볼 엄두도 내지 못하는 뛰어난 신공인 것이다. 강호의 거대 문파라 해도 접인신공을 자유자재로 펼칠 수 있을 정도의 고수는 손가락으로 꼽을 수 있을 정도에 불과했다.

예전의 악자화는 비록 무공의 재질이 뛰어나고 누구보다도 성취가 빨랐지만, 그 내공은 보잘 것 없는 수준이었다. 그런데 불과 오 년 만에 접인신공을 펼칠 정도로 공력이 상승되어 있다니 눈으로 보고도 믿을 수 없을 정도였다.

악자화는 신목령을 다시 소맷자락 속으로 회수한 후 입가에 냉랭한 미소를 떠올렸다.

"이제 알겠느냐? 네가 천봉궁을 돕는 것은 본령에 대항하는 일이 된다. 그리고 그것은 결국 죽음을 자초하는 짓이 되고 말 것이다."

악자화는 신목령의 십이사자(十二使者) 중 일인이었다. 다시 말하면 신목령에는 그와 비슷하거나 그를 능가하는 고수가 최소한 열두 사람이 있다는 말이다. 악자화가 보여 준 접인신공의 일수(一手)로 볼 때, 이것은 그야말로 신목령이 얼마나 무서운 고수들이 운집한 집단인지를 여실히 나타내 주고 있었다.

"만일 오늘 이곳에 온 사람이 내가 아니고 십이사자 중의 다른 사람이었다면 너희들은 모두 이곳에서 뼈를 묻게 되었을 것이다."

진산월은 악자화가 결코 허언(虛言)을 말하는 것이 아님을 알고 있었다.

하지만 입맛이 씁쓸한 것도 사실이었다.

진산월은 묵묵히 생각에 잠겨 있다가 불쑥 물었다.

"운문세가의 둘째 공자는 당신이 불러들인 거요?"

악자화는 고개를 끄덕였다.

"운문세가는 내 지시를 받고 있다. 평상시라면 우리의 행사(行

事)를 방해하는 자들을 용서하지 않았겠지만…….”

악자화의 입가에 다시 묘한 미소가 떠올랐다.

"상대가 너라면 한 번은 봐줄 수 있다. 이걸로 예전에 지은 빚을 갚은 셈이니까.”

진산월은 묵묵히 그를 응시하고 있다가 조용한 음성으로 입을 열었다.

"애초에 우리 사이에 빚 같은 건 없었소. 당신이 굳이 있다고 생각한다면 말리지는 않겠지만, 그 일로 당신이 나에게 부담을 느끼고 있었다면 이번 일로 없던 것으로 합시다.”

"과연 너다운 말이다. 아무튼 나는 이제 누구에게도 마음의 빚은 없다. 이 말은 다시 말하면 이제는 내가 무슨 짓을 하든 거리낄 게 없다는 뜻이다.”

"당신은 원래 그랬소.”

악자화는 입꼬리를 비틀면서 싸늘하게 웃었다. 차가운 웃음이었지만, 화가 난 것 같지는 않았다.

"오늘 일은 비록 내가 나서서 막아 주었지만, 이런 일은 두 번 다시 없을 것이다. 그러니 앞으로 천봉궁과의 일에는 절대로 끼어들지 마라.”

진산월은 담담하게 되물었다.

"만약 부득이하게 끼어들게 된다면?”

순간 악자화의 안색이 가볍게 변했다. 그는 날이 시퍼렇게 선 비수처럼 날카로운 시선으로 진산월을 쏘아보다가 한 자 한 자 씹어뱉듯이 말했다.

"그날이 바로 종남파가 강호에서 사라지는 날이다."

너무도 섬뜩한 말이었다.

그 음성은 비록 그리 크지 않았으나 그 안에 담겨 있는 진득한 살기와 결연한 의지는 듣는 이의 모골을 송연하게 하는 것이었다.

하나 진산월은 단지 조용하게 웃을 뿐이었다.

"염두에 두겠소."

악자화는 눈쌀을 찌푸린 채 냉랭한 눈으로 진산월을 쳐다보았다.

"내 말을 명심해라. 본령에 거역하는 것은 스스로 무덤을 파는 것이나 마찬가지라는 사실을."

진산월은 묵묵히 고개를 끄덕였다. 그의 표정은 너무 담담해서 어찌 보면 악자화의 말을 별로 귀담아 듣는 것 같지 않아 보였다.

하나 사실은 그렇지 않았다.

진산월은 결코 어리석은 사람이 아니었다. 그는 악자화가 말하는 뜻을 충분히 파악했을 뿐 아니라 그 말이 결코 틀리거나 과장된 것이 아니라는 것도 알고 있었다.

단지 그는 쉽사리 놀라거나 두려움을 느끼는 성격이 아니었을 뿐이다.

악자화는 한참 동안이나 진산월을 뚫어지게 쳐다보고 있다가 천천히 몸을 돌렸다.

"이제 너와 나는 완전한 남남이다. 다음에 다시 만날 때는 이렇게 순순히 물러나는 일은 없을 것이다."

그가 슬쩍 소맷자락을 휘두르자 그의 신형은 허공으로 붕 떠오르더니 미끄러지듯 칠팔 장을 움직여 근처의 죽림(竹林) 위로 훌훌 날아갔다.

그것은 마치 허공에 보이지 않는 줄이 매달려 있어 그 끈을 잡고 가는 듯한 모습이었다. 그것은 탈포양위(奪袍讓位)라는 것으로, 천하 무림에 산재한 수백 종의 신법 중에서도 가장 익히기 힘든 일종이었다.

진산월은 그런 신법이 있다는 말만 들어 보았을 뿐, 실제로 본 것은 이번이 처음이었다. 실제로 본 탈포양위는 말로 듣던 것보다 몇 배나 더 신비롭고 절묘해 보였다.

조금 전에 보여 준 접인신공의 일식과 이번의 탈포양위 신법으로 보아 악자화는 과거와는 비교도 할 수 없는 절정 고수가 되어 있음이 분명했다.

대체 어떻게 무공을 수련해야만 불과 오 년 만에 저런 고수가 될 수 있단 말인가?

악자화의 신형은 순식간에 대나무 숲을 뚫고 사라져 보이지 않게 되었다.

진산월은 그 자리에 못이 박힌 듯 악자화가 사라진 곳을 우두커니 쳐다보고 있었다. 그는 무언가를 골똘히 생각하는 듯 텅 빈 허공을 응시하고 있다가 어깨를 으쓱거리며 오른손으로 뒤통수를 긁었다.

"일이 닥치면 그때 가서 고민해도 되겠지…… 그나저나 사매가 많이 기다리겠군."

그는 나직하게 중얼거리며 객잔 쪽으로 걸음을 옮겼다.

한데 그가 막 죽림을 벗어나려 할 때였다.

쉬악!

미약한 파공음과 함께 싸늘한 경력(勁力)이 그의 코앞으로 쏘아져 들어왔다. 진산월은 옆으로 두 걸음을 황급히 움직여 그 경력을 피했다. 순간, 눈앞에 그림자가 어른거리며 그의 앞에 하나의 인영이 불쑥 나타났다.

"가긴 어딜 가느냐? 하룻강아지 같은 놈!"

싸늘한 호통과 함께 자신의 앞을 가로막은 인영을 본 진산월의 눈살이 자신도 모르게 살짝 찌푸려졌다.

얼굴 가득 냉랭한 미소를 지으며 진산월을 쏘아보고 있는 사람은 다름 아닌 조금 전에 악자화에게 쫓겨 도망쳤던 운자개였던 것이다.

운자개는 피처럼 붉은 혀로 백지장처럼 창백한 자신의 입술을 핥으며 사악하게 웃었다.

"네놈이 감히 본가의 일을 방해하고도 무사할 줄 알았느냐?"

유달리 안면이 새하얀 운자개가 세모꼴 눈을 번뜩이며 붉은 혀를 날름거리는 광경은 한 마리의 독사를 연상케 하는 것이었다.

진산월은 담담한 음성으로 되물었다.

"당신은 아직도 가지 않았소?"

"흐흐…… 오호사자께서 무슨 일로 네놈을 비호하는지는 모르겠지만, 일단 내 눈 밖에 난 이상 네놈과 종남파는 결코 온전히 살아남지 못할 것이다."

진산월은 조금도 화를 내지 않고 오히려 빙긋 웃었다.

"그거 참 듣기만 해도 오금이 저려 오는군. 하지만 당신에게 그런 실력이 있겠소?"

자신의 위협에도 진산월이 조금도 당황하거나 두려워하지 않고 느긋한 모습이자 운자개의 눈꼬리가 쭈욱 치켜 올라갔다.

"네놈이 오호사자를 믿고 큰소리를 치나 본데 이제 곧 그것이 얼마나 잘못된 생각인지를 뼈저리게 느끼도록 해 주겠다."

그때 문득 진산월은 등 뒤에서 인기척을 느꼈다. 그가 슬쩍 뒤를 돌아보자 그의 뒤에는 언제 나타났는지 눈부신 백의를 입은 준수한 미남자가 뒷짐을 진 채 우뚝 서 있었다.

백의 미남자의 나이는 진산월과 엇비슷해 보였다. 코가 약간 매부리코인 것을 제외하고는 누가 보기에도 감탄할 만큼 수려한 용모를 지니고 있었다.

백의 미남자는 입가에 한 줄기 야릇한 미소를 매단 채 진산월을 내연히 응시하고 있었다. 진산월과 시선이 마주치자 백의 미남자는 빙긋 웃었다.

"하하…… 당신이 당대(當代)의 종남파 장문인이오?"

진산월은 고개를 끄덕였다.

"그렇소. 한데 귀하는……?"

백의 미남자는 그의 말에는 대꾸도 없이 계속 웃으며 입을 열었다.

"다섯째 형이 예전에 종남파에 잠깐 있었다는 말은 들었지. 그런 연분(緣分) 때문에 오늘 당신들을 순순히 보내 주려는 것 같군."

제9장 신목오호(神木五號) 263

"……."

"그런데 당신은 운이 너무 나빴소."

"그게 무슨 말이오?"

백의 미남자는 여전히 웃고 있었지만 그의 두 눈은 전혀 웃고 있지 않았다.

"재수 없게도 나를 만났단 말이지. 나는 다섯째 형과 다른 사람이거든."

진산월은 백의 미남자가 말한 다섯째 형이 악자화를 가리키는 말이라는 것을 알 수 있었다. 악자화의 신분이 신목령의 오호사자이니, 그렇다면 백의 미남자도 역시 신목령의 고수임이 분명했다.

진산월은 불쑥 물었다.

"당신은 몇째 사자요?"

백의 미남자의 얼굴은 미소가 감돌고 있었지만, 그것은 다른 어떤 표정보다도 싸늘하고 냉혹한 미소였다. 그가 웃고 있는 것은 단지 습관적인 행동일 뿐이었다.

"구호(九號). 남들은 나를 옥면절정(玉面絕情)이라 부르지."

진산월은 잠시 생각에 잠겨 있다가 조용한 음성으로 입을 열었다.

"그렇다면 당신이 바로 얼굴은 관옥(冠玉)과 같고 마음은 사갈(蛇蝎)과 같으며 하룻밤에 스물두 명의 고수를 살해했다는 그 조화심(趙華心)이오?"

백의 미남자는 활짝 웃었다.

"그래, 맞았소. 내가 바로 옥면절정 조화심이오."

그는 비록 웃고 있었지만, 진산월이 보기에 그것은 한 마리 늑대가 먹이를 앞에 두고 하얀 이빨을 드러내며 으르렁거리는 것 같았다.

진산월은 비록 강호의 경험이 거의 없었으나, 옥면절정 조화심에 대한 소문은 몇 번 들은 적이 있었다.

조화심은 몇 년 전부터 강호에 혜성처럼 나타난 살성으로, 이목구비가 준수하기 그지없으나 일단 손을 쓰면 절대로 상대를 살려 두지 않는 잔혹한 솜씨를 지니고 있어서 많은 무림인들에게 가공스런 존재로 인식되고 있었다.

육 개월 전, 조화심은 동정호(洞庭湖) 일대에서 오랫동안 기반을 닦고 있던 수경방(水鯨幫)에 단신으로 쳐들어가 불과 한 시진 만에 방주(幫主)인 신경(神鯨) 포일락(鮑日落)과 스물한 명의 수경방 고수들을 모두 도륙한 적이 있었다. 그 일은 당시 천하를 떠들썩하게 만든 일대 혈사(一大血事)로, 그 뒤로 사람들은 조화심이란 이름만 들어도 안색이 변하기 일쑤였다.

그동안은 아무도 그의 진실한 신분 내력을 알지 못했는데, 놀랍게도 희대의 살성으로 알려진 조화심이 신목령의 십이사자 중 한 사람이었던 것이다.

조화심은 뒷짐을 진 채로 천천히 진산월을 향해 다가왔다.

"다섯째 형은 당신을 용서했는지 모르지만 나는 아니야. 우리 일을 방해한 이상 당신은 반드시 보상을 해야 돼. 그게 바로 우리의 철칙(鐵則)이지."

그는 단지 몇 걸음을 떼어 놓았을 뿐이지만, 그 순간 그의 전신에서는 말로 형용할 수 없는 진득한 살기가 피어올랐다. 그 살기가 어찌나 강력했던지 주위의 공기조차 차갑게 식어 버린 듯한 느낌이었다.

그때 운자개가 갑자기 앞으로 성큼 나섰다.

"닭을 잡는 데 굳이 소 잡는 칼을 쓸 필요가 있겠습니까? 저 녀석은 제가 처리하겠습니다."

조화심은 운자개를 힐끗 돌아보다가 무슨 생각이 들었는지 걸음을 멈추었다. 어느새 그의 얼굴에 떠올라 있던 미소는 씻은 듯이 사라져 마치 철갑을 씌운 듯 무표정한 모습으로 변하고 말았다.

그는 중얼거리듯 말했다.

"내가 나설 자리가 아닌 것 같군."

운자개는 그의 승낙을 받았다고 생각했는지 입가에 득의만면한 미소를 지으며 진산월을 향해 다가왔다.

"이놈아, 시시한 종남파의 무공 따위로 감히 본가에 대항하다니 단단히 각오해라!"

진산월은 그가 다가오고 있는 것을 뻔히 보고 있으면서도 아무런 행동도 취하지 않았다. 심지어 그는 입가에 희미한 미소마저 머금고 있었다.

운자개는 그를 향해 살기등등한 기세로 다가오다가 이 광경을 보자 고개를 갸웃거렸다.

"무엇이 그렇게 우스우냐?"

진산월은 빙그레 웃으며 담담한 음성으로 입을 열었다.

"별거 아니오. 단지 당신에게 한마디 충고를 해 주고 싶을 뿐이오."

운자개의 눈썹이 하늘높이 솟구쳐 올랐다.

"충고라고?"

진산월은 돌연 정색을 했다.

"이대로 몸을 돌려 돌아간다면 당신은 무사할 수 있을지도 모르오."

운자개는 그의 말에 어이가 없는지 한동안 멀뚱하게 그를 쳐다보았다. 하나 이내 이를 부드득 갈며 싸늘한 코웃음을 날렸다.

"흥! 정말 하늘 무서운 줄 모르는 놈이로군."

"정말로 무서운 건 하늘이 아니오."

"그럼 무엇이냐?"

"사람이오."

"사람? 바로 네놈을 말하는 거냐?"

진산월은 고개를 저었다.

"당신이 나를 무서워할 리가 있겠소?"

운자개는 어리둥절하여 되물었다.

"그럼 누구를 가리키는 거냐?"

그 순간, 그의 등 뒤에서 한 줄기 차가운 음성이 들려왔다.

"바로 나다."

그 음성을 듣자 그토록 기세등등하던 운자개의 안색은 흙빛이 되어 버렸다.

그는 황급히 뒤를 돌아보았다.

그에게서 이 장 떨어진 대나무 옆에 한 사람이 우뚝 선 채로 싸늘한 눈빛으로 그를 쏘아보고 있었다. 짙은 회의를 입고 칼날같이 날카로운 눈빛을 지닌 그 사람은 바로 조금 전에 사라졌던 악자화였다.

원래 악자화는 운자개가 진산월을 향해 다가가는 순간 장내에 나타났다. 조화심이 살기를 거두고 순순히 물러난 것도 악자화의 출현을 알아차렸기 때문이었다. 하나 운자개는 진산월에게만 신경을 쏟고 있었기 때문에, 그가 자신의 등 뒤에 나타난 것을 까맣게 모르고 있었던 것이다.

악자화는 얼음장 같은 눈으로 운자개를 쏘아보며 나직한 음성으로 입을 열었다.

"내가 분명히 운문세가로 돌아가라고 지시했을 텐데……."

운자개의 몸이 사시나무 떨 듯 덜덜 떨렸다. 그는 두려움과 공포에 질린 얼굴로 조화심을 돌아보며 안타까운 구원의 눈빛을 던졌다.

조화심은 여전히 아무런 표정도 없는 얼굴로 묵묵히 서 있었다. 어찌 보면 그는 아예 악자화의 출현도, 운자개가 간절한 눈으로 자신을 바라보는 것도 전혀 의식하지 않는 것 같았다.

운자개는 조화심이 자신을 쳐다보지도 않자 점차 울상이 되어 식은땀을 뻘뻘 흘렸다. 악자화의 칼날같이 예리한 시선이 슬쩍 조화심을 향했다.

그때 갑자기 조화심이 피식 웃으며 어깨를 으쓱거렸다.

"다섯째 형도 악취미로군. 남이 좋아하는 일은 두고 보려 하지 않으니…….”

그는 진산월을 쳐다보며 예의 야릇한 미소를 머금었다.

"아까 한 말은 취소야. 당신은 정말 운이 좋은 사람이군."

그는 한 차례 손을 까닥거려 인사를 한 후 휑하니 몸을 돌렸다.

"여기는 별로 재미있는 일이 있을 것 같지도 않으니 나는 이만 가보겠습니다. 다섯째 형, 이따가 봅시다."

그가 바닥을 가볍게 차자, 그의 신형은 한 줄기 포물선을 그리며 십여 장 너머로 쏘아져 갔다. 몇 차례 몸을 날리지도 않았는데, 어느새 그의 신형은 아득히 멀리로 사라져 보이지 않게 되었다. 그야말로 놀랍다는 말밖에는 달리 표현할 길이 없는 가공할 신법이었다.

믿었던 조화심이 전혀 도움의 손길도 주지 않은 채 홀연히 사라져 버리자 운자개는 그야말로 도살장에 끌려온 돼지처럼 사색이 되었다. 마침내 그는 견디지 못하고 털썩 그 자리에 무릎을 꿇었다.

"오, 오호 사자님…… 저…… 저는 원래 그냥 돌아가려고 했으나 도중에 구호 사자님이 자꾸 추궁을 하시는 바람에 어…… 어쩔 수 없이…….”

악자화는 그의 변명을 듣고 싶지 않은 듯 짤막하게 중얼거렸다.

"돌아가서 처분을 기다려라."

"예……? 예…….”

운자개는 풀이 죽은 강아지처럼 꼬리를 말고 허겁지겁 떠나 버렸다.

주위가 다시 조용해지자 악자화는 천천히 몸을 돌렸다. 떠나기 전, 악자화는 진산월을 힐끗 돌아보며 무거운 음성으로 입을 열었다.

"잊지 마라. 다음에도 이런 일이 있다면 내 손으로 직접 너를 죽이겠다."

진산월은 담담하게 고개를 끄덕였다.

"기억하고 있겠소."

악자화는 한 번 더 진산월을 날카로운 눈으로 노려본 후 소맷자락을 펄럭이며 숲 속으로 날아갔다.

"흐음……."

그제야 진산월은 뜻 모를 한숨을 내쉰 채 잠시 그 자리에 서 있다가 천천히 몸을 돌려 그곳을 벗어났다.

제 10 장
후계조건(後繼條件)

제10장 후계조건(後繼條件)

진산월의 이야기를 들은 임영옥의 얼굴에 무어라 형용하기 어려운 복잡한 표정이 떠올랐다.

그녀는 오 년 전의 악자화를 지금도 잘 기억하고 있었다. 그가 무엇을 좋아하고 무엇을 싫어하는지, 어느 때 기뻐하고 어느 때 슬퍼하는지를 누구보다도 잘 알고 있었다.

그리고 그가 왜 갑자기 종남파를 떠나게 되었는지도 잊지 않고 있었다.

악자화는 진산월보다 육 개월 늦게 종남파에 들어왔지만, 나이는 몇 살이 더 많았다. 서열순으로 보면 당연히 진산월이 위였으나, 악자화는 그렇게 생각하지 않았다.

그는 호승심이 강하고 호불호(好不好)가 누구보다도 분명했다. 좋게 말하면 맺고 끊는 것이 분명한 성격이라고 할 수 있지만, 나쁘게 말하면 조금이라도 자신의 눈 밖에 난 일은 두고 보지 못하는 다소 편협한 성격이었던 것이다.

당연히 악자화는 자신보다 한참 어린 진산월이 단지 몇 개월 빨리 입문했다고 해서 자신의 위에 올라서는 것을 용납하지 않았다.

그는 서슴없이 진산월에게 하대(下待)를 했고, 그것도 모자라 그를 아랫사람 부리듯 부려 먹기도 했다. 그럴 때마다 진산월은 말없이 웃기만 했다.

그렇다고 두 사람 사이의 관계가 마냥 나쁘기만 한 것은 아니었다.

악자화는 자신이 맏형이라고 생각했기 때문에 가끔은 진산월에게도 아량을 베풀어 주고는 했던 것이다. 진산월 또한 그가 자신의 연장자(年長者)임을 알고 있었고, 그가 자신을 대하는 태도에 별다른 거부감을 보이지 않았다.

하나 언제까지나 그런 식으로 지낼 수는 없다는 것을 두 사람은 너무도 잘 알고 있었다. 그리고 마침내 그들이 우려했던 순간이 닥쳐 오고야 말았다.

어느 날, 임장홍이 제자들을 전부 소집했다. 그때 종남파의 제자들은 모두 여섯 명이었다. 진산월과 임영옥, 악자화, 그리고 매상과 소지산, 응계성이었다.

제자들을 모두 불러 모은 임장홍은 뜻밖의 말을 했다.

"오늘은 본 파의 적통(嫡統)을 이을 후계자를 선임하겠다."

그 말에 모두들 깜짝 놀랐다.

적통을 이을 후계자란 곧 임장홍의 뒤를 이어 장문인에 오를 인물을 뜻한다.

문파의 적통은 물론 대부분은 수제자(首弟子)에게 돌아간다. 하나 모든 경우가 그런 것은 아니었다.

수제자의 재질이 미흡하거나, 장문인 등 문파의 어른들의 신임을 받지 못하는 경우에는 다른 제자들 중에서 발탁되는 경우도 곧잘 있었다.

임장홍만 해도 사형제들 중 서열은 두 번째였으나, 문파 존장(尊丈)들의 신임을 한 몸에 받아 장문인에 올랐던 것이다. 그는 비록 무공에 대한 재질은 떨어졌으나, 기울어 가는 종남파의 부흥을 위해 헌신(獻身)하였고, 어려운 문파 살림을 잘 이끌어 갔다.

그런데 임장홍은 왜 갑자기 장문인 후계자를 임명하겠다고 한 것일까?

그것은 임장홍이 진산월과 악자화의 불편한 관계를 이미 눈치채고 있었기 때문이다.

그는 이런 상태로 더 방치했다가는 나중에는 치유되기 힘든 후유증이 남으리라고 예상하고 어떤 식으로든 미리 후계자 구도를 정비하려고 했던 것이다.

종남파가 비록 지금은 몰락해 가는 문파라고는 하나, 누구도 부인하지 못할 강호의 명문 정파 중 하나였다. 그 역사는 유구했고, 과거에는 어느 문파 못지않은 찬란한 전통을 지니고 있었다. 그러니 만큼 후계자를 선출하는 일은 결코 허술하게 처리될 수 없는 일이었다.

임장홍이 자신의 후임(後任) 장문인을 지명한다고 하자 모든 제자들은 아연 긴장했다.

그들은 물론 진산월이 대사형임을 알고 있었으나, 또한 악자화가 지금까지 문파의 맏형 노릇을 해 왔다는 것도 알고 있었다. 둘 중 누가 된다 해도 이상할 것이 없었고, 떨어진 사람은 누구든 심신(心身)으로 엄청난 타격을 입을 게 분명했다.

모든 사람의 시선이 진산월과 악자화에게로 향했다.

진산월은 평소의 느긋한 성격대로 평온한 얼굴이었으나, 악자화는 붉게 상기된 표정을 감추지 못했다. 그는 비록 사부가 진산월을 가장 아끼고 있다는 것은 알고 있었으나, 자기가 후계자로 선출되리라는 것을 믿어 의심치 않았다.

그의 무공에 대한 재질은 진산월보다 뛰어났고, 통솔력 또한 결코 못하지 않았으며, 문파를 부흥시켜 예전의 명성을 되찾고야 말겠다는 야망과 패기(覇氣)를 가지고 있었다. 성격도 치밀했고, 아직까지 맡은 일은 단 한 번도 실수를 하거나 실패하지 않았다.

그에 비하면 진산월은 성격적으로 너무 유순했고, 느긋했다. 무공을 익히는 것보다는 요리를 만드는 일에 더 흥미를 느꼈고, 특별한 야망이나 나름대로의 포부도 가지고 있지 않았다.

무엇보다도 진산월은 장문인의 자리에 별다른 집착을 보이지 않고 있었다.

악자화는 임장홍이 공평무사(公平無私)한 사람이기 때문에 비록 진산월을 더 좋아할지라도 문파의 부흥을 위해서 자신을 후계자로 선택하리라고 확신했다.

지금까지 맏형 노릇을 해 오고 있으면서도 대사형과 둘째라는 서열상의 차이 때문에 여러 가지 껄끄러운 일들이 많았으나, 이제 자신이 후계자로 확정되기만 하면 그와 같은 모든 일들은 무난히 해소될 것이다. 심지어 악자화는 자신이 후계자가 되면 진산월을 잘 다독거려 그가 불만을 갖지 않도록 할 나름대로의 복안(腹案)도 세워 놓고 있었다.

이제 남은 것은 임장홍의 선고(宣告)뿐이었다.

임장홍은 한동안 특유의 유심한 시선으로 제자들의 얼굴을 한 사람 한 사람 물끄러미 쳐다보았다.

그를 좋아하는 사람이든 싫어하는 사람이든, 그가 정말로 심성이 착하며 온유한 사람이라는 것을 알고 있었다. 반면에 일단 입 밖으로 내뱉은 말은 무슨 일이 있더라도 지키고야 마는 다부진 면도 지니고 있었다. 그야말로 전형적인 외유내강(外柔內剛)의 인간이었다.

그래서 모두들 그의 입에서 무슨 말이 나올 것인지 촉각을 곤두세우고 있었다.

임장홍은 부드러운 시선으로 제자 한 사람 한 사람의 얼굴을 찬찬히 들여다본 후에 비로소 느릿느릿 입을 열었다.

"나는 오랫동안 너희들 모두를 가까이에서 지켜보아 왔다. 누가 더 본 파를 잘 이끌어 나갈 수 있을 것인지를 오랫동안 생각했다. 그러고는 결정을 내렸지."

장내는 바늘 떨어지는 소리도 들을 수 있을 만큼 조용해졌다.

"꿀꺽……."

누군가의 침 삼키는 소리가 선명하게 들릴 정도였다.

임장홍의 시선은 자신을 바라보고 있는 여섯 명의 제자들 중 한 사람에게 고정되었다.

"앞으로 본 파를 이끌어 나갈 사람은 바로 너다."

그 말을 듣는 순간, 악자화의 낯빛은 흑색이 되었다.

모든 사람의 시선이 진산월에게 향한 가운데, 진산월은 조용히 머리를 조아렸다.

"알겠습니다."

그의 대답은 너무나 평범했다.

기대를 저버리지 않겠다느니, 본 파의 부흥을 위해 최선을 다하겠다느니, 자신을 지명해 주어 충심으로 감사하다느니 하는 의례적인 말도 하지 않았다.

단지 '알겠다.'는 한마디를 하고는 공손하게 삼배(三拜)를 올렸을 뿐이었다. 그러고는 뒤도 돌아보지 않고 방을 빠져나갔다.

방을 나가는 그의 뒷등을 응시하는 악자화의 두 눈은 벌건 핏줄이 솟아올라 있었다.

그날 밤, 진산월이 잠을 청하려고 침대에 누워 있을 때 그의 방이 소리도 없이 열렸다. 그리고 한 사람이 불쑥 안으로 들어왔다.

진산월은 침대에서 일어났다.

"어서 오십시오."

방으로 들어온 사람은 날카로운 눈으로 그를 쏘아보았다.

"내가 올 것을 미리 알고 있었다는 투로구나."

진산월은 굳이 부인하지 않았다.

"한 번은 저를 찾아오리라고 생각하고 있었습니다."

들어온 사람은 물론 악자화였다.

어찌 된 일인지 악자화는 허리춤에 검을 차고 있었다.

깊은 밤중에 남의 방에 불쑥 들어온 사람이 검을 차고 있다면 누구라도 가슴 한구석이 섬뜩하지 않을 수 없을 것이다. 더구나 그 사람이 오늘 자신에 의해 크나큰 좌절을 겪은 사람이라면 더욱더 그러할 것이다.

하나 진산월은 조금도 당황하거나 두려워하지 않았다.

"앉으십시오."

그가 방에서 유일하게 있는 의자를 가리키자 악자화의 얼굴에 묘한 표정이 떠올랐다.

그는 한참 동안이나 진산월을 뚫어지게 응시하고 있다가 칭찬인지 비꼬임인지 모를 음성을 내뱉었다.

"너는 늘 여유만만하구나. 사부님은 항상 네 그 여유를 칭찬하곤 했지."

"……."

"내가 너를 찾아온 것은 한 가지 물어볼 게 있어서다."

"말씀하십시오."

갑자기 악자화의 두 눈에서 칼날처럼 차갑고 예리한 안광이 뿜어 나왔다.

"본 파는 이미 오랫동안 영화(榮華)를 잃고 쇠퇴의 길로 접어들고 있다. 이 상태로 간다면 십 년이 지나지 않아 본 파는 재기할 힘을 잃고 영원히 몰락하고 말 것이다. 이건 너도 알고 있겠지?"

그의 음성은 진지하고 묵직해서 몇 번이고 신중히 고려한 끝에 내뱉는 것임을 알 수 있었다.

진산월은 묵묵히 고개를 끄덕였다.

"때문에 사부님의 뒤를 이어 본 파를 이끌 사람은 잃었던 본 파의 명예를 되찾고 본 파를 부흥시킬 중대한 임무를 지니게 되는 것이다. 그렇다면 여기서 네게 묻겠다."

악자화는 신광(神光)이 이글거리는 눈으로 진산월의 두 눈을 무섭게 쏘아보았다.

"본 파를 부흥시키고 잃어버렸던 본 파의 옛 명예를 되찾아 사부의 숙원인 군림천하를 이룰 수 있는 사람이 과연 우리 둘 중 누구라고 생각하느냐?"

악자화의 음성이나 태도에는 결연한 기백이 서려 있어, 조금이라도 허튼 대답이나 거짓말을 한다면 당장이라도 검을 뽑아 들 것 같은 살벌함이 감돌고 있었다.

진산월은 처음과 다름없는 조용하고 차분한 시선으로 악자화를 응시하고 있다가 침착한 음성으로 입을 열었다.

"접니다."

순간 악자화의 눈꼬리가 세차게 떨렸다.

"뭐라고? 다시 한 번 말해 봐라!"

그의 오른손은 어느새 허리춤으로 가서 검의 손잡이를 힘껏 움켜잡고 있었다.

진산월은 조금도 주저하지 않고 짤막하게 다시 말했다.

"제가 적임자입니다."

그 순간, 악자화는 출검(出劍)을 했다.

팟!

진산월이 눈앞에서 검 빛이 어른거리는 것을 느꼈을 때는 이미 차가운 장검 하나가 그의 목덜미에 닿아 있었다.

악자화의 검은 정말 빨랐다. 그것은 악자화와 함께 지내 오며 줄곧 그를 지켜보았던 진산월이 그동안 막연히 생각하고 있던 것보다 훨씬 더 빠른 속도였다. 설사 알고 있다 해도 피하지 못했을 게 분명했다.

악자화의 장검 끝은 진산월의 목덜미에서 종이 한 장 차이로 멈춰 서 있어, 그가 조금이라도 손에 힘을 준다면 진산월의 목은 그대로 잘려지고 말 것 같았다.

악자화는 그런 자세로 검을 겨눈 채 진산월의 눈을 똑바로 들여다보며 다시 물었다.

"네가 적임자라고?"

그 말을 내뱉을 때의 악자화의 눈빛은 기이한 살기로 번들거리고 있었다.

하나 진산월은 조금도 당황하거나 두려워하지 않았다. 그는 악자화의 무시무시한 눈빛을 정면으로 받으면서도 분명한 음성으로 입을 열었던 것이다.

"그렇습니다."

악자화의 손끝에 힘이 들어가며 그의 검이 한 치쯤 앞으로 내밀어졌다. 그 바람에 검 끝이 진산월의 목을 살짝 뚫고 들어왔다.

금세 시뻘건 핏줄기가 진산월의 목에서 뿜어 나왔다. 그 핏줄기는 검신을 타고 한 방울 한 방울씩 바닥에 떨어져 내렸다.

악자화는 자신의 검을 타고 흐르는 핏물은 쳐다보지도 않고 여전히 진산월의 눈만을 뚫어지게 응시하고 있었다.

"너는 조금 전의 내 일검을 피할 자신이 있느냐?"

진산월은 솔직하게 말했다.

"없습니다."

"그렇다면 너는 내 일검도 받아 내지 못할 실력으로 감히 본 파의 장문인이 될 자격이 있다고 생각하느냐?"

악자화의 음성은 어느 때보다도 나직하게 가라앉아 있었다.

악자화는 평소에 말이 그렇게 많은 사람이 아니었다. 좀처럼 흥분하는 일도 없고, 화를 내거나 투정을 부리지도 않았다. 하나 지금의 이 모습이야말로 악자화가 진정으로 분노했을 때의 모습이라는 것을 진산월은 잘 알고 있었다.

진산월은 묵묵히 자신의 목에서 흘러나와 검신을 타고 떨어져 내리는 핏방울을 바라보고 있었다. 그의 표정은 너무도 담담하여 마치 다른 사람의 몸에서 흘러나오는 피를 보고 있는 것 같았다.

한동안 아무 말 없이 떨어지는 핏방울을 응시하고 있던 진산월의 입에서 조용한 음성이 흘러나왔다.

"한 문파를 이끌 수 있을지 없을지는 단순히 무공의 고하(高下)만으로 판단할 수 있는 일이 아닙니다. 무공 이전에 더욱 중요한 문제가 있지요."

"그게 무엇이냐?"

"신뢰(信賴)입니다."

악자화의 눈꼬리가 꿈틀거렸다.

"신뢰?"

"그렇습니다. 다른 사람들이 얼마나 자신을 믿고 따라 줄 수 있느냐 하는 것이지요."

악자화의 눈에서 다시 번뜩이는 빛이 일렁거렸다.

"네 말인즉 너는 다른 사람의 신뢰를 얻고 있는데, 나는 그렇지 못하다는 뜻이냐?"

"그 반대지요."

"반대라고?"

"저는 다른 사람을 믿고 있지만, 당신은 그렇지 못합니다. 신뢰란 일방적인 것이 아니라 서로 간에 주고받는 것입니다."

"그 말이 무슨 뜻이냐?"

진산월은 악자화를 똑바로 쳐다보며 반문했다.

"당신은 문파에 중대한 일이 닥쳤을 때 다른 사람에게 그 일을 맡길 수 있습니까?"

"……!"

"피치 못할 사정으로 문파를 비우게 되었을 때 과연 안심하고 다른 누구에게 문파의 안위를 부탁할 수 있습니까?"

악자화의 낯빛이 딱딱하게 굳어졌다. 하나 그는 아무런 대답도 하지 않았다.

진산월은 다시 말했다.

"저는 할 수 있습니다. 다른 사람의 능력이 저에 못지않다는 것을 알고 있으니까요. 하지만 당신은 하지 못합니다. 자신과 같은 능력을 가지고 있는 사람은 아무도 없다고 생각하고 있으니까 말입니다."

"……!"

"한 문파를 이끈다는 것은 자기 자신뿐 아니고 문파의 모든 제자들을 책임진다는 뜻입니다. 그것은 상호 간에 완벽한 신뢰 없이는 불가능한 일입니다. 독불장군은 결코 그 일을 해낼 수 없다는 말이지요. 또한……."

진산월의 시선이 천천히 자신의 목덜미를 찌르고 있는 검으로 향했다.

"순간적인 격분을 참지 못하고 자신의 검에 제자의 피를 묻히는 사람은 더더욱 장문인이 될 수 없습니다."

악자화의 얼굴은 여전히 차갑게 굳어진 채였지만, 그의 입꼬리는 가느다란 경련을 일으키고 있었다.

악자화는 부인하려 했지만 진산월에 말에 일리가 있음을 인정하지 않을 수 없었다.

확실히 악자화는 자신의 재질에 대해 대단한 자부심을 가지고 있었다. 그는 현재 종남파에 있는 모든 제자들 중 자신을 능가하는 무공과 실력을 지닌 사람은 아무도 없다고 생각하고 있었다.

사실 그의 생각은 틀린 것은 아니었다. 문제는 그가 다른 사람의 능력이나 소질을 인정하려 하지 않는다는 것이었다. 그가 문파의 맏형 노릇을 자처하게 된 것도 단순히 나이가 가장 많기 때문이 아니라 종남파를 제대로 이끌 사람은 자신밖에 없다는 자부심의 발로였던 것이다.

하지만…….

겨우 그런 사소한 일로 문파의 우두머리가 될 수 있는 가장 중요한 기회가 날아가 버린다는 게 가당키나 한 일이란 말인가?

악자화의 눈빛에 다시 스산한 살기가 번뜩거렸다.

진산월을 죽일 생각은 없었다.

하지만 만약 그가 심각한 부상을 입거나 부득이한 사고를 당하게 된다면? 그리하여 무공을 익히거나 펼칠 수 없는 몸이 된다면……?

그때는 자신에게 새로운 기회가 오지 않겠는가?

순간적으로 악자화는 갈등에 휩싸이게 되었다.

하나 그 갈등은 오래가지 않았다.

"멈춰요, 악 사형!"

외침 소리와 함께 한 사람이 방 안으로 불쑥 뛰어 들어왔던 것이다.

뛰어 들어온 사람은 다름 아닌 임영옥이었다. 임영옥을 본 악자화는 오히려 냉정을 되찾은 듯 예전의 침착하고 용의주도한 모습으로 되돌아와 있었다.

임영옥은 악자화의 검이 진산월의 목에 꽂혀 있고, 진산월의 상반신이 목에서 흘러나온 피로 온통 붉게 물들어 있자 안색이 창백하게 변했다.

"악 사형……."

그녀는 갑자기 무거운 탄식을 토해 냈다.

"이런 식으로는 아무것도 해결할 수 없다는 걸 악 사형도 알고 있잖아요."

"……!"

"이건 악 사형답지 못한 일이에요."

악자화는 갑자기 피식 웃었다.

"나답지 못한 일이라고?"

악자화의 얼굴에 희미하게 떠올라 있던 미소는 어느새 씻은 듯이 사라져 버렸다.

검광이 어른거린다 싶은 순간, 조금 전만 해도 진산월의 목을 찌르고 있던 검이 어느새 거두어졌다. 악자화는 검을 검집에 꽂으며 냉랭한 눈으로 진산월을 쳐다보았다.

"종남파가 나를 반기지 않는다면 나도 더 이상 종남파에 미련을 두지 않겠다."

임영옥은 아직도 목에서 피를 흘리고 있는 진산월을 도와주려다 악자화의 말뜻을 알아차렸는지 미간에 한 줄기 걱정 어린 표정이 떠올랐다.

"악 사형……."

그녀의 음성은 그윽한 매력이 있었다. 입속으로 나직하게 중얼거리는 것 같으면서도 듣는 사람의 마음을 편안하게 해 주는 것이었다.

그녀의 속삭이는 듯한 음성을 듣자 악자화의 얼굴에 순간적으로 아련한 표정이 스치고 지나갔다.

지난 삼 년간, 자신을 친오빠처럼 따랐던 그녀의 모습이 주마등처럼 뇌리에 떠올랐던 것이다. 길지 않은 세월이었으나 그녀와 함께 지냈던 순간들은 결코 잊고 싶지 않은 소중한 순간들이었다.

어찌 그녀와의 기억뿐이겠는가? 항상 부드러운 얼굴로 자신을 맞아 주던 임장홍과 큰형처럼 자신을 따라 주었던 어린 사제들의 모습이 하나둘씩 떠올랐다.

결코 만족스런 세월은 아니었으나, 조금은 행복한 시간이 아니었을까?

하나 악자화는 이내 차갑게 웃었다.

그는 진산월을 향해 손가락을 까닥거렸다.

"사실 종남파는 내가 평생을 투자하기에는 너무 좁았어. 너 정도에게나 어울리는 무대지."

진산월은 상처를 지혈(止血)하고 몸에 묻은 피를 대충 닦았다. 그런 다음 조용히 악자화를 응시했다.

"떠나시렵니까?"

"두말하면 잔소리지. 내가 네 밑에 있을 사람으로 보이느냐?"

악자화는 돌연 정색을 했다.

"나는 멀리서 너를 지켜볼 것이다. 나를 버리고 너를 선택한 사부의 결정이 얼마나 틀린 것인지를 분명하게 느끼도록 해 주겠다."

"……!"

"잊지 마라. 종남파가 나를 버린 것이 아니라 내가 종남파를 버린 것이라는 사실을."

그 말을 끝으로 악자화는 몸을 돌려 떠나갔다.

멀어져 가는 악자화의 뒷모습을 바라보는 진산월과 임영옥의 얼굴표정은 어두웠다.

악자화는 누가 무어라 해도 종남파의 기둥이 될 수 있는 좋은 인재(人才)였다. 종남파의 부활을 위해서 그는 꼭 필요한 사람이었으며, 많은 사람들이 그를 믿고 의지해 왔다.

그러나 한 산(山)에 두 명의 주인은 있을 수 없는 법. 머리를 숙이고 진산월의 밑에 있기에는 그는 너무나 자존심이 강했다.

그가 떠남으로 해서 진산월은 명실상부한 종남파의 후계자가 되었고, 임장홍의 죽음 이후에 종남파의 장문인이 되었다.

그리고 실로 오 년 만에 두 사람은 다시 만나게 되었던 것이다.

임영옥은 이런 전후사정을 가까이에서 지켜보았기 때문에 누구보다도 자세히 알고 있었다. 그녀는 당시의 악자화의 심정을 이해할 수 있을 것 같았다.

버림받았다는 느낌, 믿었던 사람에게 당했다는 배신감, 손상된 자존심, 깨어진 희망, 분노와 좌절, 그리고 빚을 갚고야 말겠다는 복수심까지…….

아마도 다음에 다시 만나게 되면 악자화는 종남파의 가장 큰 적(敵)이 될지도 몰랐다. 만일 그렇게 된다면 자신은 그를 향해 서슴없이 검을 뽑을 수 있을 것인가?

임영옥의 그린 듯 고운 미간에 한 줄기 수심(愁心)의 빛이 떠올랐다.

진산월은 그녀의 그런 모습을 지켜보고 있다가 손을 내밀어 그녀의 옥수(玉手)를 부드럽게 어루만졌다.

"너무 걱정하지 마. 모든 게 잘될 거야."

그녀는 그에게 손을 맡긴 채로 물끄러미 그를 쳐다보았다.

"사형은 정말로 그렇게 생각하세요?"

진산월은 빙긋 웃었다.

"물론이지. 일에는 순리(順理)라는 게 있어. 우리가 정도(正道)를 벗어나지만 않는다면 언젠가는 모든 일이 순리대로 풀리게 될 거야."

"사형은 매사에 너무 낙천적이에요."

진산월은 하얀 이를 드러내며 활짝 웃었다.

"그게 내 유일한 장기인걸. 사매도 알잖아. 목구멍에 칼이 들어와도 내가 걱정하는 건 먹을 거뿐이라는 걸 말이야."

그 말에 임영옥의 입가에도 잔잔한 미소가 떠올랐다.

"그래요. 그때도 그랬죠. 그때도 사형은……."

당시 악자화가 떠나간 직후, 임영옥은 진산월의 목에 난 상처를 치료했다.

그 상처는 단지 한 치쯤 찢겨 검봉(劍鋒)이 살짝 인후혈을 찌른 것에 불과했지만, 목의 경동맥 부근이 검날에 스쳐 상당히 많은 양의 피가 흘러나왔다. 그녀는 걱정스럽고 불안한 마음에 진산월의 표정을 살폈다.

진산월은 골똘히 생각에 잠긴 듯한 표정이었다. 무언가 걱정거리가 있는 듯한 모습이었다.

그녀는 한동안 그를 지켜보다가 조용한 음성으로 물었다.

"무슨 생각을 하세요?"

진산월은 퍼뜩 상념에서 깨어나더니 이내 멋쩍은 듯 피식 웃었다.

"별거 아냐."

"말해 봐요. 악 사형이 갑자기 떠나게 되어서 걱정스러운가요? 아니면 몸에 달리 불편한 곳이라도 있어요?"

임영옥이 꼬치꼬치 물었으나 진산월은 웃으며 고개를 내저었다.

"그런 게 아니야."

"그럼 왜 그런 표정을 짓고 있어요?

"그가 왜 하필 목을 찔렀을까 생각하고 있었지. 다른 곳도 많은데……"

"다른 곳이라면 찔려도 좋다는 말이에요?"

"그게 말이야. 목에 난 상처가 아물 때까지는 음식을 제대로 못 먹을 것 같아서…… 다른 곳을 다치는 게 더 나을 뻔했어."

그녀는 어이가 없어서 멍하니 그를 쳐다보았다.

"사형은 정말…… 이런 상황에서 그런 말이 나와요?"

진산월은 뒤통수를 긁적거렸다.

"나도 그런 건 아는데…… 그가 떠난 걱정보다는 앞으로 상처가 나을 때까지 먹고 싶은 걸 못 먹게 되는 걱정이 먼저 드는 걸 어떡해."

그녀는 한동안 그를 응시하다가 한참 후에야 고개를 흔들며 조용히 웃었다.

"사형은 하늘이 두 쪽 나도 죽느냐 사느냐보다는 식량 걱정부터 먼저 할 거예요."

당시를 생각하며 두 사람은 빙그레 웃었다.
임영옥은 진산월의 손을 꼬옥 잡은 채 고운 손가락으로 그의 손등을 부드럽게 쓰다듬었다. 진산월은 편안하고 느긋한 표정으로 자신의 손등에 느껴지는 그녀의 따스한 손길을 음미하고 있었다.
한참 후에 그녀가 조용히 그를 불렀다.
"사형……."
그녀의 눈빛은 어느 때보다도 영롱하게 반짝거렸다.
"다음에 악 사형을 만나게 되면 이 말을 꼭 전해 주세요."
진산월은 부드러운 눈으로 그녀를 바라보았다.
그녀는 속삭이는 듯한 음성으로 중얼거리듯 말했다.
"우리는 아직도 악 사형을 기다리고 있다고."
진산월은 고개를 끄덕였다.
"꼭 전하지."
그는 천천히 시선을 들어 허공을 응시했다. 일렁이는 촛불에 두 사람의 그림자가 춤추듯 흔들거렸다. 진산월은 멍하니 그 그림자를 바라보고 있다가 혼잣말처럼 나직하게 중얼거렸다.
"그도 그걸 바라고 있을 거야."

* * *

낙수(洛水)의 푸른 물살은 마치 비취(翡翠)와 같았다.

낙수는 원래 섬서성의 동쪽에 있는 진령(秦嶺)에서 발원하여 하남성을 지나 황하(黃河)로 합류하는 큰 강이다. 그 물살은 도도하고 깨끗했으며, 무수한 역사와 전설이 함께 흐르고 있었다.

낙수의 여신(女神)은 복비(宓妃)이다. 그녀는 삼황오제의 하나인 복희씨(伏羲氏)의 딸로, 눈부시게 아름다운 미녀였다. 그런데 우연히 낙수를 건너다가 빠져죽어 낙수의 여신으로 화했다고 한다. 그 뒤로 사람들은 그녀를 낙빈(洛嬪)이라고 불렀다.

낙빈의 전설처럼 낙수의 강변은 아름답기 그지없었다.

진산월 일행이 낙수 강가에 도달한 것은 해가 중천에 떠오를 정오 무렵이었다.

계절은 이미 가을을 지나고 있어 한낮임에도 더위는 느껴지지 않았다. 오히려 이따금 불어오는 강바람이 오슬오슬한 한기를 전해 줄 정도였다. 강가에 늘어진 수양버들이 강바람에 흔들리며 무어라 형용할 수 없는 야릇한 소리를 내고 있었다.

진산월 일행은 누가 먼저랄 것도 없이 강변에 나란히 서서 불어오는 강바람을 맞으며 눈앞에 펼쳐진 푸른 강물의 흐름을 우두커니 지켜보고 있었다. 그들 중 대부분은 종남산 근처에서만 살아와서 이렇게 큰 강을 자주 볼 수는 없었다.

한동안 묵묵히 낙수를 응시하고 있던 일행 중 응계성이 문득 낙일방의 어깨를 툭 쳤다.

"야. 넌 여기가 처음이지?"

낙일방은 히죽 웃었다.

"처음은요. 예전에 몇 번이나 왔었는데요."

응계성은 다시 정해를 쳐다보았다.

"넌?"

정해는 총기 있는 눈을 반짝거리며 고개를 끄덕였다.

"전 처음입니다."

응계성의 입가에 활짝 미소가 떠올랐다.

"그래? 너도 처음이구나."

"응 사형도 그럼 처음이세요?"

"그렇다. 제기랄…… 우라지게도 넓구나."

그 말에 낙일방이 싱글벙글하며 끼어들었다.

"이걸 보고 넓다고 하면 어떻게 합니까? 장강(長江)은 이것보다 몇 배는 더 넓고 큰데요."

응계성은 못마땅한 듯 그를 흘겨보았다.

"그럼 너는 장강도 보았단 말이냐?"

"그럼요. 그 광경은 정말 말로 표현할 수 없어요. 정말 바다처럼 거대하고 광활해서 믿어지지 않을 정도예요. 그래서 사람들은 장강을 보지 않고서는 아직 세상을 살았다고 할 수 없다고 하잖아요."

응계성이 눈을 부라렸다.

"이 자식은 내가 하는 말에 사사건건 잘난 척이야. 네가 나보다 세상 물 좀 더 먹었다 이거지? 그래, 어디 얼마나 더 먹었나 뱃속 좀 들여다보자."

응계성이 갈고리같이 커다란 손으로 자신의 머리통을 잡으려 하자 낙일방이 어마 뜨거워라 머리를 감싸 안고 진산월의 뒤로 몸을 숨겼다.

"아…… 아닙니다, 웅 사형. 전 아무것도 몰라요."

"뭐? 장강을 못 본 사람은 세상을 헛산 거라고? 확 혓바닥을 뽑아 버릴 테다!"

"그거 제가 한 말이 아니에요. 그냥 사람들이 떠든 소리라고요."

"이리 못 와?"

두 사람이 티격태격하고 있을 때 진산월이 담담한 음성으로 입을 열었다.

"일방은 고향이 호남이니 당연히 장강을 보았겠지. 어린 나이에 혼자 세상을 떠도느라 고생깨나 했을 게다."

그 말에 응계성은 입을 다물었다. 낙일방이 열두 살 때 고향을 떠나 강남 일대를 떠돌아다닌 적이 있다는 것을 떠올렸기 때문이다.

응계성은 비교적 번듯한 집안에서 태어나 아직 혼자서 세상을 떠돈 적이 없었다. 그가 고집이 세고 화를 잘 참지 못하는 것도 어려서부터 너무 주위의 떠받듦에 익숙해졌기 때문인지도 몰랐다.

그에 비해 낙일방은 어려서부터 일찍 집을 뛰쳐나와 많은 고초를 겪어 왔다. 예나 지금이나 어린아이 혼자서 떠돌이로 지내기란 결코 쉬운 일이 아니었다.

진산월은 조금 멋쩍은 표정으로 쳐들었던 주먹을 내리는 응계성을 바라보며 희미하게 웃었다.

"사실은 나도 아직 장강을 보지 못했다."

그 말에 응계성은 물론이고 정해와 낙일방도 웃음을 터뜨렸다.

"하하…… 장문 사형도 그러셨군요. 역시 장문 사형하고 나는 통하는 게 있단 말씀이야."

응계성이 큰 소리로 웃으며 거들먹거리자 낙일방은 진산월의 뒤에서 나직이 투덜거렸다.

'쳇…… 자기 비위에 맞을 때만 저런 소리를 한다니까.'

하나 그 말을 입 밖으로 냈다가는 응계성의 주먹에 머리통이 벌집이 될 것이 뻔한지라 낙일방은 속으로만 씹어 삼켰다.

그때 응계성의 더욱 큰 소리가 들려왔다.

"앞으로 강호를 주유(週遊)하면 장강은 지겹도록 볼 테니 걱정 없습니다. 하긴 일방, 저 녀석은 아직 북경(北京)의 변화가도 구경 못한 풋내기 중의 풋내기일 뿐이지요."

응계성의 고향은 북경에서 멀지 않은 방산(房山)이었다. 강남 일대와 하남성만을 들락거린 낙일방이 머나먼 하북의 북경까지 가 보았을 리가 없었다.

낙일방의 얼굴이 휴지 조각처럼 구겨질 때 진산월이 낙수강의 반대편을 가리키며 물었다.

"저 산이 무엇이냐?"

낙일방은 진산월이 가리키는 곳을 돌아보았다.

낙수를 건너 멀리 떨어진 곳에 하나의 푸른 산이 우뚝 솟아 있었다.

낙일방은 재빨리 입을 열었다.

"저건 금보산(金寶山)입니다."

"금보산?"

"예. 웅이산(熊耳山)의 산자락에 있는 산이지요. 저 금보산을 끼고 옆으로 돌아가면 흥화현(興華縣)이 나오는데, 거기서부터는 다시 평지이니 말을 달릴 수 있을 겁니다."

응계성이 옆에서 듣고 있다가 불쑥 물었다.

"거기서 얼마나 더 가야 하는 거냐?"

"아직 멀었어요. 흥화현에서 이틀쯤 달린 후 다시 이수(伊水)를 건너야 됩니다. 그리고 나서 하루를 더 가야 숭산이 보이는 곳에 도착할 수 있어요."

"제기랄. 뭐가 그렇게 멀지?"

"이건 약과예요. 제가 예전에 강남에서 종남산까지 올 때는 꼬박 육 개월이 걸렸는걸요."

응계성이 다시 눈을 부라렸다.

"그래서? 네가 세상을 더 많이 안다고?"

"그게 아니라……."

"이놈아. 나도 하북성에서 종남산으로 삼 개월 넘게 걸려 온 사람이야. 너 혼자 세상을 다 아는 척하지 말란 말이야."

낙일방의 얼굴이 다시 우거지상이 되었다.

"아이구…… 알았어요, 응 사형. 내가 뭘 어쨌다고 자꾸 나만 들볶으려 하세요?"

응계성은 짐짓 큰 소리를 쳤다.

"네가 자꾸 여기저기에서 사고만 치고 다니니까 하는 소리다. 길 좀 안다고 까불지 말고 길 안내나 잘해."

"그게 무슨 사고입니까? 그때 운문세가 놈들이 나쁜 짓을 했다는 건 응 사형도 알잖아요."

"이놈아. 우리가 지금 남들 일에 끼어들 때냐? 아무튼 앞으로는 두 번 다시 쓸데없는 일에 휘말리지 않도록 조심해라. 그렇지 않으면 네놈의 머리털을 몽땅 뽑아 버리고 말겠다."

낙일방은 억울한 표정이 가득했으나 응계성이 진짜로 성질을 부릴까 봐 감히 무어라고 입을 열지는 못했다.

하나 낙일방은 걱정할 필요가 없었다.

다음에 사고를 일으킨 사람은 다름 아닌 응계성, 자신이었던 것이다.

제 11 장
석가공자(石家公子)

제11장 석가공자(石家公子)

나루터는 한산했다.

정오 무렵이라 손님이 많을 법한데도 낙수를 건너기 위해 배를 탄 사람은 불과 십여 명뿐이었다. 그들 중 진산월 일행과 뱃사공을 제외하면 다른 손님은 겨우 다섯 사람밖에 되지 않았다.

진산월 일행은 모두 일곱이나 되었다.

진산월을 비롯한 종남파의 인물 다섯 명 외에도 상원건과 상소홍 부녀가 동행을 했기 때문이다. 상원건은 진산월이 소림사로 간다는 말을 듣고 자신도 함께 가고 싶다고 말했고, 진산월은 이를 흔쾌히 승낙했던 것이다. 상원건은 강호를 유람한 경험도 많고 무림에서의 대소사(大小事)도 적지 않게 알고 있어 그들의 행로에 큰 도움이 될 것이 분명했다.

상원건은 배를 탄 경험이 많기 때문에 느긋한 표정으로 뱃전에

서서 낙수의 절경을 구경하고 있었다. 하나 정해와 응계성은 배를 타 본 경험이 그리 많지 않은지 다소 불안한 표정으로 배의 중앙에 엉거주춤하게 서 있었다.

아닌 게 아니라 푸른 물살을 출렁이는 낙수의 강물은 처음 본 사람이라면 두려움을 느낄 만했다. 정해는 그래도 침착한 성격인지라 차분한 모습이었으나, 응계성은 신경이 곤두선 표정이 얼굴에 송두리째 드러나 있었다.

낙일방은 이를 아는지 모르는지 연거푸 히죽히죽 웃으며 진산월을 쳐다보았다.

"장문 사형은 배를 처음 타 보세요?"

진산월은 담담하게 고개를 저었다.

"예전에 두세 번 타 본 적이 있다. 너는 자주 타 보았겠지?"

낙일방은 하얀 이를 드러내며 씨익 웃었다.

"그럼요. 저는 배타는 걸 무척 좋아해서 일부러 나루터에서 일한 적도 있는걸요. 품삯은 시원찮았지만 배를 실컷 탈 수 있어서 정말 좋았죠."

"그럼 노(櫓)를 저을 줄도 알겠군."

"물론이죠. 배 한 척하고 노 한 자루만 있으면 어디든 갈 수 있는걸요. 예전에는 삼 일 동안 꼬박 배를 저어 천 리 길을 왕복한 적도 있어요. 그때 배 주인이 저를 보고 타고난 뱃사공이라며 본격적으로 사공이 되어 볼 생각이 없느냐고 묻기도 했죠……."

낙일방은 신이 나서 떠들어 댔다. 눈을 반짝이며 두 뺨을 붉게 상기시킨 채 열심히 말하고 있는 그의 모습은 정말 준수해서 천상

(天上)에 있다는 금동(金童)을 연상케 할 정도였다.

상소홍은 우연히 고개를 돌리다가 그의 이런 모습을 발견하고는 한참 동안이나 시선을 돌리지 못한 채 물끄러미 쳐다보고 있었다.

상원건은 노련한 인물답게 이 광경을 알아차리고는 자신도 모르게 속으로 한숨을 내쉬었다.

'보아하니 홍아가 저 녀석에게 호감을 느끼고 있나 보군. 그것은 좋은 일이긴 하지만……'

상원건은 낙일방이 인물됨이 준수할 뿐 아니라 본성이 선량해서 능히 좋은 인재가 될 수 있다는 것을 알고 있었다. 하나 그런 만큼 앞으로 강호에서 행도하게 되면 적지 않은 여인들의 정(情)을 받게 될 것이 걱정되었던 것이다. 일전에 만났던 천봉팔선자 중의 남봉 엄쌍쌍도 헤어지는 순간까지 낙일방을 연신 힐끔거렸지 않았던가?

상원건은 겉으로는 먼 산을 쳐다보는 척하면서 한편으로는 두 사람의 동정을 유심히 주시하고 있었다.

낙일방은 상소홍이 자신을 빤히 쳐다보고 있는 것을 전혀 알아차리지 못하고 마치 노를 젓듯이 몸을 이리저리 흔들면서 말을 계속했다.

"한 번은 동정호에서 물길을 따라 무창(武昌) 근처의 양자호(梁子湖)까지 배를 타고 간 적도 있었는데, 그때 이틀 만에 뱃사공이 부상을 당해서 나머지 길을 제가 직접 노를 잡았죠. 그런데……."

낙일방이 흥에 겨워 발에 힘을 주는 바람에 그들이 탄 배가 조금 심하게 기우뚱거렸다. 그 때문에 배의 중앙에서 못마땅한 표정으로 낙일방을 쏘아보고 있던 응계성이 중심을 잃고 한 차례 휘청거렸다.

응계성은 즉시 얼굴이 불그스름하게 변하더니 버럭 소리를 질렀다.

"일방! 너 계속 그렇게 잘난 척만 하고 있을 거냐? 네놈이 그렇게 물에 대해서 잘 알고 있다면 아예 물속을 헤엄쳐 건너오게 만들어 버리겠다!"

낙일방은 한참 신나게 입을 놀리고 있다가 응계성의 호통을 듣자 찔끔하여 급히 입을 다물었다.

하나 응계성은 그래도 화가 풀리지 않는지 소매를 걷어붙이며 낙일방을 향해 다가왔다.

"어디 네놈이 물속에서도 그렇게 주둥아리를 잘 놀리는지 한번 보자!"

낙일방은 평소에는 천방지축으로 두려움을 모르는 성격이었으나, 응계성에게만은 예외였다. 응계성은 화가 나면 정말 물불을 안 가리는 사람이어서 다른 사형제들도 그의 얼굴이 시뻘겋게 변하면 모두 조심하는 편이었다.

응계성이 씩씩거리며 자신을 향해 다가오자 낙일방은 화들짝 놀라며 뒤로 물러났다. 하나 좁은 뱃전에서 피할 곳이 어디 있겠는가?

낙일방은 진산월의 뒤로 몸을 숨기려 했으나 마침 공교롭게도 진산월의 서 있는 위치가 응계성이 다가오고 있는 쪽이어서 그것도 여의치 않았다. 다급해진 낙일방은 주위를 두리번거리다가 마침 자신을 쳐다보고 있는 상소홍을 발견하고는 반색을 하며 그녀에게 다가갔다.

"상 소저, 제게 무슨 하실 말씀이라도 있습니까?"

상소홍은 그가 돌연 자신을 향해 다가오며 반가운 듯 말을 걸어 오자 순간적으로 당황했다. 하나 워낙 재치가 있고 영특한 그녀는 아무렇지도 않은 표정으로 오히려 눈을 동그랗게 뜬 채 그를 보며 되물었다.

"당신이이야말로 왜 갑자기 제게 친한 척하세요? 혹시 저를 며칠 전에 보았던 남봉 엄쌍쌍으로 착각하신 거 아니에요?"

그녀의 말속에는 은근한 가시가 담겨 있었다.

사실 그녀는 잘생기고 순진한 구석이 있는 낙일방에게 은근한 호감을 가지고 있었는데, 난데없이 자신보다 더 예뻐 보이는 엄쌍쌍이 나타나자 기분이 별로 좋지 않았다. 더구나 낙일방을 보는 엄쌍쌍의 눈초리가 심상치 않은데다 낙일방 또한 그녀에게 관심이 있는 눈치여서 그동안 속으로 마음을 끓이고 있던 터였다.

낙일방은 어색한 상황을 면해 보려다 오히려 그녀에게 핀잔 어린 말을 듣자 당황하여 얼굴이 새빨개졌다.

"아니, 저…… 그게……."

그는 어쩔 줄 몰라 더듬거리며 애꿎은 주먹만 쥐었다 폈다 하고 있었다.

그 모습이 너무나 순진해 보여서 상소홍은 웃음이 터져 나올 뻔했으나 꾹 눌러 참으며 일부러 더욱 쌀쌀맞은 음성으로 쏘아붙였다.

"엄쌍쌍이 있을 때는 나를 쳐다보지도 않더니 갑자기 무슨 바람이 불어서 아는 척을 하는 거죠? 당신은 위급할 때만 여자를 찾는 못된 버릇이 있군요?"

낙일방은 준수한 얼굴이 완전히 홍시처럼 붉어져서 아무 소리도 못한 채 끙끙거리고 있었다. 주변에서 이 광경을 구경하고 있던 사람들이 그를 보며 킥킥거렸다.

상원건은 더 이상 모른 척을 할 수가 없어 터져 나오려는 웃음을 억지로 참으며 상소홍을 짐짓 엄하게 꾸짖었다.

"홍아야, 낙 소협에게 그게 무슨 말버릇이냐? 빨리 사과드려라."

상소홍은 귀여운 입술을 삐죽거렸다.

"제 말버릇이 어때서요? 사실이 그래서 그렇게 말한 건데 뭐가 잘못되었나요?"

"네가 갈수록 말버릇이 고약해지는구나. 어서 사과드리지 못하겠느냐?"

상원건의 얼굴에 노기가 떠오르자 상소홍은 움찔하여 할 수 없이 낙일방을 향해 고개만 살짝 까닥거렸다.

"별 뜻 없이 한 말이니 마음에 두지 말아요."

상원건이 어이가 없다는 듯 물었다.

"그걸 사과라고 하는 거냐?"

상소홍은 혀를 날름거렸다.

"그럼 남녀(男女)가 유별(有別)한데 이보다 어떻게 더 정중하란 말이에요? 무릎을 꿇고 머리라도 조아려야 하나요?"

상원건은 무어라 할 말이 없어 쓴웃음만 머금고 있었다. 오히려 낙일방이 멋쩍은 표정을 지으며 상원건을 돌아보았다.

"저는 괜찮으니 상 대협께서는 신경 쓰지 마십시오."

응계성은 낙일방을 향해 기세등등한 표정으로 다가오다가 이 광경을 보자 우습기도 하고 어이가 없기도 해서 저절로 화가 풀려 버렸다.

그는 어깨를 으쓱거리고는 다시 몸을 돌려 배의 중앙으로 걸어 가려 했다.

그때 마침 배가 기우뚱거리자, 응계성은 순간적으로 중심을 잃고 몸을 휘청거리며 배의 난간 근처에 서 있는 한 사람의 몸에 부딪치고 말았다.

그 사람은 질 좋은 금의(錦衣)를 입고 머리를 뒤로 묶어 늘어뜨린, 이십 대 초반의 체구가 건장한 청년이었다. 금의 청년은 난간에 기대어 서서 먼 산의 경치를 구경하고 있다가 아닌 밤중에 홍두깨 격으로 응계성에게 등이 떠밀려 몸이 배 밖으로 밀려나게 되었다.

"어어?"

금의 청년은 물에 빠지지 않기 위해서 손을 마구 휘저었으나, 워낙 창졸지간에 벌어진 일이라 미처 중심을 잡지 못하고 난간 아래로 떨어지고 말았다. 응계성이 황급히 손을 내밀어 잡으려 했으나 이미 때는 늦어서 금의 청년의 몸은 그대로 차가운 강물 속으로 빠져 버렸다.

풍덩!

금의 청년이 물에 빠지자 여기저기서 다급한 외침이 터져 나왔다.

"앗? 공자님!"

"배…… 뱃사공! 빨리 배를 멈춰라!"

금의 공자의 시종인 듯한 두 명의 장한이 발을 동동 구르며 어쩔 줄 몰라 했다.

당황한 건 응계성도 마찬가지였다. 그는 자신이 엉겁결에 생면부지의 남을 떠밀어 물에 빠지게 만들자 평소의 성격답지 않게 허둥거리며 난간 앞으로 바짝 다가갔다. 만약 정해가 재빨리 다가와 말리지 않았다면 금의 청년을 구한답시고 물속으로 뛰어들고 말았을 것이다.

"응 사형, 잠깐 기다리세요."

정해는 응계성의 몸을 끌어안으며 그의 귀에 대고 속삭였다.

"제게 맡기세요. 사형은 수영도 못하시잖습니까."

응계성은 얼굴이 시뻘겋게 상기되어 정해의 멱살이라도 잡을 듯한 기세로 그를 돌아보았다.

"빨리 어떻게 좀 해 봐라. 제기랄…… 재수가 없으려니 별일이 다 일어나는군."

정해는 그 말은 영문도 모르고 물에 빠진 금의 청년이 해야 더 어울리는 말이라고 생각했으나 아무 소리도 하지 않고 뱃사공을 향해 다가갔다.

"밧줄이 있소?"

뱃사공은 노 젓기를 멈춘 채 어쩔 줄 몰라 하다가 황급히 선미(船尾) 쪽을 가리켰다.

"저쪽에 있습니다."

배의 후미에는 배를 정박하기 위해 쓰이는 밧줄이 묶여 있었다. 정해는 재빨리 밧줄을 풀어 한쪽 끝을 자신의 오른팔에 감고는 반대쪽 밧줄을 매듭을 묶은 다음 강물에 빠진 금의 청년을 향해 던졌다.

그때 금의 청년은 이미 몇 모금의 물을 마셨는지 허우적거리며 물속으로 가라앉으려 하고 있었다.

"줄을 잡으시오!"

정해의 외침을 들었는지 금의 청년은 눈을 뜨고 바동거리다가 용케도 밧줄을 움켜잡았다.

정해는 금의 청년이 밧줄을 잡은 것을 확인하자 있는 힘껏 밧줄을 잡아당겼다. 낙일방이 어느새 다가와 그를 도와 밧줄을 끌어당기고 있었다.

"푸우……!"

간신히 배 위로 끌어올려진 금의 청년은 한바탕 물을 토해 내고는 벼락 맞은 개구리처럼 뱃전에 사지를 뻗은 채 드러누워 버렸다. 금의 청년의 얼굴은 시체처럼 푸르뎅뎅했고, 팔다리에 가느다란 경련을 일으키고 있었다.

"공자님, 정신 차리십시오!"

금의 청년의 하인인 듯한 두 명의 장한이 울상을 하고 그의 다리를 주무르기도 하고 가슴을 문지르기도 하며 법석을 떨었다.

"저리 비켜!"

갑자기 세찬 고함과 함께 응계성이 그들을 밀어젖히며 바닥에 누워 있는 금의 청년 앞으로 성큼 다가갔다.

"뭐…… 뭐야!"

"이, 이 나쁜……."

두 명의 장한은 분기탱천하여 욕설을 내뱉으려다 응계성이 눈을 부릅뜨며 노려보자 질겁하고 입을 다물었다. 가뜩이나 덩치가 크고 인상이 험상궂은 그가 험악한 표정을 짓자 절로 오금이 저려왔던 것이다.

응계성은 두 명의 장한을 물리친 후 아직도 정신을 못 차리고 있는 금의 청년을 내려다보더니 갑자기 오른 주먹으로 그의 목덜미를 후려쳤다.

퍽!

"쿠엑!"

응계성의 주먹에 정통으로 인후혈을 격중당한 금의 청년은 비명을 내지르며 몸을 떨다가 다시 한 움큼의 물을 토해 냈다. 토해진 물속에 작은 물고기 한 마리가 퍼덕거리고 있었다.

이제 보니 금의 청년은 강물을 마시다 물고기가 목에 걸려 숨을 제대로 쉬지 못했던 것이다. 응계성의 행동이 조금만 늦었어도 금의 청년은 질식하여 생명을 잃고 말았을 것이다. 장한들도 그것을 깨달았는지 찢어 죽일 듯한 모습으로 응계성을 바라보던 눈빛이 한결 부드럽게 바뀌었다.

금의 청년은 그제야 낯빛에 푸르스름한 기운이 가시며 간신히 눈을 떴다. 그는 몇 차례 더 기침을 하여 물을 토하고는 이내 몸을 마구 떨기 시작했다.

시간은 하루 중에서도 가장 더운 정오경이었지만, 계절적으로 가을보다는 겨울에 가까워서 강물은 무척 차가웠다. 비록 짧은 시간이었지만 강물 속에 빠졌던 금의 청년의 몸은 시간이 흐를수록 사시나무 떨 듯 덜덜 떨리고 있었다.

　장한들 중 한 명이 자기의 겉옷을 벗어 금의 청년에게 주었으나 온 몸이 젖어 있는 상태라 별다른 효과가 없어 보였다.

　그 모습이 안 되어 보였던지 상원건이 다가와 품속에서 작은 환약 하나를 꺼내 들었다.

　"이걸 먹으면 추위가 좀 가실 걸세."

　금의 청년은 망설이는 모습이었으나 상원건이 사람 좋아 보이는 웃음을 지으며 고개를 끄덕이자 떨리는 손을 내밀어 환약을 받아들었다. 그는 다시 한 차례 망설이다가 결심한 듯 환약을 입속으로 집어넣었다. 얼마 되지 않아 금의 청년의 얼굴은 눈에 띄게 화색이 돌더니 몸의 떨림이 거짓말처럼 멎었다.

　정해가 그 광경을 보고 있다가 감탄한 듯 말했다.

　"정말 성능 좋은 보양환(補陽丸)이로군요."

　"조양단(朝陽丹)이라는 것인데, 추위를 몰아내는 데는 그런대로 쓸모가 있다네."

　상원건과 정해가 말을 주고받고 있는 동안에 금의 청년은 몸이 많이 좋아졌는지 한결 혈색이 감도는 얼굴로 바닥에 일어났다.

　자세히 보니 그는 제법 당당한 체구에 얼굴에는 귀티가 흐르는 미남자였다. 눈과 코, 입이 모두 컸는데도 잘 조화를 이루어 시원시원한 느낌을 불러 일으켰고, 특히 두 귀는 상당히 크고 길어서 복스럽다는 인상을 주었다.

　금의 청년은 상원건과 정해를 향해 정중하게 포권을 했다.

　"두 분 덕에 한 목숨 건지게 되었군요. 정말 감사드립니다."

그의 음성은 얼굴만큼이나 낭랑하고 깨끗했다.

상원건은 담담하게 웃었다.

"나야 뭐 한 게 있나? 모두 이분 소협이 재빨리 손을 쓴 덕분이지."

정해는 고개를 흔들었다.

"아닙니다. 저야 당연히 해야 할 일을 했을 뿐이죠. 그런데 몸은 괜찮으십니까?"

금의 청년은 조금 전의 생각을 하면 아찔한지 다시 한 차례 진저리를 쳤다.

"물이 너무 차서 숨도 쉴 수가 없더군요. 게다가 저는 헤엄을 전혀 못하는지라 정말 끝장나는 줄 알았습니다. 그런데 대체 누가 나를……."

그는 누군가를 찾는 듯 주위를 두리번거리다가 갑자기 커다란 눈을 더욱 크게 뜨며 버럭 소리를 질렀다.

"당신이지? 나를 떠민 사람이……."

그는 응계성의 앞으로 달려가서 사나운 눈으로 응계성을 쏘아보았다.

응계성은 자신과 나이가 비슷해 보이는 금의 청년에게 반말 비슷한 소리를 듣자 내심 화가 치밀어 올랐으나 어디까지나 자기가 실수한 것이 분명한지라 꾹 눌러 참으며 아무런 말도 하지 않았다.

금의 청년은 그가 손이 발이 되도록 빌어도 시원치 않을 판국에 못마땅한 얼굴로 자신을 흘겨보며 아무 대꾸도 없자 더욱 노화가 솟구치는 듯 코에서 더운 김이 새어 나왔다.

"당신…… 도대체 왜 나를 민 거야? 내게 무슨 감정이 있다고……."

정해가 눈치 빠르게 재빨리 끼어들었다.

"이해하십시오. 배가 갑자기 흔들려서 제 사형께서 실수한 모양입니다. 배를 타고 강을 건너는 것은 처음이라 그러니 너그럽게 봐 주십시오."

그 말에 금의 청년이 희한한 동물을 보는 듯한 눈으로 응계성을 다시금 쳐다보았다.

"그게 정말이오? 배를 탄 게 처음이라니?"

응계성은 여전히 퉁명스런 표정으로 아무런 말도 하지 않았다.

정해가 다시 입가에 부드러운 미소를 지으며 입을 열었다.

"그렇습니다. 그리고 조금 전에 저의 사형이 재빨리 손을 써서 형장 목에 걸려 있는 물고기를 토해 내게 하지 않았으면 정말 큰일 날 뻔했습니다."

금의 청년은 응계성에게 맞은 목 부위가 아직도 아픈 듯 몇 차례 손으로 목덜미를 주무르다가 고개를 설레설레 흔들었다.

"저 나이가 되도록 배도 못 타 본 풋내기라니…… 아무래도 내가 재수가 없음을 탓하는 게 더 낫겠군."

그 말에 중인들은 폭소를 터뜨릴 뻔했으나, 다행히 아무도 웃는 사람이 없었다. 왜냐하면 그때 붉으락푸르락하게 변한 응계성의 살벌한 모습을 보았기 때문이다. 아마 진산월이 뒤에서 슬쩍 어깨를 잡지 않았더라면 응계성은 성질을 폭발시키고 말았을 것이다.

진산월이 낙일방에게 눈짓을 하자, 낙일방은 재빨리 알아듣고는 응계성의 팔을 잡아끌었다.

"응 사형. 저쪽으로 가시죠. 저쪽에서 보는 금보산의 경치가 정말 멋있어요."

응계성은 자신이 여기에 더 있다가는 틀림없이 그 금의 청년의 밉살스런 얼굴을 후려갈기고 말 것 같아 못 이기는 척 낙일방이 잡아끄는 대로 배의 좌현 쪽으로 돌아갔다.

그러다 무슨 생각이 들었는지 낙일방의 뒤통수를 냅다 후려갈겼다.

쾅!

"아이고! 응 사형! 왜 때려요?"

낙일방이 머리통을 부여잡고 오만 인상을 쓰며 소리치자 응계성이 고리눈을 부릅떴다.

"이게 모두 네놈이 잘난 척하고 떠들었기 때문이 아니냐? 한 번만 더 내 앞에서 세상을 다 아는 것처럼 떠들어 대면 진짜로 혓바닥을 뽑아 버릴 테니 그렇게 알아라."

"에이…… 말썽은 사형이 저질렀으면서 괜히 나만 가지고……."

낙일방은 인상을 찡그리며 투덜거리다가 응계성이 다시 커다란 손을 들어 올리자 황급히 입을 다물고 그에게서 조금 떨어진 난간 쪽으로 피해 갔다.

"구경이나 하자…… 구경! 구경!"

금의 청년은 그제야 화가 풀린 듯 정해와 상원건을 돌아보며 물었다.

"저는 석지명(石志明)이라 합니다. 두 분의 성함을 알 수 있겠습니까?"

상원건이 빙긋 웃으며 고개를 끄덕였다.

"나는 농서의 상원건이라 하네."

정해도 포권을 하며 입을 열었다.

"종남에서 온 정해라고 합니다."

금의 청년, 석지명은 짤막한 탄성을 터뜨렸다.

"아! 종남파에서 나오신 분들이시군요. 반갑습니다."

정해는 다시 진산월을 가리켰다.

"이분이 바로 본 파의 장문인이십니다."

정해의 말에 석지명은 물론이고 배에 타고 있던 다른 손님들도 깜짝 놀란 표정이 되었다.

진산월의 나이는 아무리 많이 보아도 이십 대 중반도 되지 않아 보였기 때문이다. 게다가 이런 소동이 벌어지고 있는데도 지금까지 한 마디 말도 하지 않은 채 조용히 구경만 하고 있었기 때문에 누구도 그가 일파(一派)의 장문인이라고는 생각도 하지 못했던 것이다.

진산월은 석지명을 향해 담담하게 포권을 했다.

"진산월입니다."

석지명은 당황스런 표정으로 황급히 머리를 조아렸다.

"몰라뵈어서 죄송합니다. 낙양(洛陽)의 석지명이라고 합니다."

그 말에 상원건이 눈을 번쩍 빛냈다.

"낙양이라면…… 혹시 석가장(石家莊)에서 나오지 않았나?"

석지명은 어리둥절한 얼굴로 되물었다.

"그걸 어떻게 아십니까?"

"낙양의 석가장이라면 화북 일대에서 제일가는 거부인데 어찌 모를 리 있겠나?"

상원건은 비록 웃으면서 말했지만 마음속으로는 놀라움을 느끼고 있었다.

화북 지방은 강북(江北)의 오 성(五省), 즉 하남과 하북, 산동, 산서, 그리고 섬서 일대를 가리키는 말이다. 예로부터 이 지역은 물자가 풍부하고 상업이 발달하여 거부나 거상들이 많았다.

그중에서도 가장 유명하고 거대한 부를 축적한 곳이 바로 석가장이었다.

석가장이 부를 쌓기 시작한 것은 멀리 전국시대(戰國時代) 때부터라고 한다. 그 뒤로 천 년이 넘는 세월 동안 석가장은 부침(浮沈)을 거듭하는 역사 속에서도 계속적으로 부를 축적해 와 당대에 이르러서는 강호를 통틀어서도 몇 손가락 안에 드는 황금의 가문을 이루게 되었던 것이다.

그들에 비길 만한 부를 누리고 있는 곳은 강소의 혁리가(赫里家)와 호남의 구양제일가(歐陽第一家)밖에 없다고 했다.

석지명의 뒤에 서 있던 두 명의 장한 중 한 명이 재빨리 입을 열었다.

"석 공자님은 석가장의 큰어른이신 석 장주(石莊主)님의 여덟 번째 아드님이십니다."

그 말에 상원건은 새삼스러운 눈으로 석지명을 쳐다보았다.

석가장의 당대 가주는 검소한 생활로 유명한 석곤(石鯤)이었다. 석곤은 허름한 마의를 즐겨 입으며 반찬은 세 가지 이상 먹지 않는다고 알려진 사람이었다. 그 석곤에게는 모두 열두 명의 아들이 있었는데, 사람들은 그들을 석가십이지(石家十二支)라고 불렀다.

석곤이 어렸을 적 아들들에게 열두 간지(干支)의 동물 이름 하나씩을 붙여 주었기 때문이다.

상원건은 잠시 속으로 생각을 헤아리다가 이내 빙긋 웃었다.

"그럼 석 공자의 아명(兒名)은 아양(阿羊)이었겠구려?"

석지명도 따라서 웃었다.

"정확히는 유양(乳羊)이라고 했습니다."

"젖먹이 양이라……."

"어렸을 때 저는 무척 개구쟁이여서 부모님 말씀을 잘 듣지 않았다고 합니다. 그래서 아버님께서는 젖 먹는 어린 양처럼 부모를 잘 따르라는 뜻으로 그렇게 부르신 거지요."

"허허…… 그거 재미있구려."

정해가 옆에서 듣고 있다가 살짝 웃으며 끼어들었다.

"석가의 십이지공자(十二支公子)에 대한 소문은 저도 많이 들었습니다. 설마 그분들 중 한 분이실 줄은 몰랐군요. 하지만 석 공자께선 좀처럼 어린 양처럼 보이지는 않으십니다."

그 말에 석지명은 호탕하게 웃었다.

"하하…… 우리 형제는 태어난 순서대로 아버님이 이름을 붙여 주셔서 생긴 것과는 전혀 상관이 없습니다."

석지명은 화북 제일의 부자인 석가장의 공자답지 않게 소탈하면서도 서글서글한 인상을 풍기고 있었다. 정해는 그의 그런 모습에 적지 않은 호감을 느꼈다.

석지명 또한 두 눈에 총기가 가득한 정해가 마음에 드는 표정이었다. 두 사람은 금세 의기투합하여 서로 이런저런 이야기를 주고받았다.

그러는 동안에 어느덧 배는 강가에 도착하게 되었다.

석지명은 문득 생각난 듯 정해를 향해 물었다.

"그런데 귀 일행들은 지금 어디로 가시는 중입니까?"

정해는 슬쩍 진산월을 쳐다보다가 진산월이 고개를 끄덕이자 빙긋 웃으며 입을 열었다.

"우리는 숭산으로 갑니다."

석지명은 잠시 생각에 잠겼다가 손뼉을 탁 쳤다.

"아! 이달 보름에 숭산의 오유봉에서 무림인들의 대집회(大集會)가 열린다는 말을 들은 적이 있는데…… 혹시 그곳에 가시는 겁니까?"

"그렇습니다."

"숭산이라면 이곳에서 삼 일이면 충분히 갈 수 있는 거리입니다. 아직 며칠 여유가 있으니 괜찮으시다면 본가에 들르지 않으시겠습니까?"

정해는 눈을 번쩍 빛냈다.

"석가장에 말입니까?"

석지명은 고개를 끄덕였다.

"이렇게 만난 것도 인연인데 이대로 스쳐 지나가긴 너무 아쉬운 일이지요. 본가에 별로 구경할 것은 없지만 와 주신다면 정말 고맙겠습니다."

정해는 다시 진산월을 쳐다보았다.

"그건 장문 사형께서……."

진산월은 잠깐 생각에 잠긴 모습이었으나 이내 담담하게 웃으며 석지명을 향해 포권을 했다.

"초청해 주신다면 기꺼이 가도록 하겠습니다."

석지명은 황급히 마주 포권을 하며 머리를 숙였다.

"감사합니다, 진 장문인!"

진산월이 석지명의 초청에 선뜻 응하자 정해는 물론이고 낙일방도 몹시 기뻐했다. 그들은 모두 천하에 부귀로 이름이 높은 석가장의 내부를 구경할 수 있다는 기대로 가슴이 설레었다.

응계성 또한 아직도 퉁명스런 얼굴이었으나 그다지 기분 나쁜 표정은 아니었다.

낙일방이 히죽히죽 웃으며 진산월을 향해 다가왔다.

"장문 사형께서 승낙하실 줄은 몰랐는걸요. 전 장문 사형께서 소림사로 바로 가시는 걸 더 원하시는 줄 알았는데……."

진산월은 피식 웃었다.

"이번의 강호행은 단순히 소림사의 무림 대집회에 참가하기 위한 것만은 아니다. 강호의 견문(見聞)을 넓히려는 데 더 큰 뜻이 있지. 그러니 이번 기회에 낙양의 거리를 구경하는 것도 나쁜 일은 아니지 않겠느냐?"

낙일방은 무엇이 그리도 좋은지 연신 싱글벙글 거렸다.

"아무튼 이번에 낙양에 가게 되면 꼭 들러 볼 곳이 있어요."

정해가 의아한 얼굴로 물었다.

"그곳이 어디냐?"

"사실은 그곳에 친구가 한 명 살거든요."

"친구?"

"헤헤…… 어렸을 때부터 친하게 지내던 녀석인데 삼 년 전에 헤어진 뒤로는 아직 못 만났어요."

"그런데 그 친구가 낙양에 있느냐?"

낙일방은 신나는 표정으로 고개를 끄덕였다.

"제가 종남으로 올 때 그 녀석은 낙양으로 가겠다고 했거든요. 낙양에 가서 꼭 성공하겠다고 말이죠."

정해는 고개를 갸웃거렸다.

"낙양은 좁은 곳이 아닌데 그곳에서 어떻게 몇 년 전에 헤어진 친구를 찾는단 말이냐?"

"헤헤…… 우리끼리는 서로 통하는 암호가 있어요. 그 녀석이 낙양성 어딘가에 있기만 하면 반나절도 되지 않아 만날 수 있어요."

그때 어느새 다가왔는지 응계성이 불쑥 그들의 대화에 끼어들었다.

"그 암호란 게 뭐냐?"

낙일방은 움찔하여 급히 고개를 옆으로 내저었다.

"별거 아니에요."

응계성은 눈알을 부라렸다.

"빨리 말 안 해? 대체 무슨 암호이길래 반나절도 안 돼 낙양에서 사람을 찾아낸단 말이냐?"

낙일방은 울상을 지었다.

"아이고…… 응 사형! 정말 별거 아니라니까요. 왜 자꾸 나만 못살게 들볶는 거예요?"

"네놈이야말로 왜 내가 말만 하면 우거지상부터 짓는 거냐? 이게 모두 네놈이 나를 우습게보기 때문이 아니냐?"

"응 사형…… 세상에 응 사형을 우습게볼 사람이 어디 있다고 그래요? 제발 나 좀 그냥 내버려 두세요."

응계성의 얼굴이 험상궂게 변하더니 이내 소매를 걷어붙인 채 그를 향해 성큼 다가왔다.

"이 녀석이 뚫린 입이라고 말은…… 정말 말 안 해?"

그때 마침 배가 강가에 도착하자 낙일방은 재빨리 배에서 뛰어내렸다.

낙일방은 쏜살같이 앞으로 달려 나가더니 거리가 조금 확보되었다고 생각하자 고개를 돌려 응계성을 향해 소리쳤다.

"그건 정말 말 못해요! 그건 소풍자(小風子)와 나만의 비밀이란 말이에요!"

"저놈이?"

응계성의 얼굴이 시뻘겋게 변하며 더운 콧김이 확확 뿜어 나왔다.

그때 진산월이 조용하게 웃으며 응계성을 제지했다.

"낙양에 가면 자연히 알게 될 텐데 소란을 피울 필요가 있느냐? 배나 내려가자."

응계성은 얼굴이 붉으락푸르락해졌으나 감히 진산월의 말을 거역하지 못하고 씩씩거리며 배를 내려왔다. 낙일방은 벌써 저만큼 떨어진 곳에서 여차하면 도망갈 모습으로 그들을 기다리고 있었다.

정해가 웃으면서 낙일방을 향해 다가갔다.

"네 친구 이름이 소풍자냐?"

낙일방은 응계성을 힐끔힐끔 쳐다보면서도 이내 고개를 끄덕였다.

"그래요."

"이름 한번 특이하구나."

'풍자(風子)'란 '미친 사람'을 뜻한다. 그러니 '소풍자'라면 '작은 미친놈'이라는 뜻이었다.

낙일방도 따라 웃었다.

"헤헤…… 그 녀석의 원래 이름은 위적풍(衛赤風)이에요. 그래서 처음에는 소풍(小風)이라고 불렸는데, 하고 다니는 짓이 워낙 괴팍하고 정신이 없어서 언제부터인가 사람들이 소풍자라고 부르게 되었어요. 사형도 만나 보면 마음에 들 거예요."

"그래? 그 말을 들으니 나도 만나 보고 싶군."

정해는 낙일방의 어깨를 두드리며 활짝 웃었다.

그들이 낙양성에 도착한 것은 그로부터 이틀 후였다. 그리고 그때부터 비로소 종남파의 제일차 강호행이 본격적으로 파란만장한 대여정(大旅程)을 시작하게 된 것이다.

(군림천하 2권에서 계속)

환상이 숨쉬는 공간 **파피루스** www.ipapyrus.co.kr

「절대비만」 「월풍」 「만인지상」 「신궁전설」 「독종무쌍」
이름만 들어도 설레는 작가, 전혁! 그가 내놓은 또 하나의 大作!

전혁 신무협 장편소설 **절륜공자**

산동을 날던 제비, 사형대로 추락하다?

가진 것이라곤 찢어질 만큼의 가난과 평범한 몸뚱이뿐이던 백이건!
질 나쁜 친구의 꼬임에 넘어가 '제비' 계를 평정했으나
결국엔 관아로 끌려가 목숨을 잃을 지경에 놓이고……

절체절명의 순간! 그에게 찾아온 예상치 못한 사건!
제비도 찾아보면 약에 쓰일 곳이 있다?!

"으아악! 이건 말도 안 돼. 도대체 내가 왜 이렇게 된 거냐구?"

새로운 삶을 살게 된 백이건의 무림 작업(?)기!
여심을 울렸던 나쁜 남자 백이건!
그가 이제 무림과 밀당을 시작한다!

환상이 숨쉬는 공간 파피루스 www.ipapyrus.co.kr

파피루스 10주년과 함께하는 대작 열전 「흥해라, 신무협!」 그 네 번째!

곤륜용제

김태현 신무협 장편소설

「화산검신」 이후, 작가 김태현의 귀환!
그의 손에서 무위자연의 전설이 깨어난다!

「곤륜용제」

순수했기에 둔재라 보는 시선도,
그저 자유로웠기에 질투하는 마음도,
자연(自然)을 품었기에
자운이 보기엔 모든 것이 아름다웠다

사람이 아닌, 곤륜이 품은 아이 자운!

그가 이치를 깨닫고, 첫발을 내딛는 순간,
곤륜(崑崙)에서 용제(龍帝)가 강림하리라